나는 으른입니다, 게으른

나는 으른입니다, 게으른

갓생에 굴하지 않는
자기 존중 에세이

김보 글·그림

나는 으른입니다,
게으른

북라이프

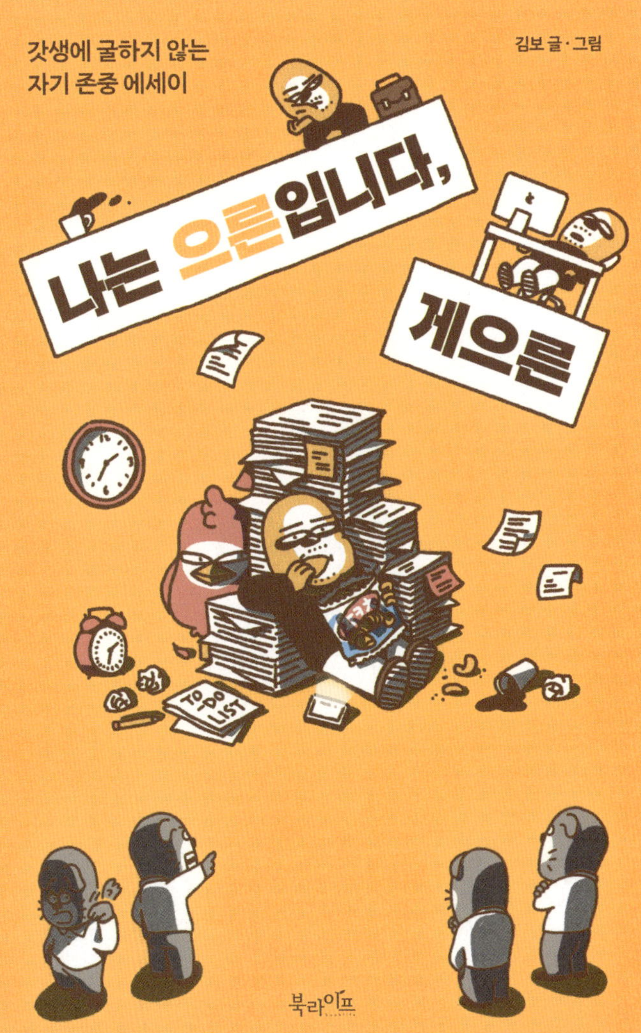

일러두기

본 도서에는 작가 고유의 문체와 글맛을 살리기 위해 규범 표기를 따르지 않은
표현이 일부 있음을 밝힙니다.

나는 으른입니다, 게으른

1판 1쇄 인쇄   2025년 8월 11일
1판 1쇄 발행   2025년 8월 18일

지은이 | 김보
발행인 | 홍영태
발행처 | 북라이프
등   록 | 제2011-000096호(2011년 3월 24일)
주   소 | 03991 서울시 마포구 월드컵북로6길 3 이노베이스빌딩 7층
전   화 | (02)338-9449
팩   스 | (02)338-6543
대표메일 | bb@businessbooks.co.kr
홈페이지 | http://www.businessbooks.co.kr
블로그 | http://blog.naver.com/booklife1
페이스북 | thebooklife
인스타그램 | booklife_kr
ISBN 979-11-91013-95-5   03810

* 잘못된 책은 구입하신 서점에서 바꾸어 드립니다.
* 책값은 뒤표지에 있습니다.
* 북라이프는 (주)비즈니스북스의 임프린트입니다.
* 비즈니스북스에 대한 더 많은 정보가 필요하신 분은 홈페이지를 방문해 주시기 바랍니다.

비즈니스북스는 독자 여러분의 소중한 아이디어와 원고 투고를 기다리고 있습니다.
원고가 있으신 분은 ms2@businessbooks.co.kr로 간단한 개요와 취지, 연락처 등을 보내 주세요.

오늘도 갓생의 현장에서

자신의 게으름과 분투 중인

이 땅의 모든 으른이들에게

빠르게 성과를 내는 것을 강요하는 시대 속에서 자신의 리듬을 지키며 살아가려는 모든 '으른이'를 위한 매뉴얼.

이 책은 게으름에 대한 세상의 편견을 정면으로 마주하며 온전한 나로서 살아가는 법에 대한 가장 인간적인 선언문이다. 저자의 유쾌한 자기 고백과 예리한 통찰은 무언가를 이뤄야만 한다는 압박에 지친 이들에게 가장 따뜻한 위로로 다가온다. 게으름을 극복의 대상이 아니라 이해와 동행의 대상으로 바라봐야 한다는 것. 조금은 느려진 누군가에게 여전히 꿈꾸고 다시 웃으며 살아가자는 마음으로 이 책을 선물하고 싶다.

_드로우앤드류, 자기계발 크리에이터

게으른 버전의 사랑스러운 애니메이션 〈인사이드 아웃〉을 보는 듯했다. 내 안에 이렇게 다양한 게으름이 살고 있었구나! 콩나물 머리 친구들이 뛰어다니는 모습을 상상하면 어느새 미소를 가득 머금고 다음 장을 기대하게 된다. "번아웃은 네가 네 삶을 사랑한다는 증거야."라는 문장에서처럼 저자는 우리가 부정적으로만 여기는 게으름을 전혀 다른 시선으로 바라보게 한다.

무언가를 꼭 이루지 않아도 무용한 것들에 한눈팔며 살아도 괜찮다는 위로를 주는 고마운 책. 마지막 페이지를 넘기고 나면 새삼 좋아하게 될지도 모른다. 나의 순수한 취향들을. 그리고 이런 잡동사니들이 있기에 하나뿐인 나를!

_연두, 북 인플루언서

사람 고쳐 쓰는 거 아니라던데

이 책을 누군가에게 선물 받았는가? 혹은 서점 매대에서 이 책이 홀리듯 당신 손을 이끌던가? 그렇다면 아마 우리는 아주 비슷한 유의 인간일지도 모르겠다.

왜 이리 게으르냐고 주변 사람들의 타박을 받는가? 종종 자책에 빠지기도 하겠지. 책임과 원인을 여기저기서 찾고 있을지도 모르겠다. 《도둑맞은 집중력》을 읽거나 동기부여 유튜브를 찾아본 적은? 병원에 가서 성인 ADHD 검사를 받아봤을 수도 있겠다. 아마 이 책도 이에 대한 답을 찾을 수 있을까 싶어 집어 든 걸지도.

지금 고개를 끄덕이고 있다면 당신에게 이런 말을 조심스럽게 건네고 싶다.

"생긴 대로 사세요."

약 올리는 게 아니다. 말하지 않았나, 우리는 비슷한 종류의 인간이라고.

사람은 고쳐 쓰는 게 아니라던가. 이 책은 당신의 게으름을 고치는 데엔 아무런 도움이 되지 않을 거다. 게으름뱅이도 따라 할 수 있는 획기적인 부지런 루틴, 뭐 이런 것도 전혀 없다. 애초에 내가 그런 걸 발견했다면 책 제목이 달랐을 거다. 무슨무슨 성공기, 극복기… 그런 걸로.

나 역시 게으름 탈출법, 갓생 사는 법 등을 부단히 찾아보고 시도해봤다. 하지만 전부 임시방편일 뿐이었다. 얼마 안 가 원래대로 돌아왔다.

만약 당신이 게으름과 사투한 역사가 아주 오래되었거나 성인이 된 이후에도 이런 습관이 고질적으로 남아 있다면 그건 아주 없앨 수 있는 게 아닐지도 모른다. 사실 본인이 더 잘 알고 있을 텐데? 아무렇게나 게으르게 퍼져 있을 때 묘한 안도감과 평안을 느낀다는 걸. 우리는 그런 걸 좋아하는 사람이다. 날 때부터 게으른 사람들.

다만 나는 당신보다 게으름에 대해 더 오래, 더 집요하게 찾아본 게으름뱅이다. 그리고 기가 막힌 몇 가지 생각들을 이 책에 잡아두는 데 성공했다. 당신에게도 한 번쯤은 스치고 지나갔을 게으름에 대한 꽤 그럴싸한 단상들을. 그저 부지런했다면 눈치채지 못했을 세상의 치트키 같은 것들일 수도 있겠다.

나는 그런 것들에 대해 이야기하고 싶었다. 게을러서 비로소 보이는 것들, 관점을 바꾸면 장점이 되는 것들 혹은 그냥 게으른 당신의 공감을 살 수 있는 그 어떤 이야기들이라도. 책을 덮고 당신이 가진 게으름을 다시 보게 되었다면 이 책의 목적은 다했다고 볼 수 있다.

우리는 아마도 게으름과 평생 함께 살아가야 할 거다. 그런 운명을 타고났다. 좀 더 세련된 말로 하면 '기질'이라고 하는 거. 그러니 자신의 게으름과 사이좋게 지내는 방법을 한시라도 빨리 찾아내는 게 이롭겠다. 그 목표가 성숙한 어른이건, 매력적인 인간이건, 행복한 인생이건.

이제 내가 찾아낸 '게으른 채로도 꽤 괜찮은 어른이 되는 방법'에 대한 이야기를 시작해보겠다. 고쳐 쓸 필요 없이 생긴 대로 사는 방법 말이다.

믿어보라. 애초에 우리는 고장 난 적이 없다니까.

김보

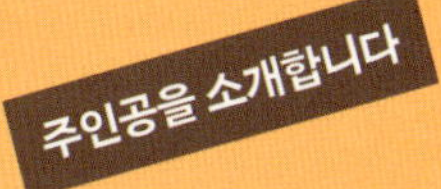

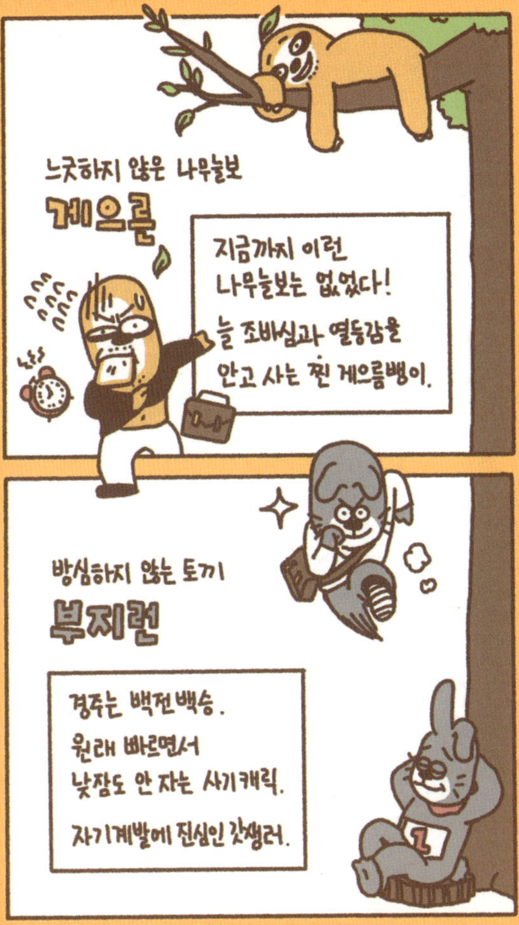

느긋하지 않은 나무늘보
게으른

지금까지 이런
나무늘보는 없었다!

늘 조바심과 열등감을
안고 사는 찐 게으름뱅이.

방심하지 않는 토끼
부지런

경주는 백전백승.

원래 빠르면서
낮잠도 안 자는 사기캐릭.

자기계발에 진심인 갓생러.

PART1
핑계 좀 대겠습니다

PART 2
당신은 어떤 '게으른'입니까?

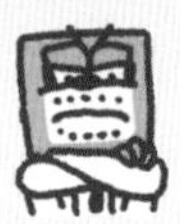

PART3

갓생에 반대합니다

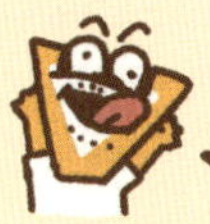

◆는 '게으른툰'입니다.

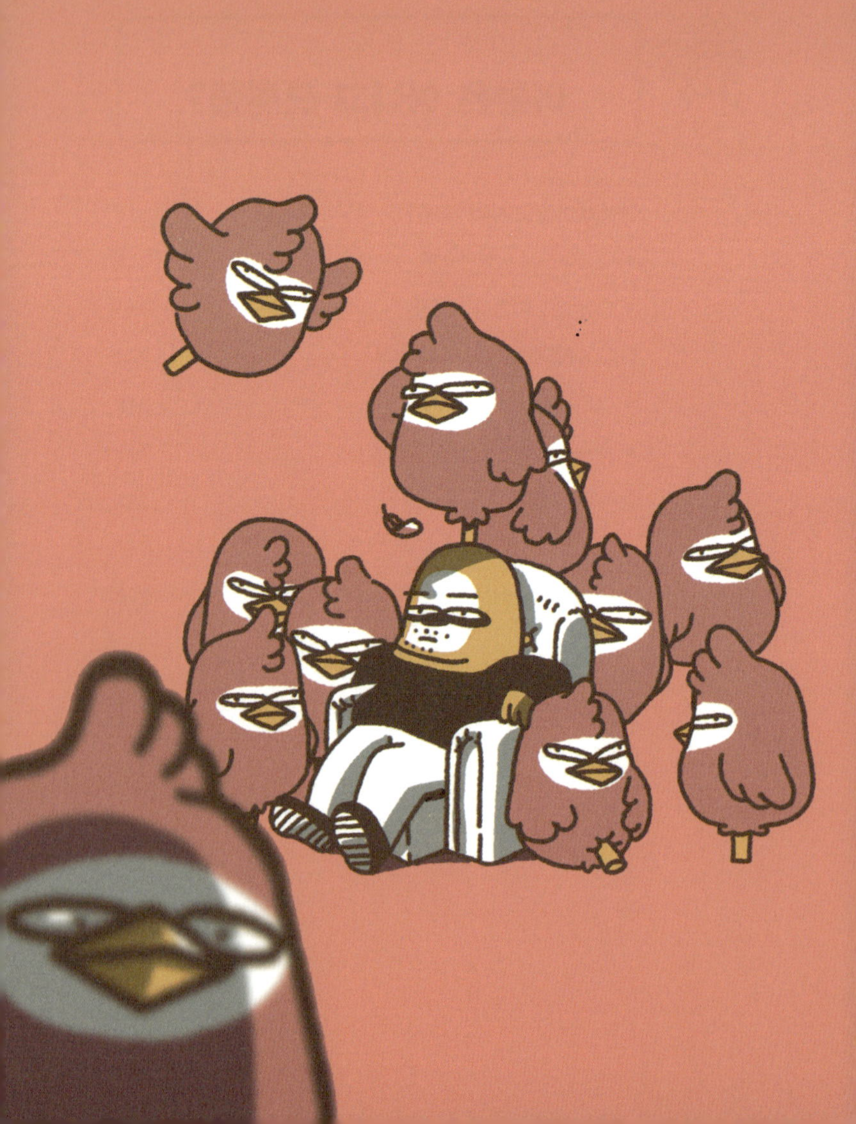

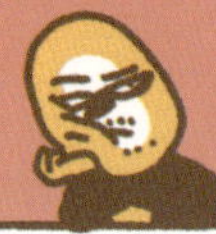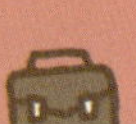

핑계 좀 대겠습니다

게으름에 대한 죄책감으로는
아무것도 얻을 수 없다.

_레온 셀처 Leon F. Seltzer

제가 원래 좀 느려요

이야기를 시작하기 전에 게으름에 대해 한 가지 풀어야 할 오해가 있다. 어쩌면 당신도 막연하게 해왔을 오해일지도 모르겠다.

이 오해는 어떤 '동물'의 지분이 크다. 이 지점에서 애니메이션 〈주토피아〉의 한 장면이 떠올랐다면? 맞다. 나무늘보 캐릭터가 서류에 느릿느릿 도장을 찍는 장면. 그는 일상적인 상황이나 긴박한 상황이나 시종일관 굼뜨다.

나무늘보는 실제로 그 느릿한 행동거지 때문에 'Sloth'(나태, 게으름)라는 영어 이름이 붙었으니, 게으른 게 곧 '느리다'라는 생각은 마냥 현대에 와서 완성된 오해는 아니다(참고로 우리말 '늘보' 또한 게으른 사람을 낮잡아 이르는 말이다).

이게 얼마나 성의 없는 짐작이냐면 게으른 사람은 일단 표정부터 다르다. 진짜 게으른 사람들의 얼굴을 한번 보라. 늘느긋한 미소나 짓고 있는 나무늘보와 달리 조급한 표정이다. 내가 본 그들은 항상 시간에 쫓기고 있었다. 습관처럼 일을 미룬 탓이다. 그래서 미룬 시간만큼 아주 빠르게 일을 처리해야만 한다.

그럼 미뤄서 확보한 시간 동안은 여유로운가? 별반 다르지 않다. 실시간으로 높아지는 일의 난도를 지켜보며 점점 심란해할 뿐. 그러나 나무늘보의 경우 일을 미루는 게 아니라 그저 일정한 속도로 아주 느리게 일을 할 뿐이다. 그러니까 게으름뱅이와 느림보는 사실 직접적인 상관관계가 없다.

나의 경우가 방증이다. 나는 게으른 사람이지만 전혀 느리지 않다. 말도 성격도 남들보다 급해서 차라리 '빠름보'에 가깝다. 그래서 자주 "하나도 안 게으르신데요?" 같은 소리를 듣는데 그런 말을 한 사람도 같이 일을 하다 보면 얼마 지나지 않아 조용히 고개를 끄덕인다. 이것이 느리지 않으면서 게으른 사람의 가장 큰 애로사항이다. 여기에 "아니, 왜 마음만 먹으면 빠릿빠릿한 양반이…" 하는 식으로 게으름에 대한 '괘씸죄'까지 가중된다. 이럴 거면 차라리 "제가 원래 손이 좀 느려서요." 하면서 납득 가능한 핑계라도 댈 수 있다면 좋겠다.

그렇다고 일부러 원래 행동이 굼뜬 사람인 척할 생각은 없다. 나는 느린 건 딱 질색이다. 그렇다면 사람들 말대로 나는 왜 금방 일을 해치울 수 있으면서 자꾸 게으르게 구는 걸까?

변명을 하자면 사실 나는 일종의 연구를 하고 있는 것이다. '효율'에 대해서. 차곡차곡, 천천히, 부지런하게 시간을 들이는 방법 말고 한 방에, 빠르게, 더 효율적으로 처리하는 방법이 어딘가 있을 것 같다. 예컨대 일을 시작하기 전 쌓아둔 웹툰을 얼른 정주행해서 업무 의욕을 예열하는 일(?), 아주 촉박한 시점까지 일을 끌고 가서 극한의 집중력을 발휘하게 만드는 일(?) 같은 '효율의 지름길' 말이다. 당장 이딴 예시들밖에 떠오르지 않아 유감이다.

어딘가에 반드시 나에게만 적용되는 최적의 능률 공식이 존재하지 않을까? 아니 오히려 '무슨무슨 법칙에 따라 50분 일하고 10분 쉬는 게 최적이다' 같은 가이드가 더 이상하다. 모두에게 적용되는 '효율의 절대 방정식'이라는 게 있을 수가 있나? 사람마다 집중력의 정도나 방해 요인, 심지어 업무 유형도 다 다를 텐데.

그러니까 결국 게으름이란 건 어떤 부도덕이나 불량한 태도 같은 게 아니라 그저 '개인차' 아니냐는 것이다. 행동이 빠르고 느린 정도의 차이처럼. 사람마다 자신의 일하는 템포에 맞춰 최대 효율 지점을 찾는 노력이 필요하다.

일단 나는 아직 못 찾았다. 효율이 엉망이다. 매번 휴식 시간을 가불해서 늦장을 부리고 그만큼 값비싼 후회를 지불한다. 가불한 시간 동안이라도 즐거웠다면 좋겠지만 나는 늦장을 부리는 내내 똥 마려운 개 같은 표정을 감출 수 없었다. 아, 나무늘보가 야속하게 느껴진다. 같은 게으름뱅이 취급을 받는 신세면서 저렇게 여유로운 표정이라니.

아마 나무늘보야말로 자신의 최대 효율을 찾은 모양이다. 그딴 답답한 속도로 몇만 년 동안 용케 멸종하지 않았으니. 그 생존 노하우는 환경에 자기 템포를 맞춘 가장 자기다운 라이프스타일에 있는 셈이다.

언젠가 나도 찾을 수 있을까. 나만의 최대 효율을. 내 템포대로 노련하게 살아가는 나만의 표정을.

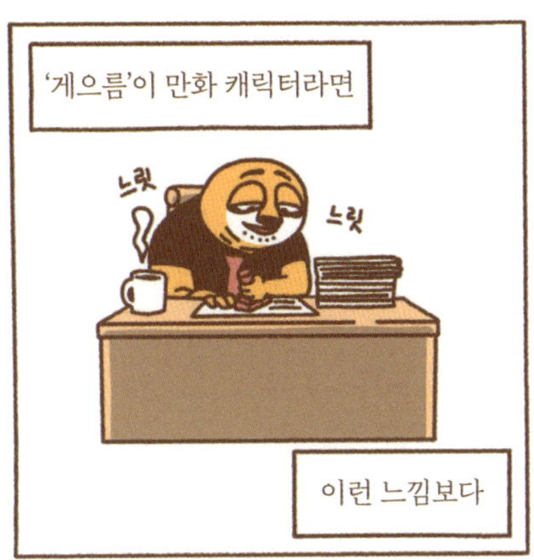

'게으름'이 만화 캐릭터라면
느릿
느릿
이런 느낌보다

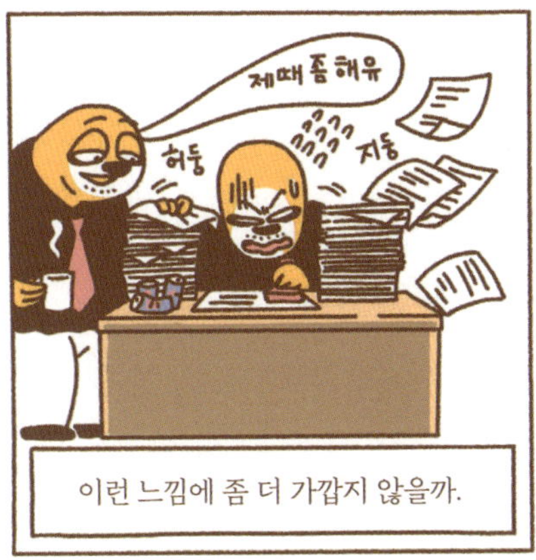

제때 좀 해유
허둥
지둥
이런 느낌에 좀 더 가깝지 않을까.

허접할 바에는 안 하는 게 낫지

나의 게으름의 역사를 되짚어 보면 아홉 살까지 거슬러 올라
간다. 초등학교 2학년 여름방학이었다. 그 시절엔 근심이랄
게 하나도 없었다. 방학은 그야말로 짜릿했다. 당장 오늘 아침
학교에 가서 책상에 앉지 않아도 되고, 내일까지 선생님께 검
사 맡아야 하는 숙제도 없고, 미래에 대한 두려움 그딴 건 당
연히 있을 리 없었다. 거실에 아무렇게나 널브러져서 주말이
도무지 끝나지 않는다며 히죽거리던 게 생생하다.

굳이 걱정이 있다면야 촘촘하게 짜둔 방학 계획표나 방학
숙제 정도였겠지만 계획표란 원래 실행 여부보다는 예쁘게

만드는 데 목적이 있었고 저학년 수준의 방학 숙제란 재미있는 놀이 정도의 난이도였다. 그렇게 아홉 살 인생의 자유를 한껏 만끽하던 중, 근심은 벌컥 하고 들어왔다.

문을 연 엄마의 손에는 종이가 한 장 들려 있었다. 무슨 구청인가 시청인가에서 주최하는 독후감 대회 안내문이었다. 분명 초등학생 참가자를 대상으로 한 대회였는데 내야 할 독후감 편수가 자그마치 100편이었다! 당시 표현을 빌리자면 그야말로 엽기적인 대회였다. 아직 나이가 두 자릿수도 안 된 초등학생에게 세 자리 숫자는 가혹하다. 아니, 서른두 살 어른에게도 독후감 100편을 써내는 일은 가혹하다. 애초에 책 100권 읽기도 어림없다.

지금 생각해보면 나는 100이 얼마나 큰 숫자인지 몰랐던 것 같다. 게다가 당시 나는 스스로 또래보다 똑똑하다고 생각하고 있었다. 반 친구들은 모르는 게 있으면 나에게 가져왔고 나는 학교에서 다독상이나 모범상 같은 걸 많이 타기도 했으니까.

그런 우월감이 나쁘지 않았다. 할 수 있다면 계속 우월하고 싶었다. 대단하다는 말을 계속 듣고 싶었다. 게다가 엄마를 실망시키는 방법도 몰랐고. 결국 나는 그 도전을 덥석 받아들였다. 그게 나의 짜릿한 여름방학을 전부 빼앗아갈 줄은 꿈에도 몰랐다.

정신을 차려보니 나는 책상에서 울고 있었다. 친구들이 시소에 앉아 있을 때도 나는 책상 앞에 앉아 있었고, 친구들이 〈디지몬 어드벤처〉를 보고 있을 때도 나는 책상 앞에 앉아 있었다.

내 방 책상은 교실 책상보다 더 끔찍했다. 45분마다 찾아오는 쉬는 시간 종소리도 말을 걸 친구들도 없었다. 처음엔 책 읽는 것이 재미있고 독후감을 정말 잘 쓰고도 싶었다. 하지만 독후감 100편을 쓴다는 건 아주 긴 시간이 걸리는 일이었다. 어린아이의 독해력과 집중력은 얼마 못 가 과부하가 걸렸고 무엇보다 자기통제력의 한계에 부딪혔다. 이윽고 방학이 몇 손가락 남지 않았다는 걸 알게 되자 견딜 수 없이 슬퍼졌다. 그때의 나는 남은 방학 동안 이 막막해 빠진 원고지가 아니라 '아구몬'이나 실컷 보고 싶었다.

엄마가 이 도전을 통해 내게 기대했던 건 무엇이었을까? 책 읽는 즐거움? 글쓰기 능력? 아니면 포기하지 않는 끈기 같은 건지도 모르겠다. 그러나 나는 마치 아구몬이 암흑 진화한 '스컬그레이몬'처럼 전혀 다른 스킬을 습득하고 말았다. 바로 '요령 피우는 법'이다.

독후감 쓰는 게 너무 지겨웠던 아홉 살은 책을 일일이 이해하고 작문하는 대신 독후감의 패턴을 찾기 시작했다. 대충 책

앞 장과 마지막 장을 읽고 줄거리를 몇 줄 쓴 다음, 마지막에 교훈스러운 문장을 느낀 점으로 덧붙여서 백지 한 장을 채워 낸다. 어차피 애들이 읽는 짤막한 책에 든 교훈이라 해봐야 거기서 거기였고 곧이곧대로 책 전체를 이해하지 않아도 그럴싸한 독후감이 되는 요령을 스스로 체득한 것이다.

그리하여 '오늘은'으로 시작해 '느꼈다'로 끝나는 일사불란한 100편의 독후감이 완성됐다. 한껏 뚱뚱해진 서류 봉투에 풀칠을 해서 우편으로 보냈다. 그렇게 나의 인생 첫 원고를 마감했다. 뿌듯했던가? 후련했던가? 그때 기분은 기억이 잘 나지 않는다.

어쨌든 내 방학은 허무하게 끝나 있었다. 개학하고 학교를 다니며 그 여름날의 사투가 차츰 잊혀져갈 때쯤 어느 날 집에 와보니 내 앞으로 소포가 도착해 있었다.

'참가상: 가방'

대회 로고가 커다랗게 박힌, 어린 내가 봐도 멋대가리 없는 청록색 가방이었다. 그 가방은 이렇게 말하는 것 같았다.

"요령을 피우면 훌륭한 사람이 될 수 없단다?"

물론 내가 그 가방을 메는 일은 없었다.

그 후로도 내가 결심한 대단한 일들은 자주 멋대가리가 없어지곤 했다. 분명 노력은 배신하지 않는댔는데 어째선지 자꾸만 배신감이 치미는 순간들이 찾아왔다. 아니, 이럴 줄 알았으면 안 했지. 단순한 투정이 아니라 정말 그랬다. 괜히 도전하는 바람에 까보니 밑천 드러난 자신과 맞닥뜨린 것 같았다.

아아, 나는 정말이지 시시한 사람이고 싶지 않았다. 그럴 바에야 차라리 시시한지 대단한지 알 수 없는 사람으로 남는 편이 나았다. 평소에는 요령이나 피우는 것 같지만 때가 되면 뭔가를 보여주는 '힘숨캐'(힘을 숨긴 캐릭터)처럼 말이다. 만화에서도 '게으른 천재' 캐릭터가 가장 인기가 많았다. 또 이렇게 놓고 보니 그 타이틀이 꽤 근사하게 느껴졌다.

핑계가 너무 구차했나. 아무튼 나는 그런 식으로 많은 도전들을 회피하거나 중도 포기하는 어른이 됐다. 매번 아홉 살 때 이야기를 꺼내올 순 없으니 "허접하게 할 바에야 안 합니다." 하고 나의 품위를 지켜낸다. 사실 그 동기는 장인정신보다는 뒷걸음질 쪽에 가까웠지만.

'의미 없는 도전은 없다'라는 말을 들을 때마다 아홉 살에 받은 청록색 가방을 떠올리며 쓴웃음을 지었다. 그런 말은 진짜 맛대가리 없는 신 포도를 안 먹어본 여우들이나 하는 말이라면서.

그래, 분명 아무것도 하지 않았더라면 얻을 수 없는 사소한 변화라도 있었겠지. 어쩌면 그때 100편을 썼던 요령이 필력의 밑거름이 되어서 이렇게 원고를 쓰고 있지 않냐고 할 수도 있겠지만 글쎄, 그 말이 여름방학을 다 잃은 아홉 살에게 위로가 될 수 있을지는 잘 모르겠다.

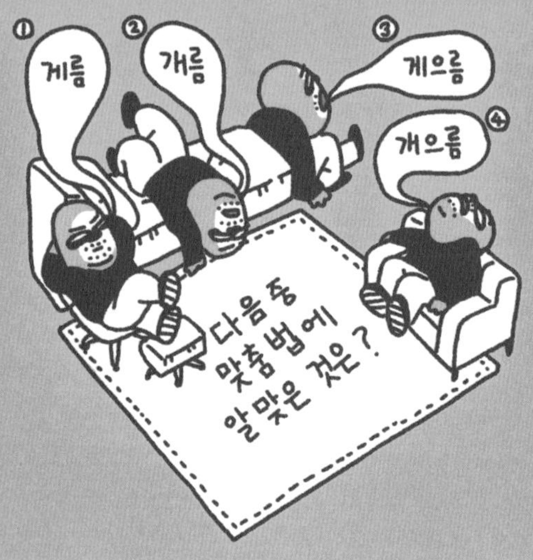

정답은 넷 다.
어원이 불분명해서 복수표준어란다.
어원마저 게으르다.

몰아서 해야 능률이 오릅니다만?

벼락치기는 그 이름만큼이나 짜릿하다. 얼마나 짜릿하냐면 무려 '더 이상 미루면 죽을 것 같을 때' 사용할 수 있다. 영어로도 '데드라인'deadline이라 한다. 기한이 많이 남았을 때는 절대 발동하지 않는다. 얼마 남지 않았다는 위기감이 기본 조건이다. 숨이 꼴딱꼴딱 넘어갈 만큼 마감 게이지가 차면 벼락을 쾅 내리칠 수 있는 초인적인 힘이 모인다.

꿈쩍도 하지 않는 바위 같은 일도 나는 이런 식으로 움직여 왔다. 가령 이 원고도 사흘을 미룬 후 '계속 이렇게 살면 굶어 죽겠는데?' 싶은 마음이 들고서야 손가락이 제멋대로 움직여서 써진 거니까.

스스로 위기 상황인 척하면 시간이 넉넉한 때에도 그 힘을 좀 더 안정적으로 쓸 수 있지 않을까? 한 시간 뒤를 마감 시간이라고 가정해두고 알람을 맞춰봤다. 그러나 가짜 광기는 진짜 광기를 따라갈 수 없는 법. 영 마음에 들지 않는 결과물에 의욕만 떨어지고 만다. 결국 그대로 더 게으르게 퍼져 있다가 다시 어떻게든 데드라인 코앞까지 오고야 말았다.

흠… 아무래도 나는 벼락치기에 중독된 것 같다. 벼락치기가 재밌는 모양이다. 한껏 높아진 난도와 그걸 어떻게든 해내는 내 잠재 역량. '이게 되네?' 벼락치기는 테트리스에 네 칸짜리 세로획 블록 같은 거다. 네 줄이 한 방에 깨지는 순간의 고득점 쾌감. 캬!

매사 그렇게 장난치듯 사느냐고? 아니다. 조금 방식이 다르긴 하지만 사실 벼락치기의 원리는 '몰입'과 비슷하다. 심리학에서 '몰입'은 자의식이 사라질 만큼 어느 것에 심취한 상태를 뜻한단다. 그 일이 너무 재미있어서 무아지경에 빠지듯이 말이다.

애니메이션 〈소울〉에는 거리에서 광고판을 돌리는 남자가 등장하는데 그는 주인공들이 아무리 불러도 대답하지 않는다. 왜냐면 판을 돌리는 데 몰입한 동안 그의 영혼은 저세상에

가 있기 때문이다. 몰입과 벼락치기는 '죽음'과 '재미' 두 가지가 최대 능력치를 발휘하게 만드는 전제 조건이다.

나는 몰입 상태에 빠지기 위해 일부러 미루고 미뤄서 극단적인 상황을 연출한다. 그러고는 벼락을 집어 든 제우스처럼 외친다.

"잠겨 죽어도 좋으니 물처럼 내게 밀려오라!"

(아, 이건 좀 오버였나.)

나도 솔직히 '미리미리'가 부럽다. 그러니까 자기통제력이 뛰어난 사람 말이다. 자신이 정한 목표에 맞게 미리 계산해서 소분해둔 하루치 진도를 매일매일 수행하는 사람. 거기에 예습이나 복기 시간까지 포함해서 좀 더 촘촘하게 계산하면 일의 완성도를 더 높일 수도 있겠다.

계획력과 실행력이 서로 협조가 잘 되는 사람은 아주 안정적인 수행 능력을 가진다. 일을 실패하는 법이 없고 믿음직스럽다. 어른스럽게 하루하루를 통제하는 그들을 보며 질투를 한다. 와, 저 사람들은 밤에 잠들기 전에 얼마나 뿌듯할까, 아마 그다음 날도 빨리 일어나고 싶겠지? 하루 종일 시간에 끌려다니다 모두 내일로 미루는 것으로 하루가 끝나는 나로서는 상상도 못할 일과다.

그럴 땐 괜히 심술이 나서 한번 대결을 해보고 싶어진다. 아주 촉박한 제한 시간을 두고 누가 더 높은 퍼포먼스를 내는지 겨뤄보자고. 벼락치기에 단련된 나는 절대로 지지 않을 자신이 있지만 알고 있다. 세상 대부분의 일들은 단기전이 아닌 장기전이라는 사실을.

사실 몰입에 있어 진짜 중요한 것은 크기보다 빈도다. 미하이 칙센트미하이Mihaly Csikszentmihalyi의 저서 《몰입의 즐거움》에서도 순간적인 상태가 아니라 오랫동안 그 상태를 유지할 수 있어야 몰입을 제대로 활용할 수 있다고 한다. 이 점이 벼락치기와 가장 큰 차이점이겠다. 벼락치기는 극단적인 순간에 한정해서 반자동으로 발휘되는 능력이니까.

언제까지고 데드라인만 믿고 살 순 없겠지. 일을 할 때마다 죽을 것처럼 힘들고, 이러다간 모르긴 몰라도 제 명에는 못 살 거 같다. 최대 능률을 더 자주 발휘하기 위해서는 지속력을 높일 필요가 있다. 좀 더 건강한 방법으로 말이다.

나는 몰아서 해야 능률이 생기는 유형이 분명하다. 그래서 일을 시작하기 전에 당연하다는 듯 항상 데드라인까지 나를 몰았다. 이제 일정 말고 다른 걸 몰아보기로 한다. 좋은 레퍼런스, 새로운 글감, 잘 쓴 글들에 대한 질투, 칭찬 댓글… 그런 재미있는 것들이 잔뜩 몰아져 있는 상태를 만들어본다. 글을 안 쓰고는 못 배기도록. '죽을 만큼 재밌는 상태'는 '죽을 것 같은 상태'를 대체할 수도 있을 것 같다. 그럼 자주 최상의 상태에서 글을 쓸 수도 있을 것 같다. 그렇게 오래오래 유능한 사람으로 살아갈 수 있다면.

까짓것 좀 미루면 어때요

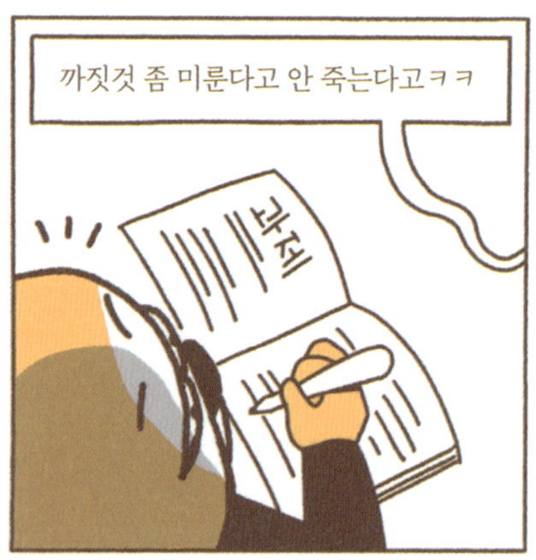

까짓것 좀 미룬다고 안 죽는다고ㅋㅋ
부적

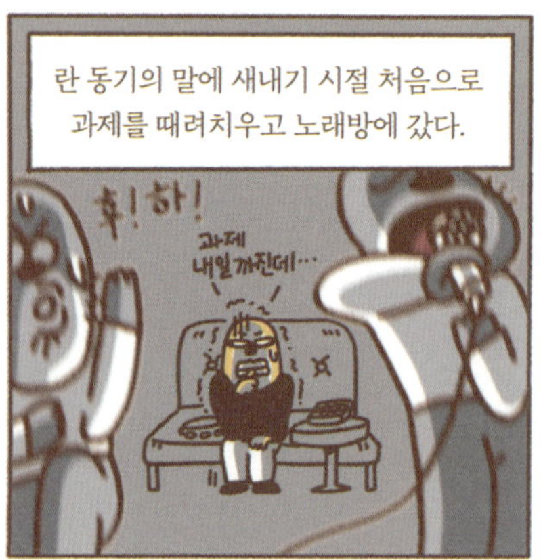

란 동기의 말에 새내기 시절 처음으로
과제를 때려치우고 노래방에 갔다.
후! 하!
과제
내일까진데…

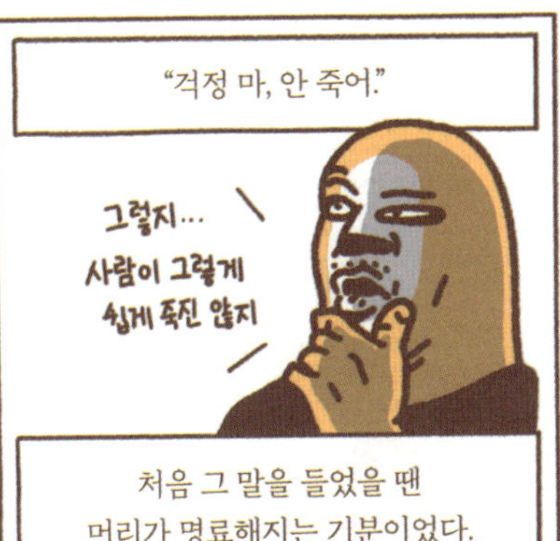
"걱정 마, 안 죽어."
그럴지...
사람이 그렇게
쉽게 죽진 않지
처음 그 말을 들었을 땐
머리가 명료해지는 기분이었다.

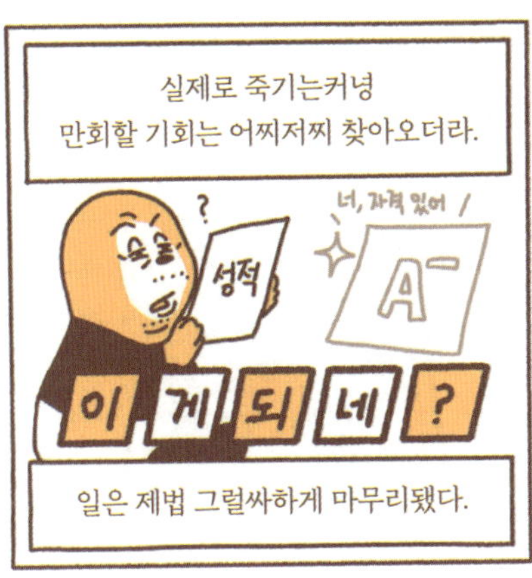
실제로 죽기는커녕
만회할 기회는 어찌저찌 찾아오더라.
숙졸
성적
너, 자격 있어
A⁻
이 게 되 네 ?
일은 제법 그럴싸하게 마무리됐다.

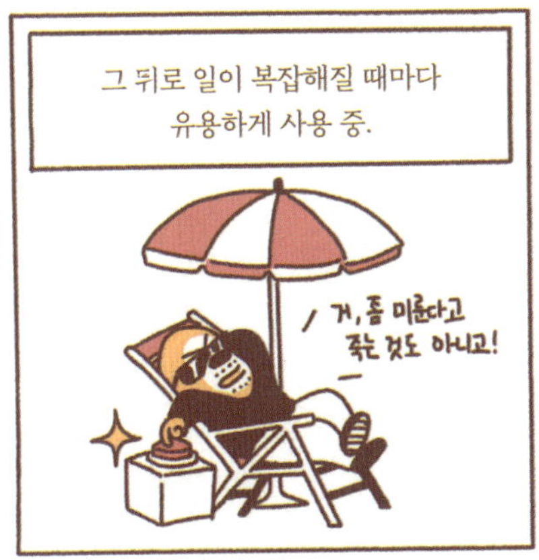
그 뒤로 일이 복잡해질 때마다
유용하게 사용 중.
거, 좀 미룬다고
죽는 것도 아니고!

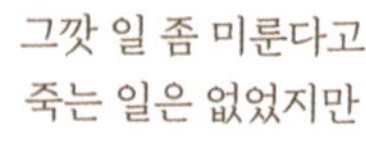

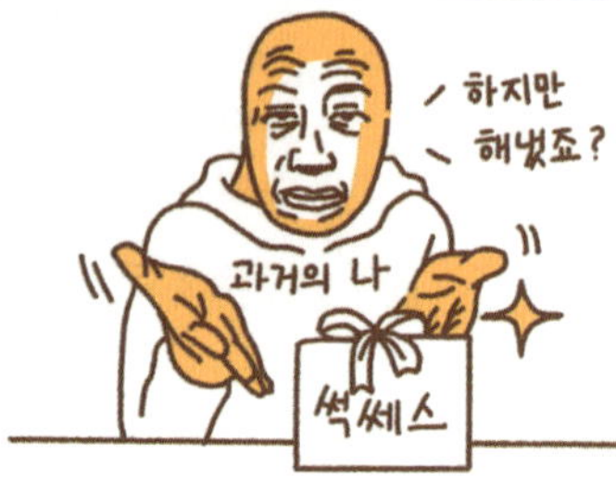

죽을 만큼 하기 싫은 일은
대부분 내가 미룬 까닭이다.

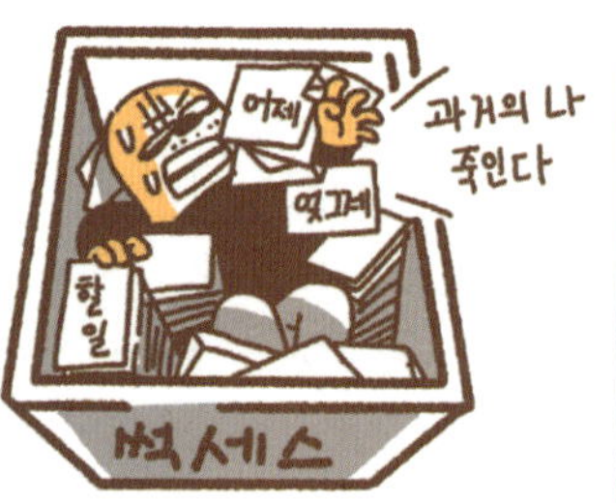

미룬다는 건
미래의 행복을 가불 받는 일.

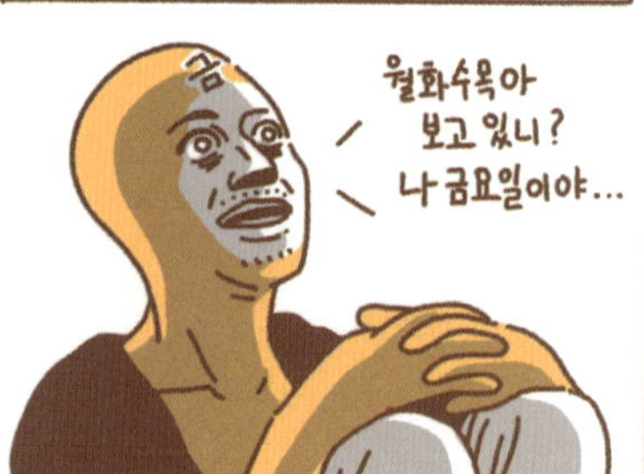

그렇게 우리는 죽음에게
너무 많은 것을 빚지고 있는지도 모른다.

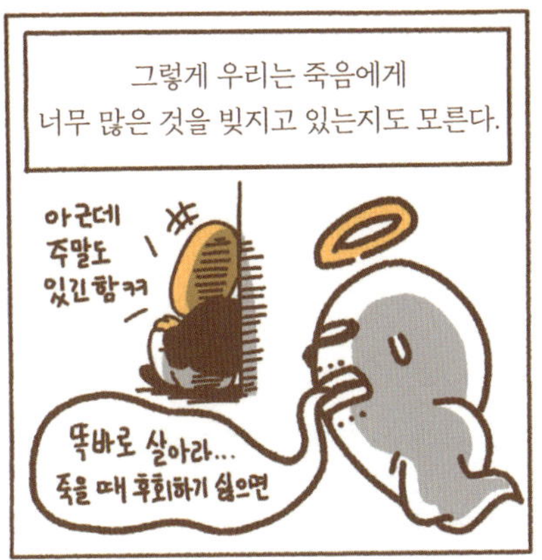

꾸준함은 재능의 영역!

"아무리 어려운 일도 꾸준히만 한다면 성공합니다."

마법 같은 이 말에 사람들이 동기를 부여받고 희망을 얻는다. 그러나 나는 절망에 빠진다.

'그럼 꾸준히가 어려운 사람은요?'

나는 어릴 적부터 유난히 끈기가 부족했다. 무슨 일이든 마음먹는 데 많은 다짐이 필요했고 어렵게 시작해도 지속 시간이 이틀을 넘기기 어려웠다. 작심'삼일'이 부러울 정도였다.

막연히 생각했다. 크면 나아지겠지. 그러나 몸이 다 크고 10년이 넘게 지났지만 조금도 나아지지 않았다. ADHD는 커서 성인 ADHD가 됐고 중도 실패한 목표들만 산처럼 쌓였다. 나의 비루한 끈기가 자기계발의 문제가 아니라 일상생활의 문제가 되어갈 때쯤 '꾸준함'은 나의 노이로제가 되고 말았다. 대체 어떻게 그렇게들 꾸준히 하는 건데? 세상은 게으른 천재와 꾸준한 범재를 대결 붙이곤 하지만 내 입장에선 '꾸준'이 붙은 '범재'란 겸손, 아니 기만이었다!

솔직히 말하자면 이건 열등감에 가깝다. 처음엔 인정하기 싫었지. 세상 모든 일은 첫 단추만 잘 꿰면 계속해서 순조롭게 이어갈 수 있고 그다음부터는 의지에 달려 있다고 생각했다. 그러나 반증이 되는 일들이 많았다. 예를 들자면… 아휴, 예를 들자니 너무 자잘하다. 그냥 그런 거 있잖나. 말도 안 되는 노력 천재형 주인공에게 역전패를 당하는 뻔한 클리셰. 그래, 《토끼와 거북이》 같은 거. 분명 처음엔 미미했던 상대가 정신 차려보니 어느새 아득히 초월해버렸고, 그럼 나는 그 뒷모습을 바라보며 "방심했군." 하고 되뇌는 식이다. 엑스트라처럼. 사실 나는 방심한 적도 없고 나름대로 간절했지만.

당신이 만약 이 글이 불편한 '꾸준히가 수월한 인간'이라면 축하한다. 최고의 주인공 버프를 받았다. 매일 해내는 힘은 감히 아무나 흉내 낼 수 있는 게 아니다. 겨우 오늘 해낸 걸 내일도 해내고 내일모레도 해내는 것은 의외로 아주 고귀하고 고난스러운 일이다.

나는 형편없는 끈기를 대신할 재능을 찾아야 했다. 꾸준하지 않아도 다른 사람보다 더 잘할 수 있는 압도적인 재능. 혹은 들인 시간에 비례하지 않고도 성장 가능한 능력 무언가. 사실 뭐, 세상에 그런 건 없을 뿐더러 애초에 나는 어떤 분야에 탁월한 천재로 태어난 부류는 아니었다. 나의 소소한 재능들이 얼마 안 가 뽀록날 때마다 나는 어김없이 별로인 나를 마주했다. 내가 별로인 사람이라는 사실을 마주하는 일은 항상 기분이 거지 같았다. 거지 같은 기분을 달래려 SNS에 접속하면 거기에는 재능 부자인 사람들이 많기 때문에 더 거지 같아지고 만다.

SNS에는 잘난 사람들이 넘쳐나지만 그들이 모두 꾸준함에 재능이 있는 것은 아니다. 개중 재능이 없는 사람들은 구호의 힘을 빌린다. #오운완 #기상인증 같은 거. 보여주기식이라거나 오글거린다고 욕하는 사람들도 있지만 나는 그런 것들이 꾸준함에 재능 없는 사람들에게 좋은 가림막이 되어준다고 생각한다. 그런 파이팅을 통하여 겨우 몇 분 더 자보겠다고 알람을 연거푸 끄거나 운동하기 싫어서 핑곗거리를 짜낸 못난 내 모습은 가려지고 여전히 꽤 잘난 사람으로 보일 수 있다. 별로인 나를 감추는 것만으로 꾸준함을 좀 더 이어갈 수 있게 되는 거다. 잘나야 신나고 힘이 난다. 그런 게 일을 지속하는 동력이 될 수 있다.

결국 '꾸준함'이란 별로인 나를 견디는 힘에 가깝지 않을까. 마음만큼 안 되는 하찮은 수행 능력, 대중없는 컨디션의 편차와 그럼에도 주제도 모르고 치솟는 기준의 역치, 그 모든 나의 못난 부분을 감내하는 일 말이다.

니체는 말했다. 슬픔은 자신이 추하다고 생각할 때 온다고. 만사가 게을러지고 귀찮다면 마음이 추한 것과 가깝다고. 나는 그런 내 모습을 볼 때마다 이 악물고 아니라고 아니라고, 이건 내가 아니라고 현실을 거부했다. 그러나 그런 창피한 내가 쌓이고 쌓여 언젠가 근사한 내가 된다는 것쯤은 나도 잘 안다.

작가가 되는 일도 글을 잘 쓰는 일보다는 혹평과 무관심을 견디는 일에 가깝겠지. 어쩌겠는가? 나는 몇 줄 곧잘 써 내리다가도 누구에게 보여주기 창피한 문장이라는 생각이 들면 금방 전부 지워버리고 며칠은 아무것도 못 쓰는 사람인 걸. 그런 못난 글이나 쓰는 내 모습이 못 견디게 싫은 걸.

테오에게

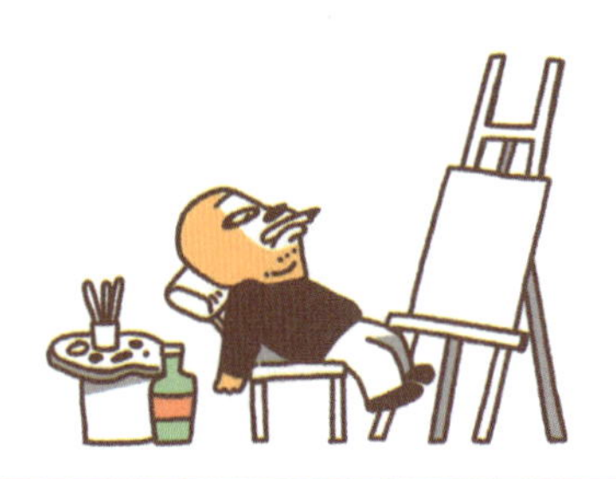

열심히 노력하다가 나태해지고

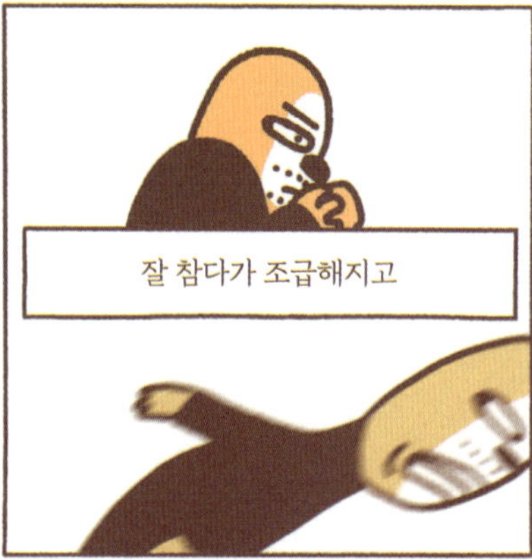

잘 참다가 조급해지고

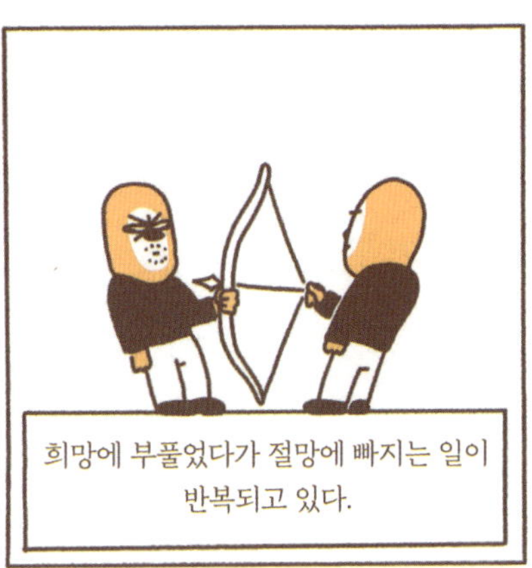

희망에 부풀었다가 절망에 빠지는 일이
반복되고 있다.

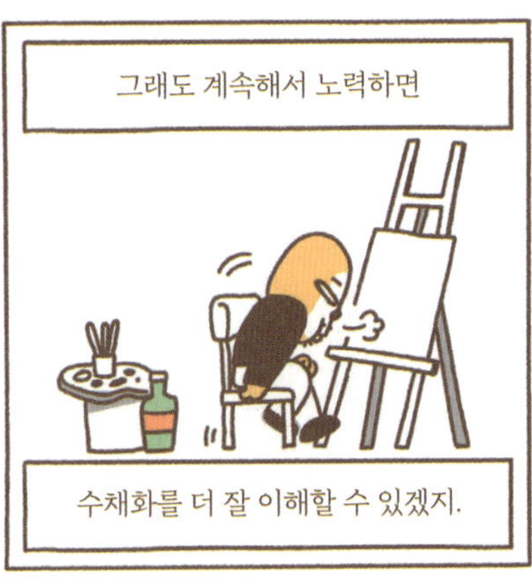

그래도 계속해서 노력하면
수채화를 더 잘 이해할 수 있겠지.

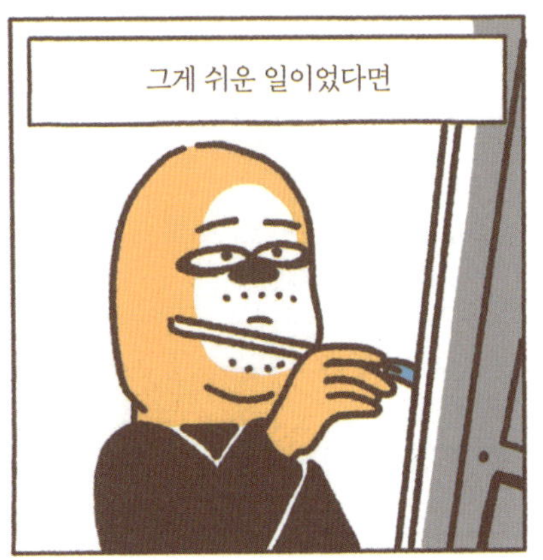

그게 쉬운 일이었다면

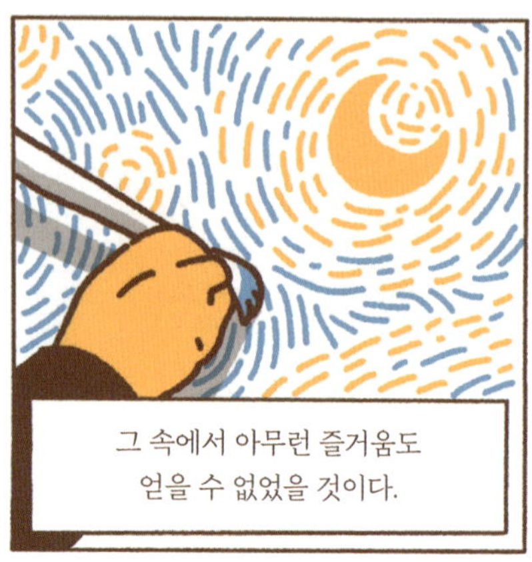

그 속에서 아무런 즐거움도
얻을 수 없었을 것이다.

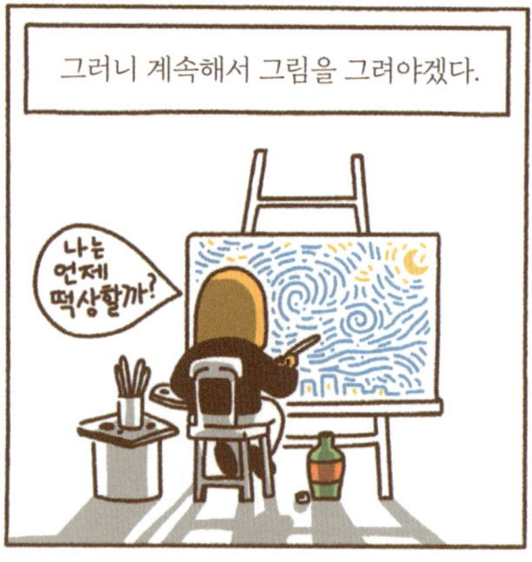

그러니 계속해서 그림을 그려야겠다.
나는 언제 떡상할까?

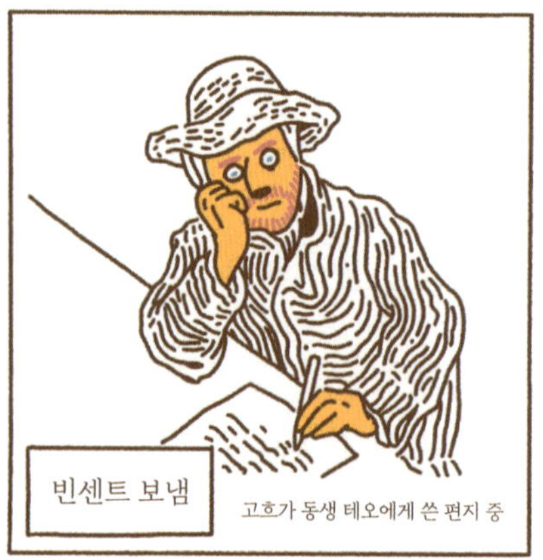

빈센트 보냄
고흐가 동생 테오에게 쓴 편지 중

발목이 삐어서 오늘은 쉽니다

이번엔 웬일로 오래가나 했다.

작년 초봄, 유튜브를 보다가 미라클 모닝Miracle Morning에 확 꽂혀서 한번 도전해보고 싶어졌다. 안다, 나도. 안 어울리는 짓이란 거. 그런데 하도 미라클 모닝으로 인생이 바뀐 사람들의 간증을 보다 보니 궁금증이 치밀고 불쑥 '나라고 왜 못해?' 같은 오기가 치밀더니, 곧이어 알 수 없는 자신감 같은 게 치밀어 올랐다.

다들 이런 식으로 자기계발에 입교하게 되는 걸까? 아무튼 그렇게 덜컥 시작해서 미라클 모닝 3주 차를 달성해버렸다.

3주라니. 정말로 몸이 가뿐해지고 긍정적인 마음가짐이 차올라 브이로그까지 찍고 말았다. 나 이러다 아침형 인간에 눈 떠버리는 거 아닌가?

미라클 모닝에 대해 잘 모른다면 겨우 좀 일찍 일어나는 걸로 유별나게 군다고 생각할 수도 있겠다. 조금 설명을 하자면 일단 '좀 일찍' 일어나는 게 아니다. '심하게 일찍'이다. 5시 기상이라니! 이 챌린지의 이름은 '미라클 던'Miracle Dawn으로 정정되어야 마땅하다. 그리고 기상만 해내는 것이 전부가 아니다. 명상, 글쓰기, 독서, 확언('나는 할 수 있다' 같은 문장을 몇 분 동안 소리 내서 읽는 식이다)… 뭐 이런 여섯 가지 미션을 전부 해내는 것이 한 패키지다.

물론 못할 건 아니다. 좀 익숙해지고 나면 한 시간 안에 끝낼 수도 있다. 그러나 미라클 모닝 미션 중 가장 큰 존재감은 이거다. 아침 달리기. 물에 젖은 것처럼 무거운 몸을 저 어두컴컴한 길에 굴려야 한다. 하필 초봄에 마음먹은 바람에 운이 나쁘면 자주 영하권의 꽁꽁 언 땅을 박차야 하기도 했다. 그런데 이 모든 미션을 모두 해치우고 나면 아무리 늦어봤자 7시다. 원래 10시나 되어야 눈을 뜨는 초야행성 인간이 아침 7시에 이 정도 생산력이라니, 이만하면 브이로그 찍고 호들갑 떨만 하지 않나?

내가 처음에 뭐라고 했더라. 그래, 결론적으로 이 도전은 3주 만에 막을 내렸다. 업로드한 브이로그가 무색하게 갑자기 뚝 하고 멈췄다. 아, 물론 그럴 만한 이유는 있었지.

여느 날처럼 제 시간에 일어나 달리기를 하는데 그날따라 발목 컨디션이 꽤나 좋은 거다. 이 몸의 한계는 어디일까? 속도를 올려서 보통의 두 배 정도 거리를 쉬지 않고 달렸다. 그렇지만 아무래도 무리였던지 7킬로미터 지점쯤에서 발목이 저릿하더니 결국 절뚝절뚝 절면서 집으로 돌아왔다. 저녁이 돼도 통증이 가라앉지 않자 병원 진료를 받았고 결과는 아뿔싸. 피로 골절에 3주 깁스행. 하… 사람들에게 내 생생한 미라클 모닝 체험기를 더 보여줘야 하는데. 여기 아침형 천재가 지금 막 눈을 뜬 참이었는데. 정말 아쉽게도, 너무너무 안타깝게도 발목이 삐는 바람에 더 할 수 없게 된 것이다. 엉엉. 진짜 발목만 안 다쳤어도….

그럼 달리기만 빼고 계속하지, 왜 아예 미라클 모닝을 관뒀냐고? 그거야, 흥이 깨져버렸으니깐. 흥. 달리기 없는 미라클 모닝은 반쪽짜리이지 않은가. 이렇게 된 거 다 나을 때까지 좀 충분히 쉬다가 다시 시작해야겠다고 생각했다.

그러나 그걸 시작으로 생각이 번졌다. 그러고 보니 아침에 중얼중얼 확언 문장을 읊어대는 건 좀 모양새가 웃기고, 명상 한답시고 눈 감고 손 모으고 있는 것도 바보 같았다. 지긋지

굿한 알람 소리 없는 아침은 또 이렇게나 달콤했던가. 아이고, 다 의미 없다. 콸콸콸 쏟아지는 현자 타임에 물 만난 물고기처럼 자기통제력은 와르르 둑이 무너지고 말았다. 아무렇게나 퍼져 있는 건 정말이지 개운하고 짜릿했다. 그때 괘씸한 생각이 피어오르기 시작했다. 어차피 다시 시작할 미라클 모닝이라면, 발목아, 좀 천천히 나아주라.

나는 사실 발목이 삐기를 기다렸던 게 아닐까. 그러니까 어떤 그럴싸한 명분이 필요했던 것이다. 중도에 그만둬도 아무도 뭐라 못할 명분. 그것은 불가항력적이고 천재지변에 가까울수록 더 좋다.

회사 다닐 적에 막중한 프로젝트를 앞둘 때면 내가 탄 출근길 버스가 제발 교통사고가 났으면 하고 기도했다. 장기 입원할 정도라면 더 좋겠다. 다이어트할 때도 연이은 단식이 너무 괴로울 때면 제발 급하게 부서 회식이 잡히길 바랐다. 회식을 그렇게도 싫어했으면서 말이다. 나는 어쩔 수 없는 명분 탓을 하며 아쉬움을 토로했다. 세상에 회식이 존재하는 한 직장인들은 살 빼기 글러먹었다면서. 물론 그날 회식 자리에서 술은 내가 제일 맛있게 처먹었다.

꼭 이런 대형 과제가 아니더라도 모든 일은 버거워지는 때가 온다. 권태나 압박감이 그 일의 난도를 훌쩍 상회하는 때가 온다. 그때가 되면 인과를 샅샅이 뒤져서 명분을 찾아낸다. 크든 작든, 심지어는 발목이 삐는 불행까지도 반기는 대인배가 된다. 당장 이 압박에서 자유로워질 수만 있다면. 그러나 이건 침착맨의 '오히려 좋아'나 장원영의 '럭키비키' 같은 긍정이 아니다. 명백한 현실 부정이며 임시방편 수단에 불과하다.

힘들이지 않고 얻은 해방감은 명분이 사라진 후엔 더 큰 부담감이 되어 일을 더 힘들게 만든다. '그때 그 일 왜 관뒀더라?' 한번 찬찬히 떠올려보면 대부분은 사소한 명분을 계기로 잠시 쉬다가 아주 하차해버렸다. 당연한 결말이지만 발목이 완치된 후에도 미라클 모닝을 재도전하는 일은 없었다.

아침에 달리기를 할 때마다 무라카미 하루키가 떠올랐다. 이상하다. 우사인 볼트도, 킵초게도 아닌 어떤 소설가를 먼저 떠올린다는 게. 그러나 꽤나 많은 모닝 러너들이 공감할 것이다. 달리기에 있어 하루키는 상징적인 존재니까.

그는 서른 초부터 칠순이 훌쩍 넘은 지금까지도 매일 아침 10킬로미터씩 달리기를 한다. 매일. 그걸 수십 년이 넘도록 유지한 까닭은 비단 건강 때문만은 아니란다. 그의 말에 따르면 그것이 실제로 장편소설을 쓸 때 도움이 된다는 것이다. 달리기를 통해 몸이 기분 좋은 상태를 유지하게 만드는 것이 잘 쓰는 비결이랬다. 처음엔 그가 러너스 하이*에 중독된 게 아닐까 했다. 중독에 의지할 만도 하다. 오랜 시간 상상력에 의지해 장편을 써내는 건 초월적인 힘이 필요한 일이니까.

그는 에세이 《달리기를 말할 때 내가 하고 싶은 이야기》에서 그 말의 진짜 의미에 대해 설파했다.

빨리 달리고 싶다고 느껴지면 나름대로 스피드도 올리지만 설령 속도를 올린다 해도 그 달리는 시간을 짧게 해서 몸이 기분 좋은 상태 그대로 내일까지 유지되도록 힘쓰며, 그것은 장편소설을 쓰고 있을 때와 똑같은 요령이라고 말한다. 더 쓸 만하다고 생각될 때 과감하게 펜을 놓는다. 그렇게 하면 다음 날 집필을 시작할 때 편해진다는 것이다.

그에게 중요한 것은 '페이스 유지'다. 전력을 다하지 않는다. 그건 최선을 다하지 않는다는 게 아니다. 리듬감을 단절하지 않는 것, 좋은 컨디션을 이어가는 요령, '지구력'이다. 그것이 수십 년을 이어온 아침 달리기와 소설 집필의 비결이었다. 일을 끝까지 마치기 위해 중요한 것이 체력이라면 일을 끝없이 이어가기 위해서 중요한 것은 바로 지구력이다. 그리고 세상 대부분의 일들은 단거리 달리기보다는 장거리 마라톤, 아니 끝없이 어제의 나와 배턴을 터치하는 계주에 가까울 것이고.

간혹 의욕이 넘칠 때 나는 오버 페이스를 한다. '오 이게 되네?' 극한까지 끌어올린 자신의 모습에 도취한다. 그러나 반드시 그다음 날은 어제보다 지치고 만다. 밤을 새워 만든 영상에 뿌듯해하며 잠이 들었다가 다음 날 편집 프로그램을 열기가 두려워질 때, 장편의 글을 몰아 쓰고서 며칠 동안 글쓰기는 꼴도 보기 싫어질 때도 그렇다.

내 딴에는 그렇게 해야 내 최대 능력치가 나온다고 믿는 것인데, 그렇게 오버해서 열을 올린 다음엔 불씨가 아예 꺼져버리게 된다. 다음 날 배턴을 이어받을 기력도 남지 않는다. 버닝은 번아웃으로 이어진다.

번아웃…이라고 하기엔 좀 창피하지만 아무튼 나의 싫증으로 인해 아웃된 프로젝트들엔 죄다 명분들이 주석처럼 달려 있다. 시간이 지나고 돌이켜 보니 번지르르한 명분일수록 더욱 창피한 기분이다. 뭐, 그렇다고 그저 꾹 참고 견디는 게 무조건 정답은 아니었겠지만. 하다 만 일들을 여태까지 이어왔다면 난 어떤 모습이 되었을까 하는, 그런 못내 아쉬운 상상으로 이어진다.

역시 세상 모든 건 힘 빼는 게 더 어려운 법이지. 능숙한 요령으로 어느덧 '미라클 모닝'이 '오디너리 모닝'Ordinary Morning이 된 평행우주의 나를 떠올린다. 다시금 불쑥 '나라고 왜 못해?' 하는 오기가 치밀어 오르려다가 작년에 찍어둔 브이로그를 보곤 얼굴이 화끈 달아오른다. 거기엔 아침을 찬사하는 내 모습이 담겨 있다.

"미라클 모닝을 만나고 인생이 180도 바뀌었어요!"

응, 너는 1년 뒤 거기서 180도 더 돌아서 새벽 5시에 잠드는 일상을 만나게 된단다. 아아, 어떤 각오든 성공하면 호기, 실패하면 객기 아닙니까. 그래도 지우긴 아까워서 비공개로 돌려둔다. 이 잠재적 아침형 천재의 기록은 나 혼자만 간직하기로 한다.

* 러너스 하이Runner's High: 30분 이상 쉬지 않고 달렸을 때 밀려오는 행복감. 헤로인이나 모르핀을 투약했을 때 나타나는 의식 상태나 행복감과 비슷하다! 팔다리가 가벼워지며 리듬감이 생기고 피로가 사라지면서 새로운 힘이 생긴다.

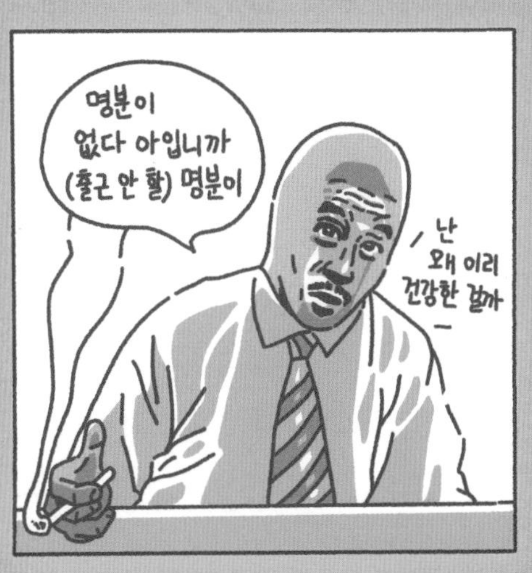
명분이
없다 아입니까
(출근 안 할) 명분이
난
왜 이리
건강한 걸까

군대 이야기해서 죄송합니다. 그렇지만 정말이지 글감으로 이만한 게 있을까? 그곳엔 20대 초에 처음 맞닥뜨리는 사회생활의 다이내믹이 있다. 또 좀 별난 사회생활인가. 그 폐쇄된 공간에, 그 불합리한 관습에, 각종 가혹 행위까지 잔존하던 그 시절(필자의 복무 기준 2012년도)은 꼭 어떤 트라우마가 아니더라도 인생의 깊은 인상을 남기기에 충분하다. 이해해달라. 아마 남자들이 자꾸 그때의 무용담을 이야기하는 것은 위업에 대한 자랑보다는 이쪽에 대한 하소연이 더 클 테다. 하지만 지난하고 자질구레한 일들은 제쳐두고 내가 꺼내고 싶은 이야기는 그것이 남긴 어떤 한 가지 버릇에 대한 것이다.

지긋지긋하게 꾼다던 재입대 꿈도 뜸해질 세월이 지났지만 여전히 자주 입에 오르는 군대 시절 말버릇이 있다. 다들 하나쯤은 있을 거다. 어디서부터 내려온지도 모르는 자기네 부대 은어. 우리 부대의 경우엔 이거였다.

"핑?"

차진 어감을 가진 한 음절. 영어도 중국어도 아니다. '핑계 대냐?'라는 말을 줄인 것이다. 엄격한 조직 집단인 군대에서는 사건 사고에 민감하기 때문에 어떤 이유에서건 당사자가 스스로 책임을 져야 한다. 그래서 후임이 실수 직후에 구구절절 상황만 늘어놓을 때 선임이 말을 쓱 자르고 "핑?" 한마디를 대면 '여긴 군대야, 네 잘못을 인정하지 않고 다른 데 탓을 돌리는 거니? 실수를 시정하지 않고 핑계를 대는 너에게 실망해도 되겠니?'라는 의도를 아주 빠르고 정확하게 전달할 수 있다. 군대의 효율성이 이토록 놀랍다. 아무래도 실제 용도는 효율보다는 갈구기에 있었겠지만.

핑은 제대 후에도 종종 사용되곤 했다. 일이 제대로 되지 않을 때마다 나에게 되물었다.

'지금 이거 핑?'

그러면 안 되는 이유들은 한꺼번에 일축되고 문제를 해결

하는 데만 집중할 수 있었다. 또 그런 내 모습이 좀 어른스러운 것도 같았다. 사람들도 좋아하던데? '역시 남자는 군대를 갔다 와야 한다니까'라면서. 게으른 마음이 들거나 변명이 불쑥불쑥 생겨나려고 할 때마다 회초리처럼 핑을 꺼내 들었다. 그럼 따끔하게 정신이 들었다. 핑은 효율이 좋았다.

그러니까 여러분도 핑을 활용해 보시라…라고 말하고 싶지는 않다. 사실 핑에는 치명적인 단점이 있으니까.

말했던가, 군 생활은 별난 경험이었다고. 그곳의 논리는 사회와 조금 다르게 적용된다. '까라면 까'라는 그곳의 오랜 격언처럼 군대는 임무 수행을 위해 모든 일이 질서와 효율에 초점이 맞춰져 있다. 그러나 세상일이라는 게 어디 효율로만 성과가 귀결되던가. 대부분 인과관계가 복잡다단하게 엮여 있다. 여기서 '핑'의 문제점이 드러난다. 바로 인과의 추적이 안 된다는 것. 이유들을 전부 잘라먹었기 때문이다. 되돌아보면 잘못했다는 기억만 남고 내가 왜 그런 잘못을 했는지는 알 수 없게 된다.

'일만 잘하면 되지.'

한국 사회에서는 핑계를 극도로 경계하는 경향이 있다. 타인에게 민폐 끼치는 것을 특히 꺼리는 문화 때문에 스스로에게 엄격한 사람이 되는 것이다. 물론 공동체에서 그런 마음이 얼마나 기특한 배려던가. 문제는 자기 자신과의 관계에서도 마찬가지로 적용된다는 점. 자신을 봐주지 않는 인간이 된다. 게을러진다거나 일이 하기 싫어질 때 왜 그런 마음이 드는지 생각해보기보다 '그냥 해!'를 외치는 것이다. 그러면 일이야 어떻게든 이어갈 수 있겠지만 스스로 생긴 오해는 골이 깊어지면 마음의 병이 된다. 대체 내 마음이 왜 이러는지 괴로워도 그 이유를 추적할 수가 없다.

시간을 들여서 인과를 파악할 필요가 있는 일도 있다. 적어도 내가 어떤 사람인지 알아가는 일에 있어서만큼은 효율이 중요한 게 아니다. 찬찬히 들여다봐줄 필요가 있다.

아마 아직까지도 '핑'이 내 입에 계속 맴도는 까닭은, 돌이켜 보건대 그 당시 내가 무척이나 억울했던 모양이다. 군대의 불문율을 깨고서라도 구태여 설명해야 할 사정이 있었을 것이다. 내가 '대충' 했거나 '반항'했거나 '멍청'했던 게 아니라고. 자기방어를 위한 책임 전가가 아니라 분명히 존재했던 뚜렷한 인과가 있다고.

핑계는 중요한 단서다. 나도 모르는 나의 내면을 알아내기 위한 단서. 일하기 싫은 마음에 대해 무작정 호통을 치는 대신 가만히 그 핑계를 추적하다 보면 어떤 알고리즘에 따라 내 게으름이 발현되는지 알아낼 수 있을지도 모른다. 그리고 어쩌면 내 게으름의 출처는 부도덕이 아니라 어떤 기질에서 출발했다는 사실도.

그러니 나는 "핑?"이라고 일축하지 않겠다. 당신의 핑계가 궁금하다. 이 책을 집어 들게 만든 당신의 게으름은 어디서부터 시작된 건지. 이 책의 어느 지점에 우리의 공감이 만나는 구석이 있었는지 구구절절 들어보고 싶다. 쓰다 보니 꼭 이 말이 책 리뷰를 써 달라는 것처럼 들릴 수도 있겠는데? 바로 그거다.

우리는 스스로에게 핑계를 늘어놓을 시간이 필요하다. 단, 너무 거창해지지 않기로 하자. 거창하면 구차해지기 쉬우니까. 이 리뷰 구걸처럼.

정신 승리

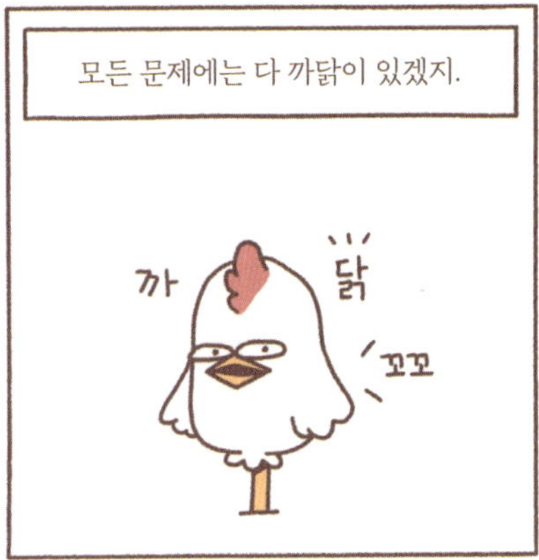

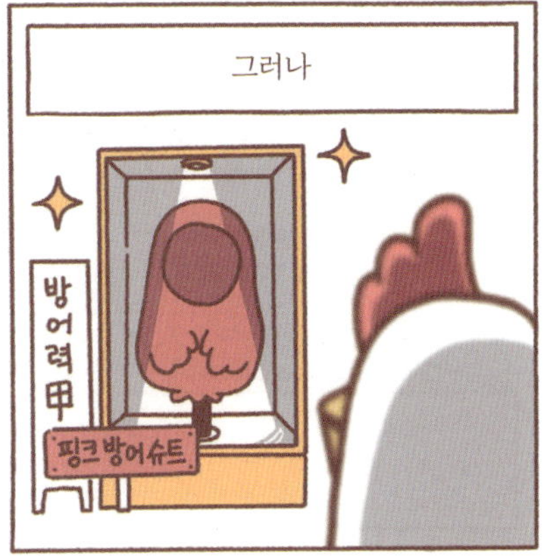

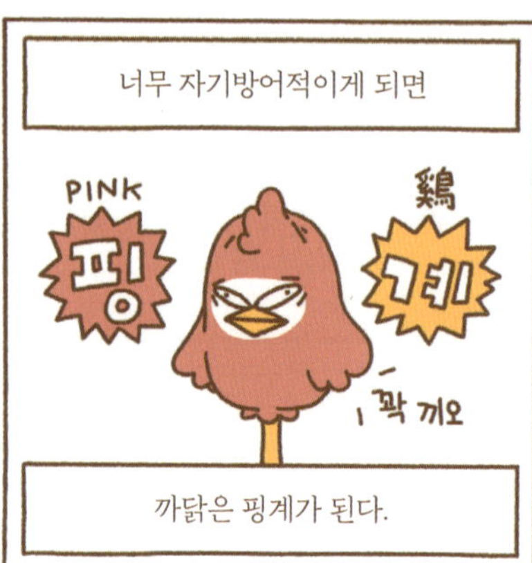
너무 자기방어적이게 되면
PINK
핑
鷄
계
꽉 끼오
까닭은 핑계가 된다.

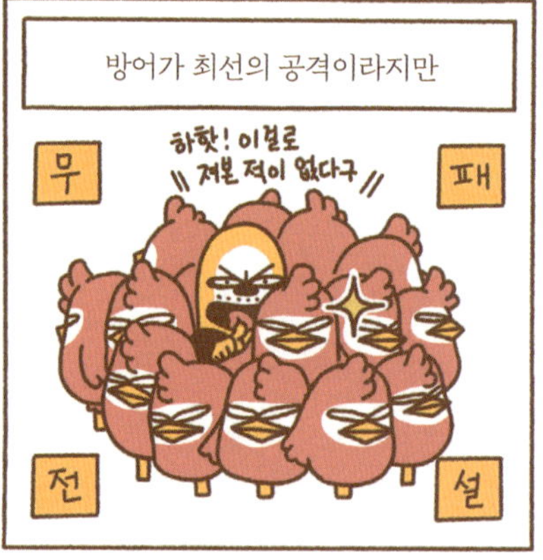
방어가 최선의 공격이라지만
하핫! 이걸로
져본 적이 없다구
무
패
전
설

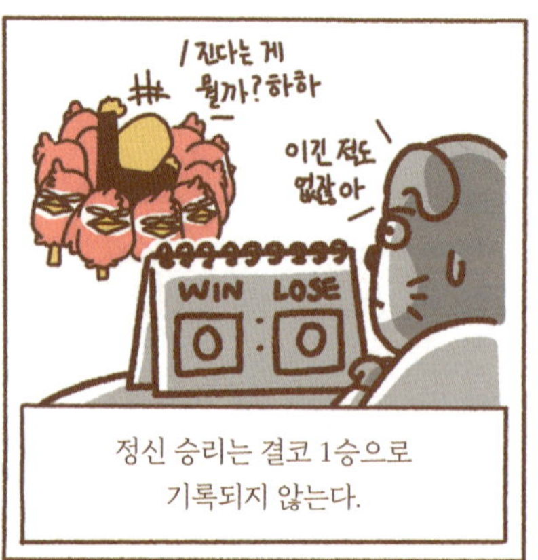
진다는 게
뭘까? 하하
이긴 적도
없잖아
WIN   LOSE
0 : 0
정신 승리는 결코 1승으로
기록되지 않는다.

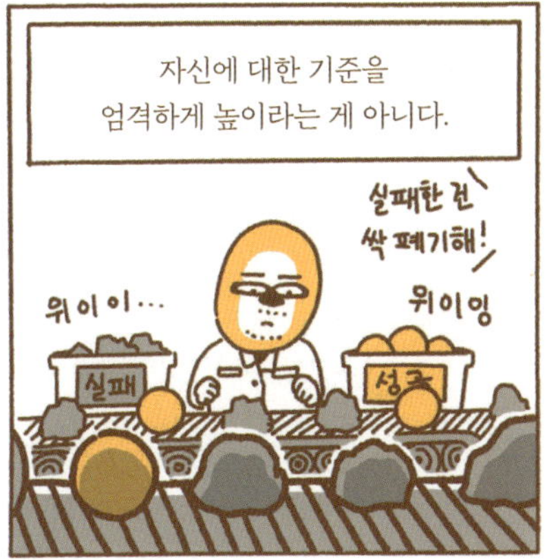

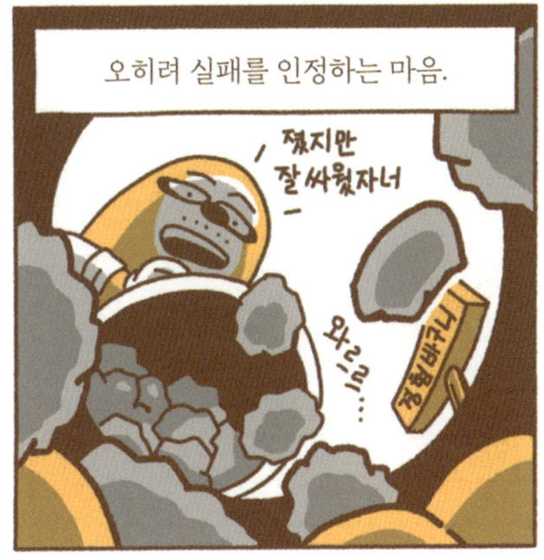

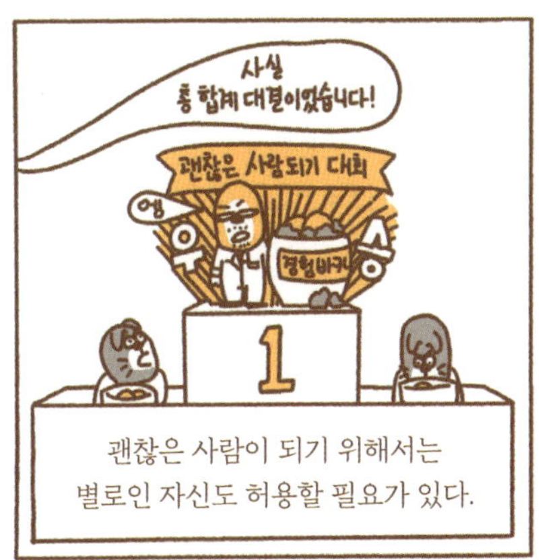

괜찮은 사람이 되기 위해서는
별로인 자신도 허용할 필요가 있다.

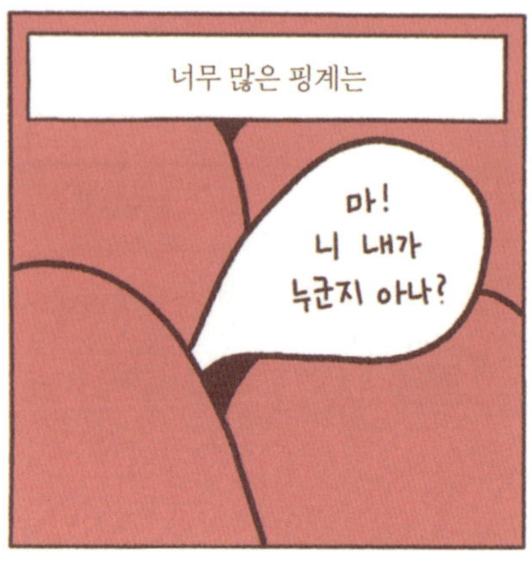

너무 많은 핑계는
마!
니 내가
누군지 아나?

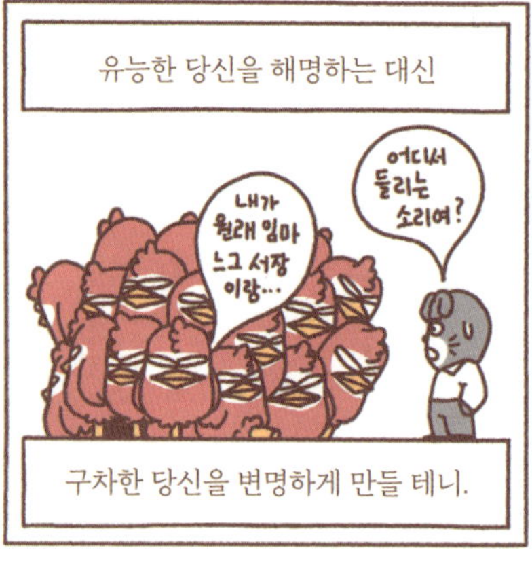

유능한 당신을 해명하는 대신
내가
원래 임마
느그 서장
이랑...
어디서
들리는
소리여?
구차한 당신을 변명하게 만들 테니.

제가 ENFP라서요

요즘 한국인들은 죄다 인류학자나 심리학자인 듯하다. 처음 보는 사람과 인사를 나눌 때 서로 마이어스 브릭스 유형 지표 Myers Briggs Type Indicator를 묻는다니. MBTI 말이다. 그냥 유형만 묻는 것도 아니다. 그 유형에 따라 상대에 대한 적절한 대응법을 준비하고 행동의 인과를 진단한다. 하여간 대단한 교육열의 민족이라니까.

항상 문제는 과몰입이다. 좀 지나치다 싶을 정도로 MBTI를 일상 곳곳에 대입시키는 기조가 있다. 공감력이 부족한 상대에게 "너 T(이성적)야?"라고 묻는다든가 넘치는 에너지를 발

산하는 사람을 보면 "E(외향적)들은 기 빨려."라고 말하는 식
으로 말이다. 차라리 이런 게 근거도 없이 까 내리는 것보단
덜 무례하지 않나 싶다가도 결국 사람을 유형화해서 갈라치
기 하는 데 유난인 한국인 특성 아니겠는가. 이 이전엔 혈액형
이, 그보다 이전엔 심리테스트나 별자리, 사주 같은 게 그 자
리를 꿰차고 있었다. 그게 MBTI로 유행이 옮겨간 것뿐이지.

그럼에도 내가 여기서 굳이 MBTI를 이야기하고 싶은 이유
는 바로 네 번째 자리의 지표에 있다. J와 P. 간단히 설명하자
면 J는 '계획형'이고 P는 그 반대편의 '즉흥형'인데, 뭐 둘 다
좋은 말로 표현은 해두었지만 뉘앙스가 딱 느껴지지 않는가?
부지런하게 계획을 세우는 쪽이 J니까 자연스레 P의 몫은 게
으름이 된다. 다른 지표인 E(외향적)와 I(내향적), N(직관형)과
S(감각형), F(감성적)와 T(이성적)는 그래도 그나마 상대편의
다름을 인정하는 편인데 유독 P에 있어서는 대접이 박하다.
검사에서 P가 나올까 봐 무슨 저주라도 내리는 것마냥 두려워
하고 블로그나 유튜브에 'J 되는 법', 'P 고치는 법' 같은 게 널
렸다.

나는 P다. 그것도 ENFP다. 그러니까 나가서 노는 걸 좋아
하고(E) 망상을 즐기며(N) 감정에 휩쓸리고(F) 즉흥적인(P)
유형이다. 내가 실제로 그런 사람인지는 모르겠지만 적어도

MBTI 검사에선 그렇다. 그냥 어쩌다 한 번 나오는 게 아니라 15년 전 고등학교 진로 교과 시간에 처음 해본 이후로 여태껏 한 번도 예외 없이 ENFP만 나왔다. 그 당시엔 '스파크형'이라면서 '연예인이나 예술가가 어울리네요!' 같은 썩 듣기 좋은 말이 적혀 있었던 것 같은데, 요즘은 그냥 '대가리 꽃밭'이라고 부른다. ENFP는 대책 없이 오늘만 사는 인간들이라는 게 요즘 중론이다. 어쩐지 게으름에 대한 만화를 그린다고 했을 때 내 MBTI를 말하면 다들 쉽게 끄덕거리더라.

그러고 보니 회사 다닐 적 인사팀 선배도 나한테 그런 말을 했었다. 회사는 ENFP의 무덤이라고. 회사원인 ENFP의 운명은 둘 중 하나랬다. 퇴사하거나 MBTI가 바뀌거나. 자유분방한 성향 때문에 조직 생활이 힘들 거라고 말이다. 처음엔 그런 게 어딨냐고 속으로 반발도 해봤지만 어느 즈음엔 나도 '이렇게 회사가 가기 싫은 이유는 내가 ENFP이기 때문이겠지.' 하고 되뇌었던 것 같다. 결과적으로 퇴사를 하고 말았으니 나는 그의 'ENFP 운명론'에 좋은 표본을 추가한 셈이 됐다.

사람들은 운명에 관심이 많은 것 같다. 말하자면 영화 〈해리 포터〉의 '기숙사 배정 모자'처럼 알아서 정해주길 바라는 거지. 그리핀도르가 될 운명인지 슬리데린이 될 운명인지. 객관성에 기대서 내 모습을 합리적으로 판단하고 싶은 것이다.

그러나 MBTI는 마법 같은 게 아니다. 그냥 '계획 짜는 걸 선호하나요?'라는 질문에 '아주 그렇지 않다'를 선택해서 즉흥형 P가 나오는 식이다. 언제 어떤 마음으로 검사를 받느냐에 따라 다른 결괏값이 나오기도 한다. 사실 당신도 알고 있지 않나? 이런 검사로 내가 어떤 사람인지 결정할 수 없다는 것을.

환경과 상황의 영향을 받는 MBTI 결과처럼 정체성이란 내 기질에 여러 복합적인 이유가 뒤섞여서 산출된다. 요컨대 ENFP의 가장 큰 특징 중 '하기 싫은 일에 대한 인내심이 적다'가 있는데, 반대로 생각하면 의욕적인 환경만 마련되어도 에너지를 십분 발휘할 수 있게 된다는 말이 된다. 그렇다면 우리 같은 부류들이 더 나은 운명을 가지는 방법은, P를 J로 바꾸는 일보다는 좋아하는 일을 찾고 지속 가능한 환경을 만드는 쪽에 더 가깝다. 그것의 목표가 생산성이든 행복감이든.

게다가 말하기 좀 쑥스럽지만 나는 꽤 탁월한 직감을 가지고 있는 것 같다. 언제부턴가 알 수 있었다. 다른 사람들보다 무엇이든 한눈에 알아채는 능력이 뛰어나다는 것을. 그것에 대한 자신감이 부지런함 대신 순발력이나 창의력을 더 계발하도록 만든 게 아닐까? 말하자면… 게으른 천재로서의 숙명 말이다. (농담이다.) 이 또한 ENFP의 구별되는 특징 중 하나라고 적혀 있었다. 나는 이 특별한 감각을 지켜내기 위해 15년 넘게 MBTI 검사지에다 같은 대답을 입력했는지도 모르겠다. 하긴, 게으른 건 참을 수 있어도 평범한 건 못 참는 편이니까.

그러나 문제는 이 직감이라는 게 아무 때나 사용할 수 있는 게 아니라는 거다. 발동 조건이 좀 까다롭다. 그 조건이 뭐냐면… 사실 나도 아직 모른다. 유튜브나 나무위키 같은 데서 레퍼런스를 얻기도 하고, 좀 누워 있다 보면 영감이 떠오르기도 하고… 랜덤이다. 그래서 때로는 그 감이라는 게 올 때까지 좀 시간이 오래 걸리기도 한다. 누군가 보면 그게 그냥 게으른 거 아니냐고 하겠지만. 크흠.

아무튼 MBTI 같은 건 딱 질색이야…라고 말할 생각은 없다. 눈치챘겠지만 나 역시 유형론에 환장하는 사람 중 한 명이다. 가령 내가 당신과 만난다면 우리가 이야기를 나누기 전부터 MBTI를 추측해보고 있을 것이며, 대화가 잘 통하지 않는다면 우리의 어떤 지표가 가장 다른지 이유를 찾고 있을 거다. 그뿐인가. 나는 당신의 혈액형이 O형이라는 것만으로 호감도가 올라가고 사주 오행 중 물이 많다면 마음의 문까지도 쉽게 열어주는 사람이다. 그러니 너그러이 이해해달라. 내가 이토록 유난하게도 당신의 MBTI를 궁금해하는 목적은 '지레짐작' 같은 게 아니다. 그 자리를 '관심'으로 치환해보면 또 좀 살가워지는 것도 같다. 공감 못하겠다고? 혹시 T세요?

왜 항상
해야만 하는 일은 그렇게 하기 싫을까?

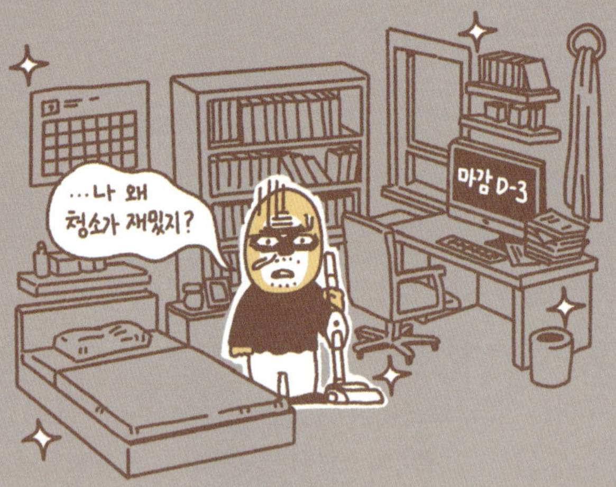

...나 왜
청소가 재밌지?
마감 D-3

안 해도 되는 일은 그렇게 재밌으면서.

더 격렬하게 아무것도 안 하고 싶다

아무것도 안 하고 싶다. 이미 제목에도 썼지만 이런 날은 몇 번의 동어반복이라도 허용한다. 오늘따라 글이 잘 안 써진다 거나 날씨가 지나치게 덥다거나 그 외 의욕을 앗아가는 어떤 장애물이라도 만났다거나 하는 이런저런 꼬리말을 달 필요 없다. 그냥 이유 없이 아무것도 하고 싶지 않은 날 있지 않은가.

아아, 정말 그런 날이 있다. 존재만 하는 존재로 존재하고 싶은 날. 어떤 의식을 해야겠다는 의식 없이 무생물처럼. 걔들 은 간혹 의식 대신 버튼이 있다. 켜면 움직이고 끄면 멈추는 그거. 나도 그렇게 버튼만 하나 눌러서 모든 의식을 끄고 정지

한 상태로 있고 싶다. 그렇지만 나는 무생물도 미생물도 아니고 다세포를 가진 약동하는 생물이라 가만히 있어도 의식이 쉴 새 없이 흐른다. 가령 글에도 의식의 흐름이라는 기법이 있다. 지금 이 글처럼.

사실 정말 그렇다. 아무것도 안 하고 싶다는 생각이 들 때 막상 아무것도 안 해보면 생각보다 아무것도 안 한다는 게 어렵다는 걸 알게 된다. 하다못해 아무 생각도 하지 않겠다는 생각이 들거나 아무 느낌도 느끼지 않는 느낌이 느껴진다. 음… 정신이 혼미해지는군. 봐라. 아무것도 안 하려고 하자마자 격렬하게 무언가를 해버렸다.

한때 명상에 꽂혔던 적이 있다. 특별한 계기는 없었다. 당시 난 퇴사든 이사든 이별이든 무언가와 잔뜩 헤어지고 있던 중이라 정신 건강이 좋지 못했고 그저 명상이 정신 건강에 좋다는 말을 어디선가 들었던 것 같다.

무턱대고 유튜브에 '명상하는 법' 같은 걸 검색해보니 가이드 영상이 많았다. 아무거나 켠 다음 시키는 대로 했다. 양반다리를 하고 기얀 무드라_{Gyan Mudra}(엄지와 검지를 맞대고 무릎 위에 손바닥이 위를 보게 놓는 명상 손동작)를 하고 눈을 감았다. 명상을 할 때마다 매번 다른 영상을 눌렀지만 선생님의 대사는 거의 비슷하게 이런 식이었다.

명상은 어떤 생각을 깊이 하는 일이 아니라 반대로 아무 생각도 안 하는 일입니다. 모든 생각을 비우고 호흡에 집중하세요.

그런데 이게 말처럼 쉽지 않았다. 코끼리를 떠올리지 말라는 말을 들으면 머릿속에 코끼리가 또렷해지는 것처럼 아무것도 생각하지 말라는 말을 듣자마자 미친 듯이 아무 생각이나 마구 떠올랐다. 호흡을 의식하다 보니 숨도 엇박자로 쉬게 됐다. 한참 바보같이 헐떡거리며 괴로워하고 있으니 유튜브 속 선생님은 다 예상했다는 듯 말을 덧붙였다.

이런저런 생각이 올라온다면 그 생각들을 멀리서 지켜보시다가 자연스럽게 흘러갈 수 있게 내버려두세요.

그러자 이번엔 생각 하나하나를 절대 흘러가지 못하게 꼭 붙잡고 늘어지는 내 모습을 볼 수 있었다. 아마 명상 선생님이 유튜브 속이 아니라 내 앞에 있었다면 '넌 답이 없네요'라며 한숨을 쉬었을 것이다. 나는 어릴 때도 유독 엄마 말을 잘 안 듣는 아이였다. 명상은 얼마 못 가 접었다.

인간은 청개구리 심리가 디폴트로 깔려 있다. 좀 더 있어 보이게 말하면 칼리굴라caligula 효과라든지 리액턴스reactance 효과라고도 하는데 그다지 와닿지도 않고 청개구리가 익숙하니까 청개구리로 하겠다. (사실 실제 베짱이랑 게으름이 별 상관없는 것처럼 청개구리도 반발 심리랑 별 상관없단다.) 요는 인간 심리란 뭔가 못하게 하면 더 하고 싶어지도록 설계되어 있다는 거다. 몰래 먹는 군것질거리가 더 맛있다거나 시험 기간에 보는 쇼츠가 더 재밌다거나 하는 게 다 그렇다. 작용 반작용에 따라 자연스럽게 생기는 심리다. 압박감이 만드는 반발감. 당연하게도 압박감이 강할수록 반발감도 강해진다.

반대의 예도 마찬가지다. 뭔가를 해야만 한다는 압박감은 '그러니까 더 하기 싫어지는데?' 하는 반발을 불러일으킨다. 심지어 그게 원래 내가 좋아하던 것일지라도. 그런 이유로 '해야 하는 것'과 '하고 싶은 것'이 서로 합치하는 경우는 매우 드물다. 통제력이 아주 뛰어난 사람이 아니라면 말이다.

나는 성격이 아주 더러운 청개구리로서 틈만 나면 아무것도 하기 싫다고 격렬하게 개굴거렸다. 일이 마구마구 쏟아질 때면 아주 쉬운 일도 자꾸 미루고만 싶어졌다. 그 마음이 투정과 무기력 사이, 혹은 아예 다른 무언가일 수도 있겠지만 그 출처를 가만히 따라가다 보면 분명 푸시를 받는다든지, 컴플레인이 예상된다든지, 데드라인이 가까워졌다든지 등의 압박들이 있었다.

그럴 때는 소원대로 아무것도 안 하고 쉬어봤자 기분이 전혀 나아지지 않았다. 아무것도 안 하고 있으면 그다음에는 더 격렬하게 아무것도 안 하고 싶어질 뿐이다. 그건 아무것도 안 하는 것과 달리 어떻게 하는 건지도 몰라서 그냥 바보 같은 표정으로 괴로워하게 된다. 결국 더 미래의 내가 더 괴로운 표정으로 똥을 치운다.

회사를 그만두고 내 마음대로 아무것도 안 할 수 있는 시간이 많아졌다. 마음껏 아무것도 안 한다는 것은 기대와 달리 그리 유쾌한 일이 아니었다. 불안감은 둘째 치더라도 재미가 예전만 못하다. 그렇게 손을 못 떼던 유튜브도 막상 각 잡고 찾아서 보려니 딱히 구미가 당기는 게 없었고, 알람 없이 한번 실컷 자보려고 해도 얼마 못 가 금세 정신이 똘망똘망해졌다. 나의 유희들이 시시해진 이유는 아이러니하게도 압박감이 사라져버렸기 때문이었다.

아, 이제 어떤 압박 없이는 즐거움을 느끼지 못하는 몸이 되어버린 걸까? 아무것도 안 했는데 아무렇지도 않게 끝나버리는 하루하루를 보내면서 격렬했던 시절이 그리워졌다. 이쯤 되면 나도 뭐 어쩌자는 건지 모르겠다. 칼리굴라든 청개구리 원작자든 빨리 나와서 해명을 하든가 해결책을 내놓든가 했으면 좋겠다. 그러고 보니 청개구리 이야기 결말이 어떻게 됐더라.

청개구리는 비가 올 때마다 '엄마 말 잘 들을걸' 후회하면서 펑펑 울었답니다. 무력하게도요.

(이야, 애들 동화치고 새드엔딩이 잘 없는데…)

집에 있는데도 집에 가고 싶다는 사람이랑 죽고 싶지만 떡볶이는 먹고 싶은 사람을 초대해 가정식 떡볶이를 만들어주고 싶다. 그러고서 우리 중 누가 가장 무기력한지에 대해 이야기하는 거지. 오, 생각만 해도 세상 힘 빠지는 식사다. 그렇지만 격렬하게 토론하다 보면 나만 그런 게 아니라는 안도감에 조금 기력이 생길지도 모르겠다.

일단 이 식탁에선 '그러니까 정신 빠짝 차리고 열심히 삽시다!' 같은 말은 금지다. 그런 건 힘든 사람한테 하는 '힘 내'라는 응원같이 별 도움도 안 될 뿐더러 청개구리들의 반발심을 자극해서 더 격렬하게 아무것도 하고 싶지 않게 만들 테니까. 그냥 냅둬라. 어느 정도 울다 보면 제풀에 지쳐서 뭔갈 하러 갈 테다. 자연스럽게, 비가 내리고 그치듯이.

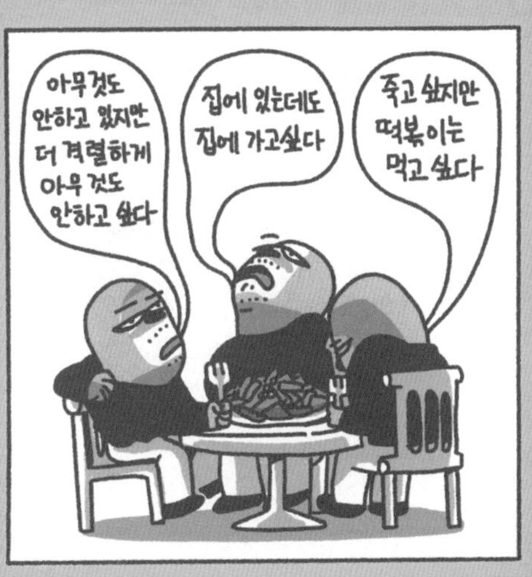

아무 것도 안하고 있지만 더 격렬하게 아무 것도 안하고 싶다
집에 있는데도 집에 가고싶다
죽고 싶지만 떡볶이는 먹고 싶다

미루는 게 아니라
예열 중입니다

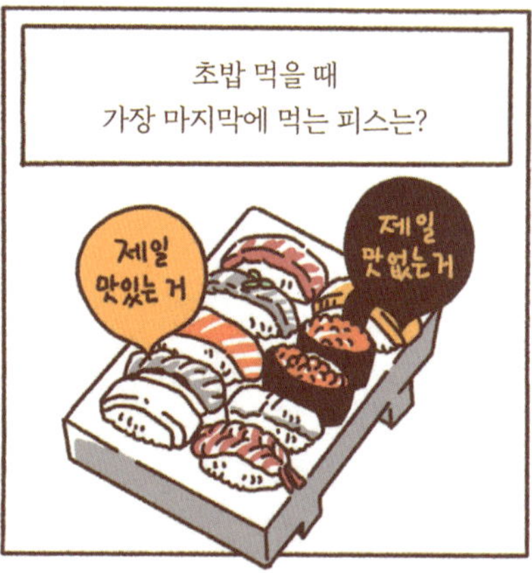

초밥 먹을 때
가장 마지막에 먹는 피스는?
제일
맛있는 거
제일
맛없는 거

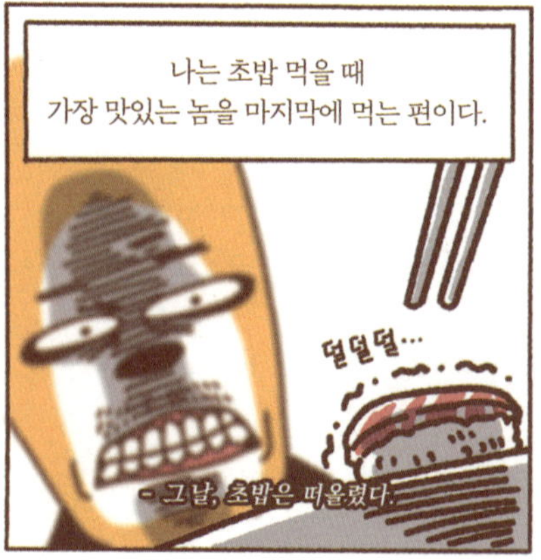

나는 초밥 먹을 때
가장 맛있는 놈을 마지막에 먹는 편이다.
덜덜덜…
- 그날, 초밥은 떠올렸다.

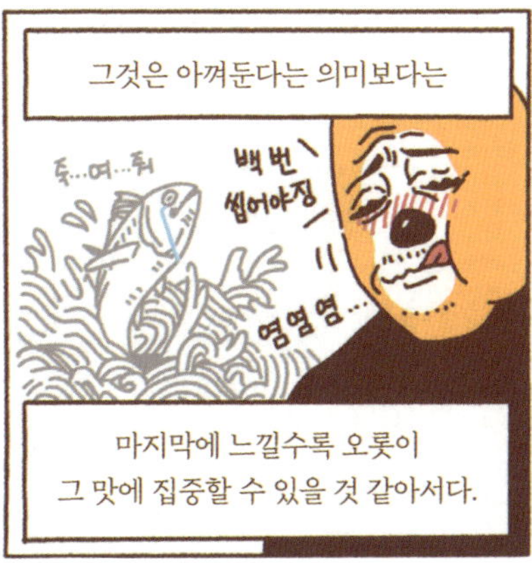

그것은 아껴둔다는 의미보다는
죽...여...줘
백 번
씹어야징
염염염...
마지막에 느낄수록 오롯이
그 맛에 집중할 수 있을 것 같아서다.

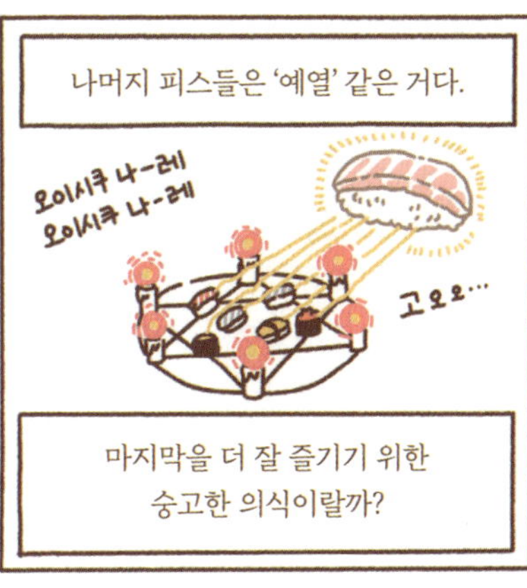

나머지 피스들은 '예열' 같은 거다.
오이시쿠 나-레
오이시쿠 나-레
고오오…
마지막을 더 잘 즐기기 위한
숭고한 의식이랄까?

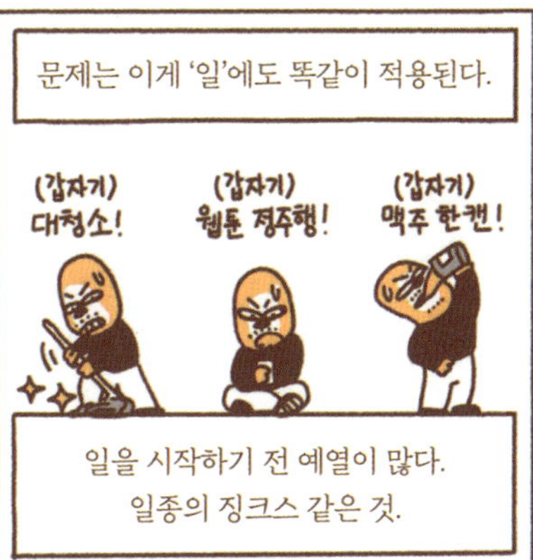

문제는 이게 '일'에도 똑같이 적용된다.
(갑자기)
대청소!
(갑자기)
웹툰 정주행!
(갑자기)
맥주 한캔!
일을 시작하기 전 예열이 많다.
일종의 징크스 같은 것.

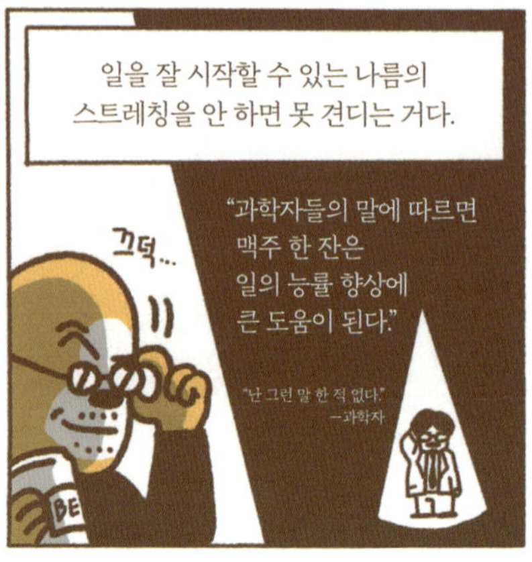

일을 잘 시작할 수 있는 나름의
스트레칭을 안 하면 못 견디는 거다.
끄덕...
"과학자들의 말에 따르면
맥주 한 잔은
일의 능률 향상에
큰 도움이 된다."
"난 그런 말 한 적 없다."
—과학자
BE

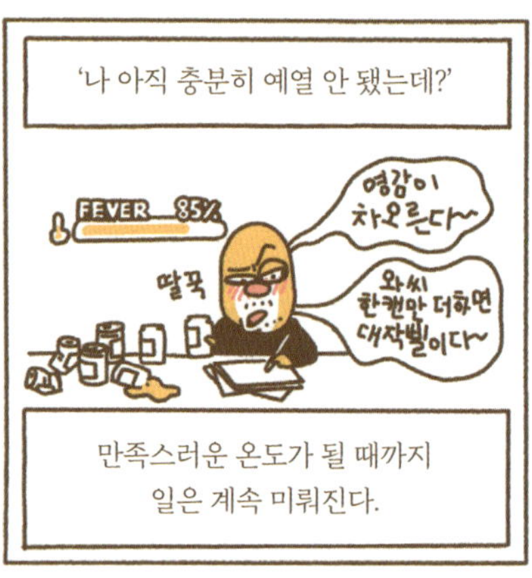

'나 아직 충분히 예열 안 됐는데?'
FEVER 85%
영감이
차오른다~
딸꾹
와씨
한캔만 더하면
대작빌이다~
만족스러운 온도가 될 때까지
일은 계속 미뤄진다.

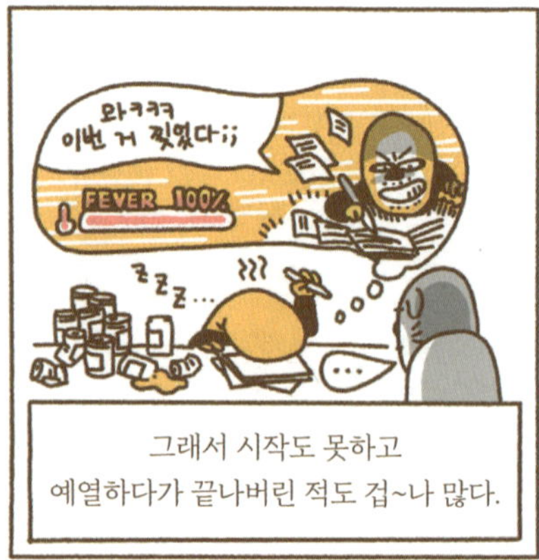

와ㅋㅋㅋ
이번 거 잘했다;;
FEVER 100%
크르르...
???
...
그래서 시작도 못하고
예열하다가 끝나버린 적도 겁~나 많다.

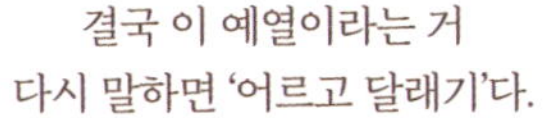

결국 이 예열이라는 거
다시 말하면 '어르고 달래기'다.

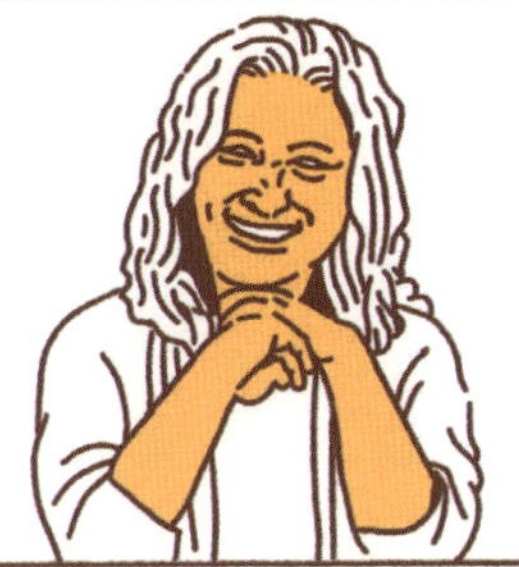

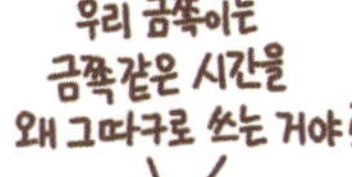

아직도 달래줘야 움직이다니
나는 어른이 되려면 멀었다.

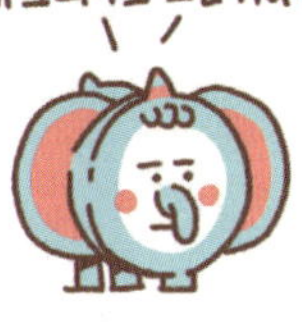

우리 금쪽이는
금쪽같은 시간을
왜 그따구로 쓰는 거야?

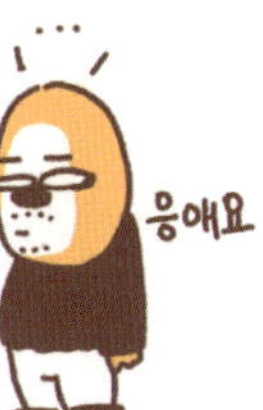

...
응애요

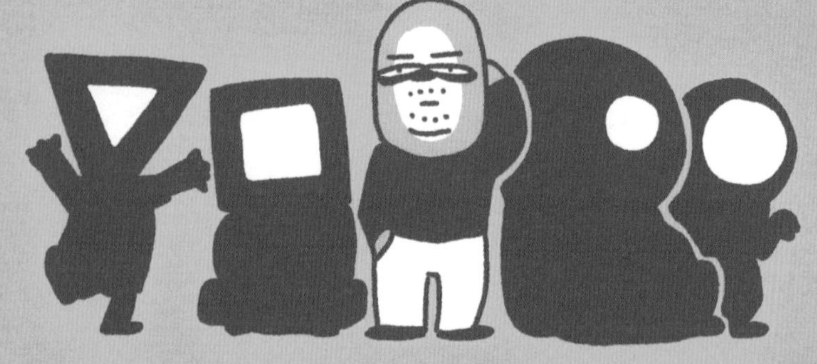

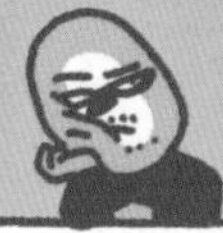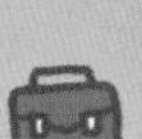

당신은 어떤 '게으른'입니까?

우리가 게으르다고 부르는 대부분의 시간은
자신과 화해하고 있는 순간이다.

_알랭 드 보통 Alain de Botton

게으름에 대한 만화를 그리기 시작하면서 가장 많이 들었던 말은 아이러니하게도 "작가님이 뭐가 게을러요."다.

뭐지? 게으르다는 소리를 하도 많이 들어서 '그래, 나 게으르다!' 하고 시인하는 심정으로 그린 만화인데 이젠 또 뭐가 게으르냐 한다. 사실 이건 인스타그램에서 창작물을 연재하는 데서 생겨난 오해다. 그러니까 사람들은 만화로만 가끔씩 나를 만나다 보니 내 평소 모습 같은 건 알 리가 없고 그냥 게으름에 대해 '부지런히' 이야기하는 사람으로 보인 것이다.

그렇다고 이걸 계기로 내가 정말 부지런뱅이로 각성한 것이냐? 그럴 리가 없다. 나는 지난 30년 동안 그래왔듯 일관되게 게으른 중이다. 맨날 귀찮다는 말을 입에 달고 살며 연재 주기도 자유분방하다. 그뿐인가. 방금까지도 소파에 누워서 두 시간 동안 쇼츠를 봤고 내일까지 마감인 자료는 손도 안 댔다. 어떠냐, 나 진짜 게으르지? 아니 그런데 이렇게 내 게으름을 구구절절 증명하고 있는 것도 웃긴다.

'그게 뭐가 게을러?'

꼭 나처럼 특수한 경우가 아니더라도 게으름에 대한 분분한 논쟁은 쉽게 찾아볼 수 있다. 물론 성실이 최고 미덕쯤으로 여겨지는 한국 사회에서 이 말은 '당신은 정말 부지런한 사람이에요'라는 반어적인 칭찬이 되기도 한다. 통화할 때 '요즘 바쁘시죠?'를 덕담 삼아 대화를 시작하는 것처럼.

이런 경우를 제외하고 정말로 서로의 게으름을 공감하지 못하는 경우들이 더러 있다. 예를 들면 항상 에너지가 부족해서 무기력한 A는 쉽게 일을 벌이고 빨리 질리는 B를 보며 그렇게 의욕이 넘치는 건 게으른 게 아니라고 한다. 천성이 산만해서 일이 매번 엉망이 되는 C는 게으른 완벽주의에 시달리는 D를 보며 퀄리티에 대한 성실을 부러워한다. 각자가 가진 콤플렉스에 따라 게으름의 뜻을 다르게 정의하게 되는 거다.

이 글을 보는 당신도 어떤 것은 게으른 게 맞다고 인정하지만 어떤 것에는 물음표가 떠 있을지도 모르겠다. 어떻게 보면 게으름이란 사람마다 각기 다른 모양으로 발현하는 것 같다. '할 일을 안 하고 있다'는 결괏값만 제외하면.

어쩐지 톨스토이의 소설 《안나 카레니나》의 첫 문장이 떠올랐다.

> 행복한 가정은 모두 비슷한 이유로 행복하지만
> 불행한 가정은 저마다의 이유로 불행하다.

부지런하면 행복하고 게으르면 불행하다는 이야기를 하려는 게 아니다. 이상과 결핍의 차이라는 데서 서로 통하는 지점이 있는 것 같다. (이 문장을 딴 '안나 카레니나 법칙'이라는 게 있다는데 거기서도 행복과 불행 두 자리에 상반되는 걸 넣으면 뭐든 의미가 성립된다고 한다.) 이상은 말 그대로 이상적인 정답이 정해져 있어서 모두 엇비슷한 모양으로 귀결되지만 결핍은 정답도 없고 애초에 다 틀린 답이니까 각자의 해설만 있는 거라고. 너무 맞는 말 같다. 왜냐면 각자 자기가 게으르다는 자책만 하고 있는데 게으름의 이유는 서로 다 달라서 내가 진짜 게으른 거라며 '게으름 배틀'을 붙고 있으니까 말이다. 물론 '불행 배틀'이 그렇듯 그런 배틀을 열심히 한다고 해서 부지런해지거나 행복해지는 일은 없다. 더 게으르고 더 불행한 사람만 있을 뿐.

그러니까 '진정한 게으름이란 무엇인가'나 '누가 진짜 게으른가' 하는 논쟁은 별 의미가 없다는 거다. 게으름은 태도나 정의보다는 각자의 결핍이나 기질 문제에 가깝고 그런 건 '미라클 모닝'이나 '게으름 부수는 법' 같은 걸로 드라마틱하게 박살 나는 게 아니다. 만약 박살 난다고 해도 그건 그런 척하는 임시방편에 가깝지, 결국 자기파괴로 이어질 게 당연하다.

"새롭게 다시 태어날 거야!"

자기부정에서 시작한 동기부여는 요요 현상이 왔을 때 이전보다 더 심한 자기혐오로 돌아올 테니까. 이렇게 확신에 차서 이야기하는 까닭은 나 역시 부작용 경험자이기 때문이다. 인생의 많은 시간을 엎어져 있는 데 사용했고, 그 원인 제공은 게으름보다는 자기혐오에 따른 좌절감 쪽이 더 많았다.

쓰다 보니 말이 어려워졌는데 어쨌든 나는 자기 자신과 사이좋게 지내기로 했다. 자꾸 부수고 혐오하고 정색하고 그러면 되나. 더 나은 내가 되는 일에 있어서 더 중요한 건 정답 맞추기보다는 자신과 친해지는 일일 테니까. 우웩, 너무 소름 돋게 뻔한 말을 해버렸다.

심리학자들은 기질이라는 게 세 살이 되기 전에 다 결정이 된다는데 이제 와서 그걸 바꾸기엔 나는 거기서 서른 살이나 더 먹었고 심리학자들보다 똑똑할 자신도 없다. 나는 단지 내가 가진 결핍의 모양을 더 잘 알고 싶을 뿐이다. 어떤 때에 특히 게을러지는지, 어떤 조건에서 일이 지체되는지, 내가 살아오면서 만난 나의 게으른 순간들에 대해서. 그것만으로도 조금 더 나아질 수 있을 것 같다. 그것이 일이든 자기계발이든 긍정적인 마인드든. 그래서 나는 내 게으름을 해체해보기로 했다. '게으름'이라는 한마디로 뭉뚱그려진 각기 다른 결핍과 이유를.

나는 크게 다섯 가지 모양으로 나눠진 나의 게으름 캐릭터, '게으른'을 만났다. 물론 여기 포함되지 않은 다른 요인의 게으름이 있을 수도 있지만 그건 차차 추가하도록 하자.

앞으로 나올 이야기들이 유독 당신과 닮았다면 그건 무의식에 숨어 있던 당신의 '게으른'일지도 모른다. 그렇다면 이 책이 그 친구와 묵은 오해를 푸는 계기가 되거나 평화롭게 공생하는 방법을 찾는 작은 힌트가 될 수 있다면 좋겠다. 아무튼 다들 이 중에 각자 맞는 거 찾고 서로 뭐가 게으르냐고 고만 싸워라.

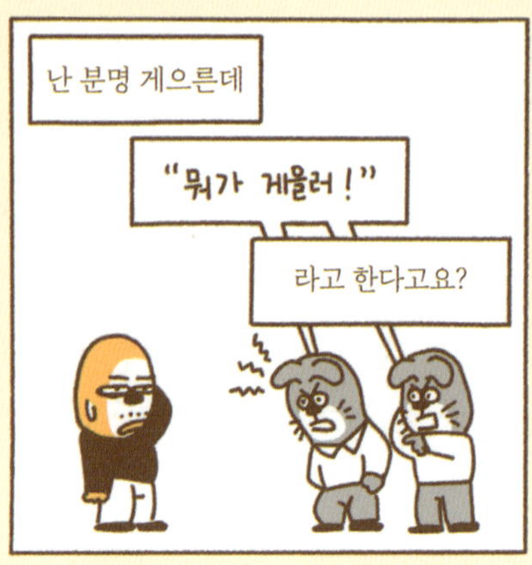

난 분명 게으른데
"뭐가 게을러!"
라고 한다고요?

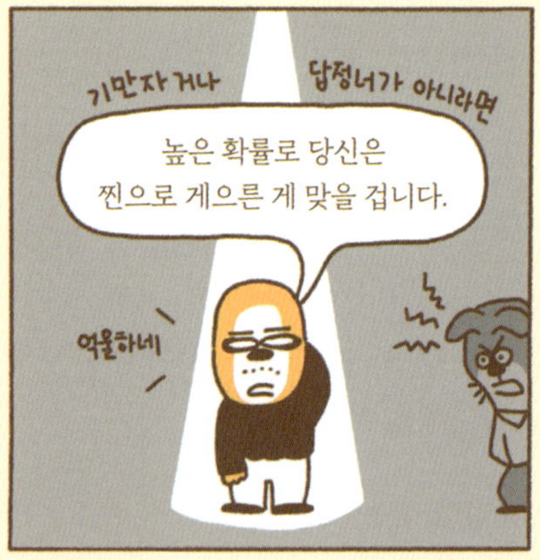

기만자거나
답정너가 아니라면
높은 확률로 당신은
찐으로 게으른 게 맞을 겁니다.
억울하네

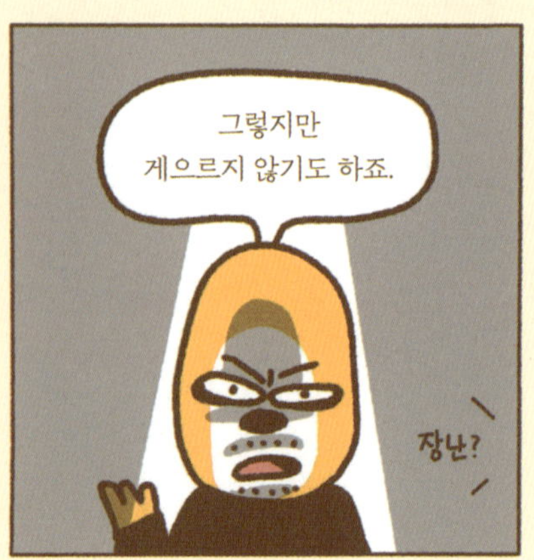

그렇지만
게으르지 않기도 하죠.
장난?

어떤 기준에서 당신은 아주 게으른 사람이고
또 어떤 기준에선 전혀 게으른 사람이 아니죠.

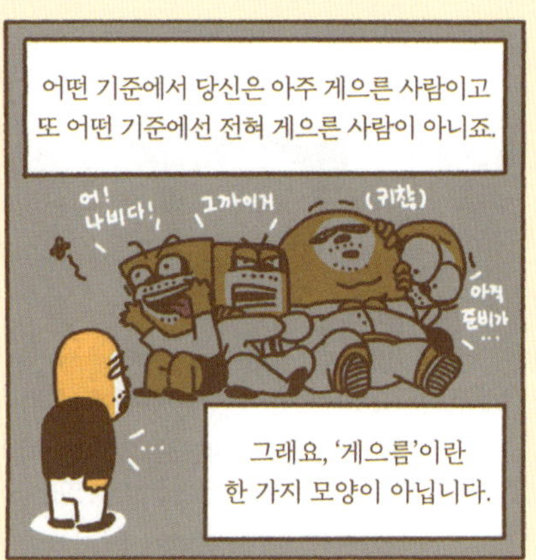

그래요, '게으름'이란
한 가지 모양이 아닙니다.

'게으름'은요.

스스로가 컨트롤이 안 돼서
할 일을 못하는 모든 상태입니다.

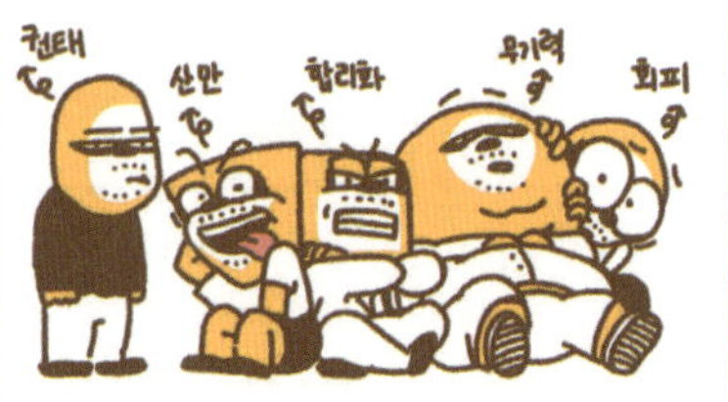

우리는 사실 '게으름'을 정의할 때
컨트롤이 안 되던 경험을 떠올렸던 거죠.

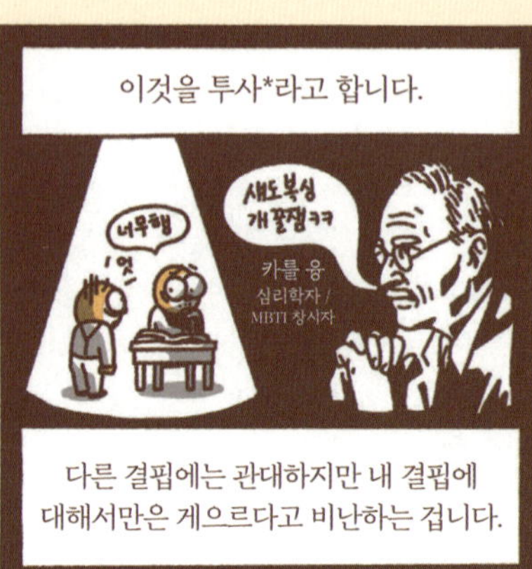

이것을 투사*라고 합니다.
너무행
엇
새도복싱
개꿀잼ㅋㅋ
카를 융
심리학자 /
MBTI 창시자
다른 결핍에는 관대하지만 내 결핍에
대해서만은 게으르다고 비난하는 겁니다.

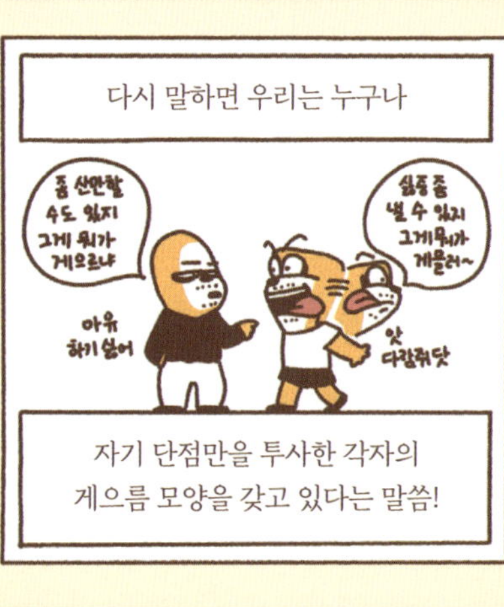

다시 말하면 우리는 누구나
좀 산만할
수도 있지
그게 뭐가
게으르냐
싫증 좀
낼 수 있지
그게 뭐가
게울러~
아유
하기 싫어
앗
다챠쳐닷
자기 단점만을 투사한 각자의
게으름 모양을 갖고 있다는 말씀!

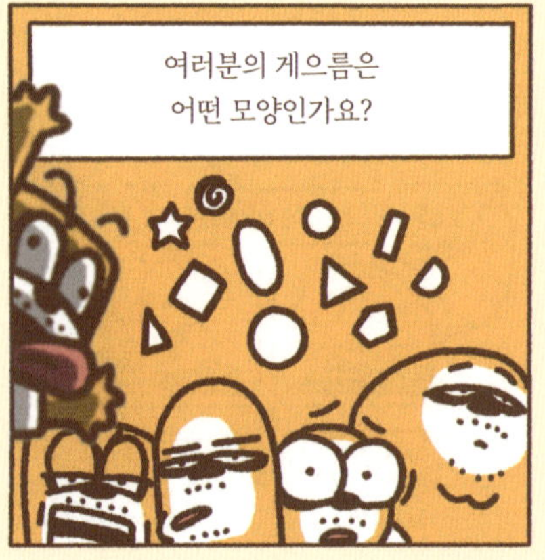

여러분의 게으름은
어떤 모양인가요?

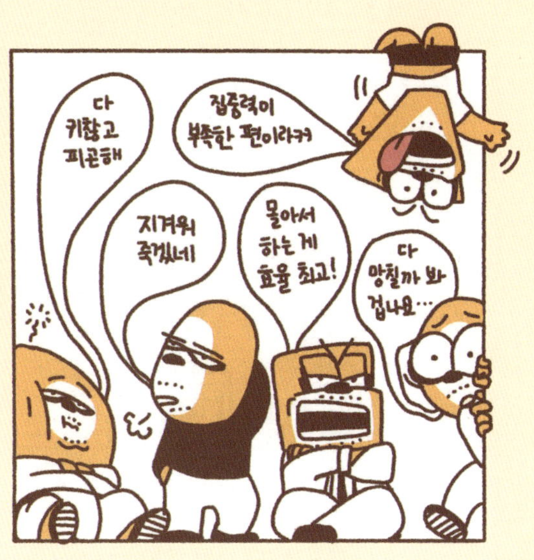

* 투사: 심리학자 칼 융의 이론. 자신이 억누른 부정적 측면을 타인의 것으로 투영하는 방어기제.

ㅇ 권태형 게으름

지속력 결핍

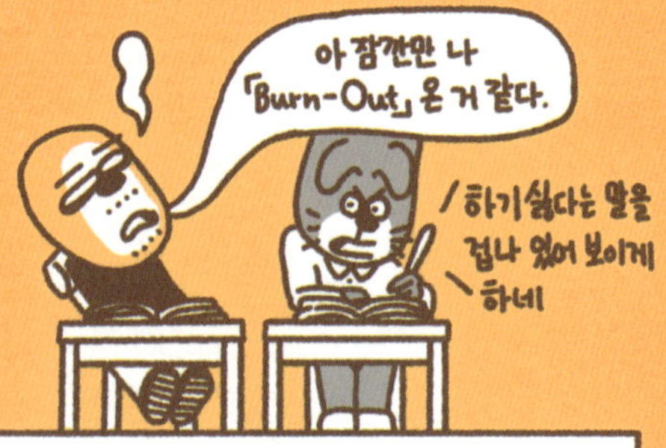

이것저것 시도하며 초반 집중력은 좋지만
금세 싫증을 내며 오래 못 간다.
매일 똑같은 루틴 업무나
누가 시키는 일을 극도로 싫어함.

욕은 아닌데 원색적인 말들이 있다. 웬만하면 입 밖으로 꺼내지 않는 편이 좋은 말들. 그러니까 뾰족한 해결 방법 없이 부정적인 에너지나 내뿜는 노골적인 말들 말이다.

나는 이 세 가지가 'TOP 3'라고 생각한다.

"짜증 나."

"지겨워."

"귀찮아."

아, 보자마자 피곤해지는 말들이다. 이런 말을 입에 달고 사는 사람은 최대한 피하도록 하자. 그러나 셋 중 질적으로 다른 놈이 하나 있다. 나머지 둘은 조금 지나면 금방 진화되는 감정이지만 이건 쉽게 꺼지지도 않으며 한번 불이 붙기 시작하면 점점 더 거세진다.

'지겨움'.

그래서 지겹다는 말은 입 밖에 내기 전 깊이 작심하고 두세 번 정도 더 생각한 후 꺼내야 한다. 앞에 '솔직히' 같은 걸 붙여서 아주 조심스럽게. 그 말을 꺼낸 직후부터 급격히 그 일이 싫어지고 말 테니까. 그러니까…

솔직히 만화 그리는 거 지겨워서 죽을 것 같다!

아, 속이 다 시원하네. 이제 이 노란 대가리만 봐도 힘 빠진다. 애한테 미안하긴 한데 애도 그런 놈이라 이해해주리라 믿는다. 다른 작가들 이야기를 들어보면 시간이 지날수록 캐릭터에 애정도 생기고 굿즈도 만들고 싶다는데 나는 매일 언제 끝내야 하나 완결 각만 보고 있다.

몇십 년씩 장기 연재하는 《원피스》나 《명탐정 코난》 같은 만화를 보면 작품 속 주인공들보다 작가가 더 초인 같아서 경외심이 든다. 뭐랄까 사우나에서 꼼짝 않고 몇 시간 동안 가부좌 틀고 있는 기인들쯤? 나는 보통 모래시계 한 바퀴 돌기 전에 뛰쳐나가는 편이다.

항상 그랬다. 만화뿐만 아니라 공부도 일도 연애도 게임도 금방 지겨워져서 무엇 하나 진득하게 하는 법이 없었다. 난이도에 대한 이야기가 아니다. 일은 아주 쉬워지면 도리어 더 하기 어려워졌다. 학창 시절 수업 시간에 내용이 알 만하다 싶으면 잠이 더 쏟아진 일이나 병장 시절 짬을 먹을수록 군 생활이 더 견디기 어려워진 일, 직장인 시절 업무가 익숙해지면서 출근하기가 더 힘이 들었던 일처럼. 재미를 잃어버리는 속도는 내가 '영리'해질수록 가속도가 붙는 모양이었다. 그러니까 '영악'해진다는 표현이 더 맞겠다. 연애에서도 볼 수 있듯 유리한 위치를 선점했다 싶으면 ― 곧이어 긴장이 풀리고 ― 결국 상대가 만만해지는 일련의 과정. 그러다 보면 나쁜 놈이라는 평가를 받기 십상이다.

진짜 미안하지만 그건 계산 하에 치밀하게 치러진 것이 아니다. 이런 유의 인간으로서 본능 같은 거다. 그러니까 모든 일은 꼭 피자처럼 느껴진다. 첫 조각이 가장 맛있고 나머지 조각은 죄다 더부룩하다. 더부룩하다는 표현이 알맞다. 지겹고 시시한 일들을 때려치우고 자빠져 누울 때 드는 감정이 '개운

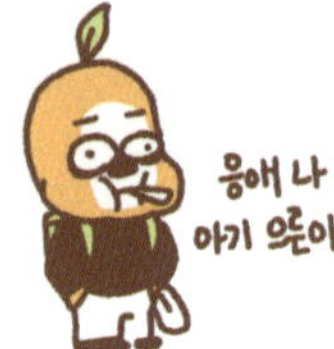

어릴때부터 늘 하던 생각:

'와 6교시 6학년도 지겨운데
60살까지 같은 회사를
어떻게 다니지?'

회사 들어가서 느낀
가장 큰 박탈감은

'방학'이
없어진 거였으니...

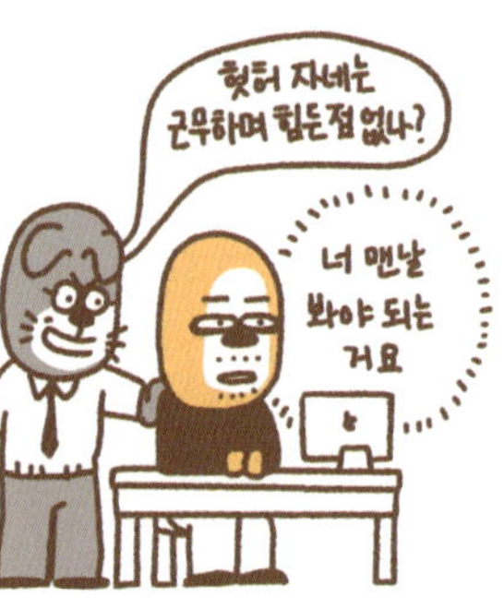

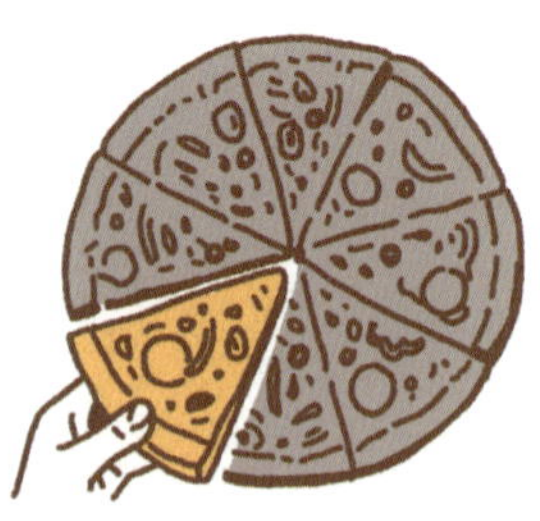

모든 일들은
피자처럼 느껴져
첫 한 조각이 제일 맛있고
나머지는 더부룩해.

함'이니.

그렇지 않던가? 직장 생활을 가장 더부룩하게 만드는 건 산더미처럼 쌓인 업무 파일보다는 매일 아침 출근해야 한다는 사실과 책임으로 귀결되는 사내의 모든 인과 관계들 쪽이었다. 그런 지겨움을 견디고 일상을 연명하는 것은 인간의 힘으로는 부족한 것이어서 다들 화학 작용의 힘을 빌렸더랬다. 아메리카노의 카페인이라든지 자양강장제의 타우린이라든지….

이런 인간으로서 단점만 있는 것은 아니다. 나에게 가장 큰 저주이자 축복은 '재미'에 민감한 것이었다. 누구보다 빨리 '노잼'을 감지할 수 있다는 것은, 반대로 새로운 일이 주어졌을 때 남들보다 곧잘 흥미를 느낄 수 있고 누구보다 크게 불타오를 수 있다는 것이다. 때문에 일의 초반부에서 나의 수행 능력은 놀랍다. 전혀 게으른 사람으로는 보이지 않을 정도로 아주 빠르게 적응하고 영리하게 쉬운 방법을 찾아낸다.

혹시 어쩌면 내가 천재라서 이렇게 세상일이 쉽게 지겨워지는 건 아닐까? 피자 한 판을 시켜도 단 한 조각 만에 그 오묘한 맛과 즐거움을 모두 느껴버리는 천재! 그러니까 자꾸 새로운 걸 찾는 거지. '시시해서 죽고 싶어졌다'라면서.

핫쉬, 그랬네! 이게 다 내가 천재여서 힘든 거였어. 일단 오늘은 다 지겨워 죽겠으니까 천재는 좀 쉴래.

번아웃 테라피

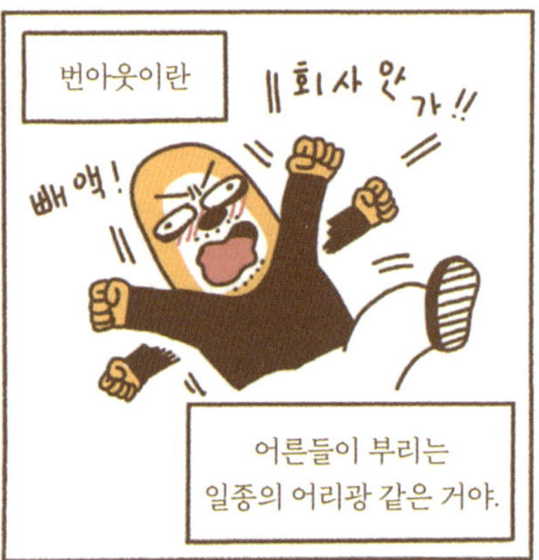

번아웃이란
회사 안 가!!
빼액!
어른들이 부리는
일종의 어리광 같은 거야.

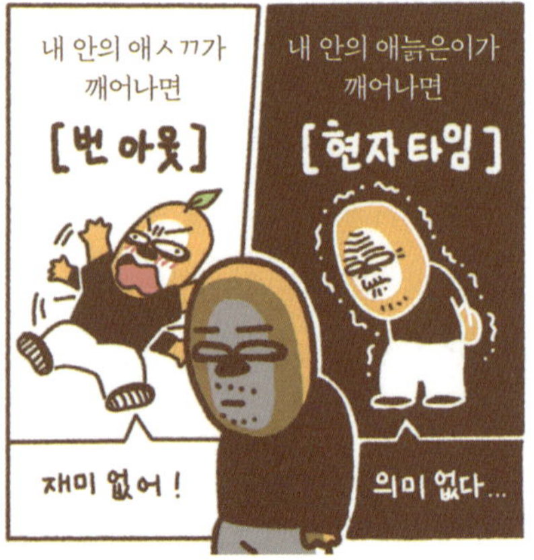

내 안의 애ㅅ끼가
깨어나면
[번 아웃]
내 안의 애늙은이가
깨어나면
[현자 타임]
재미 없어!
의미 없다...

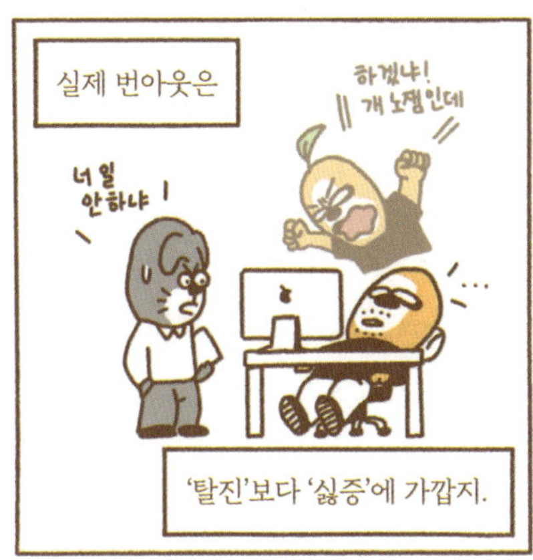
실제 번아웃은
하겠냐!
개 노잼인데
너 일
안 하냐
...
'탈진'보다 '싫증'에 가깝지.

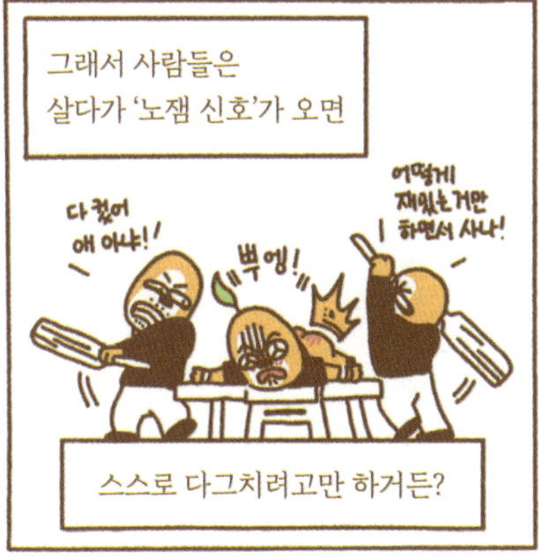
그래서 사람들은
살다가 '노잼 신호'가 오면
다 컸어
애 아냐!
뿌엥!
어떻게
재있는거만
하면서 사냐!
스스로 다그치려고만 하거든?

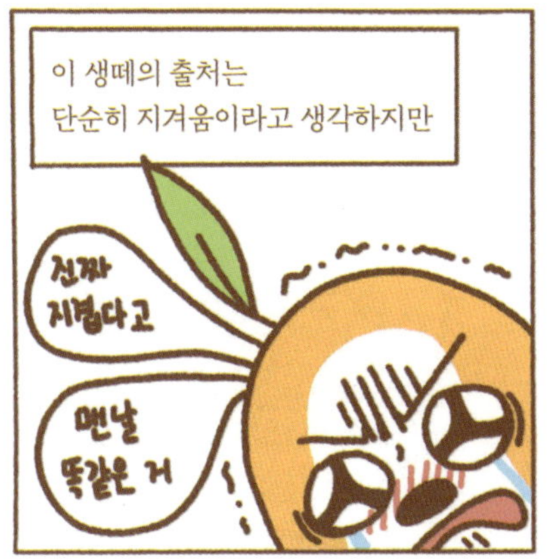
이 생떼의 출처는
단순히 지겨움이라고 생각하지만
진짜
지겹다고
맨날
똑같은 거

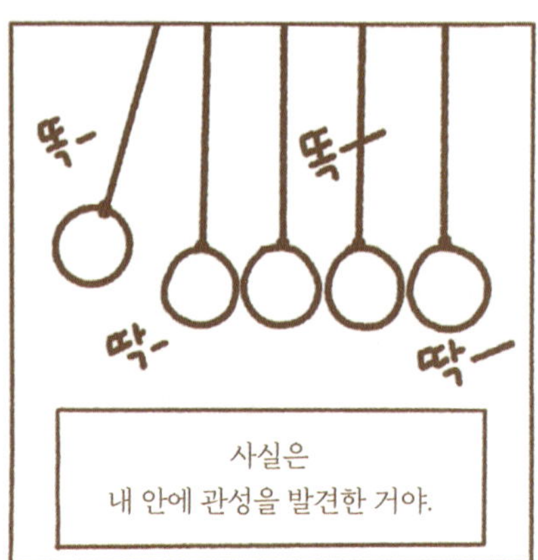

똑-
똑-
딱-
딱-
사실은
내 안에 관성을 발견한 거야.

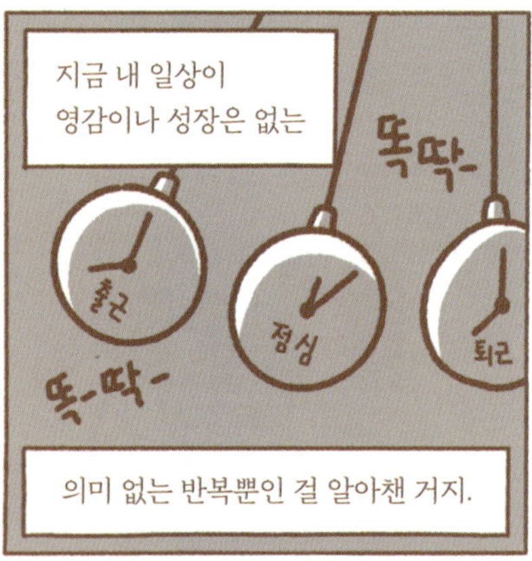

지금 내 일상이
영감이나 성장은 없는
똑딱-
똑-딱-
출근
점심
퇴근
의미 없는 반복뿐인 걸 알아챈 거지.

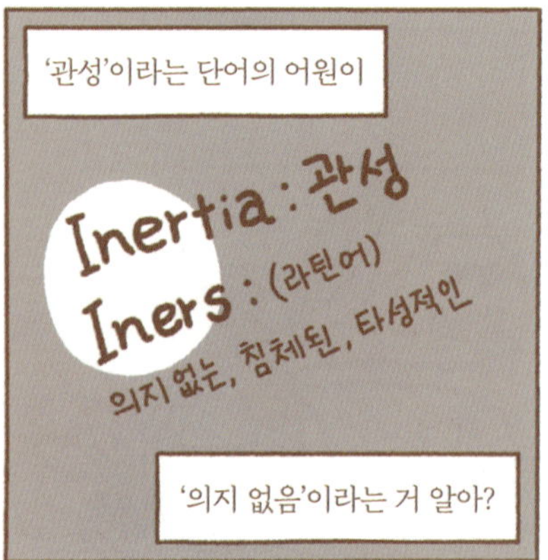

'관성'이라는 단어의 어원이
Inertia : 관성
Iners : (라틴어)
의지 없는, 침체된, 타성적인
'의지 없음'이라는 거 알아?

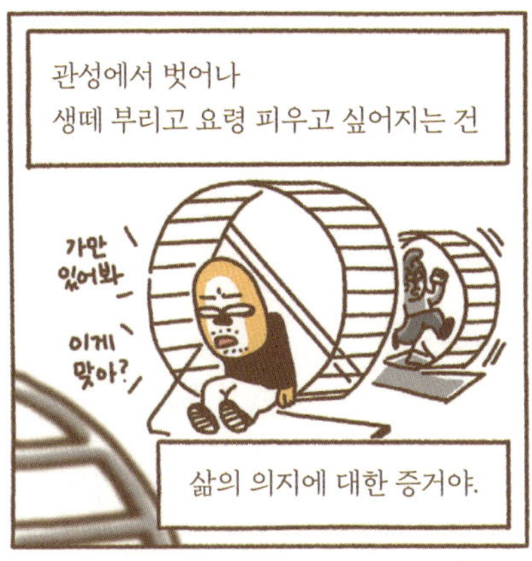
관성에서 벗어나
생떼 부리고 요령 피우고 싶어지는 건
가만
있어봐
이게
맞아?
삶의 의지에 대한 증거야.

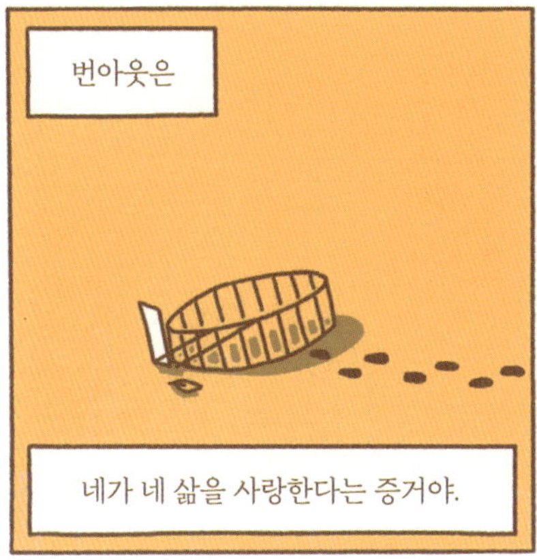
번아웃은
네가 네 삶을 사랑한다는 증거야.

회피형 게으름

실행력 결핍

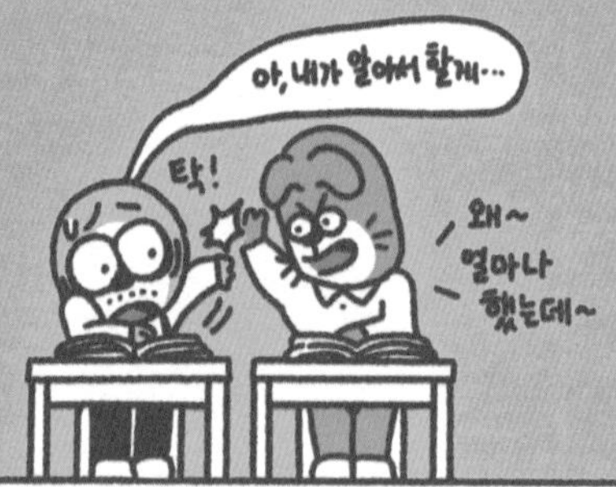

자기 기준이 높아서 늘 일을 미룬다.
그러다 점점 부담스러워져서
막판에 벼락치기를 하는 경우가 많다.
슬럼프나 자괴감에 자주 빠지는 두부 멘탈.

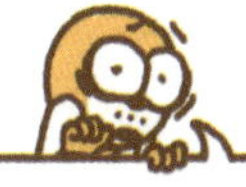

아, 슬럼프 맛있다!

내가 완벽주의자냐고? 전혀 아니다. 나는 기준이 그렇게 높은 사람이 아니다. 예술의 경지라든가 빈틈없는 논리, 뭐 그런 것들과는 거리가 멀다. 차라리 '엉성주의자' 쪽에 가깝다.

대신 좀 그런 건 있다. 최소한 '허접하고 싶지 않다'는 마음? 최소한 내가 쓰는 글 한구석엔 밑줄 그을 만한 문장 하나쯤 있으면 좋겠고, 최소한 딴 데서도 볼 법한 뻔한 문장은 없으면 좋겠고, 최소한 문장과 문장 사이에 재미있는 라임 하나쯤은 붙었으면 좋겠다, 뭐 그런 소소한 기준들.

그런데 만만한 기준이라도 여러 개를 동시에 충족하려다

보면 꽤나 어려워진다. 그런 식으로 나에게 글쓰기는 늘 부담스러운 작업이 된다.

인스타그램 계정을 운영하면서도 비슷한 기분이 든다. 요즘은 '스토리'에만 주로 게시글을 올리고 있다. 그건 24시간이 지나면 사라지니까. 사라지지 않고 계속 남아 있는 '피드'에는 뭘 올리기가 두렵다. 업로드 자체가 싫은 건 아니다. 나는 타고난 관심종자라 뭔가를 만들어 올리고 사람들 반응을 보는 게 좋다. 그런데 어쩐지 피드만큼은 부담스러워서 자꾸만 미루게 되는 것이다.

이것은 두고두고 볼 만한 가치가 있는 걸 올려야 한다는 강박, 수려한 걸 채워야 한다는 강박, 정제된 것을 완성해야 한다는 강박… 장인정신을 앞세운 강박 관념인 것이다. 오래 붙잡고 있을수록 사소한 흠집까지 잘 보여서일까, 뭔가를 잘 만들어내는 일은 시간이 갈수록 더 막중하게 느껴진다. '피드에 박제'라는 말도 어떤 그런 고상한 무게감에 연상되어 생겨난 게 아닐까?

요즘 원고를 쓰느라 매일 스타벅스에 출근해 엉덩이를 붙이고 앉아 있다. 한 달이 넘어가니 어느 정도 패턴이 생기는 바람에 몇 줄 읽으면 글 말미가 예상이 되는 뻔한 글이 되기 일쑤고 표현들도 죄 진부하게만 느껴진다. 처음엔 애정 가는

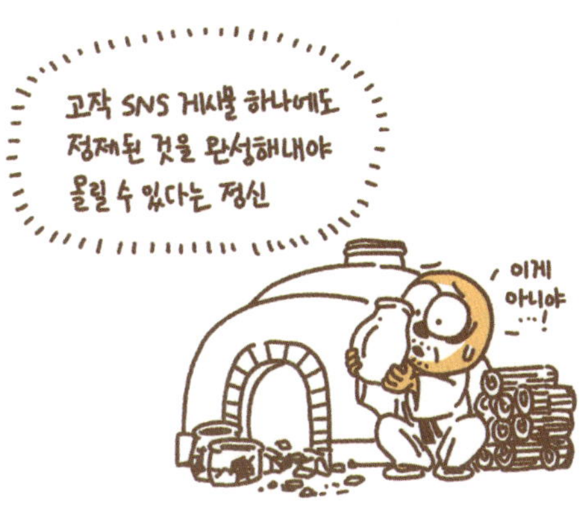

'피드에 박제'라는 말도
그런 고상한 무게감에 연상돼
생겨난 게 아닐까.

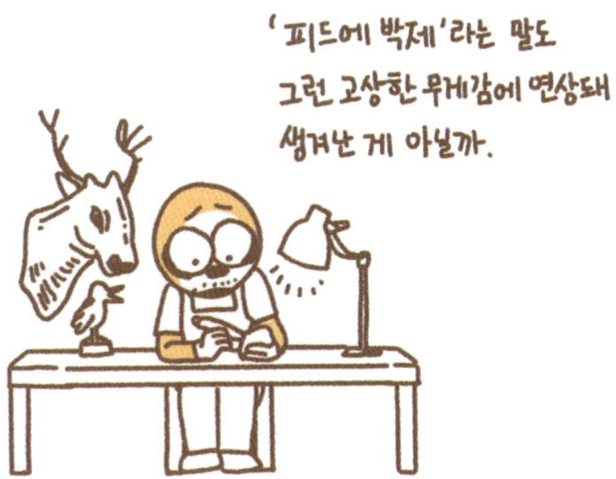

몇 줄을 떼다가 자주 꺼내도 보고 SNS에 공유도 하고 그랬는데, 요즘에는 글을 한 편 쓰고 나면 창피해서 다시 보기가 겁난다. 빈 화면을 켜놓고 쉽게 문장을 시작하지 못하고 딴짓하는 시간이 늘었다.

미술을 전공했던 사람으로서 이게 뭔지 잘 알고 있다.

'슬럼프'.

연습 효과가 더 이상 나타나지 않고 저조한 상태에 빠지는 것이다. 그림쟁이들에게는 흔히 있는 일인데, 이게 아주 고약하다. 언제 어떻게 온다는 예고도 없이 불쑥 닥쳐서 '그것도 그림이냐!' 왁 하고 의욕을 다 꺾어버리는 것이다. 슬럼프에 빠졌을 때는 주변의 작은 성공에도 쉽게 질투가 나며 누군가 독려나 칭찬을 해주면 외려 더 작아져버리는, 아주 꼬여버리는 상황이 된다.

슬럼프에 크게 빠졌을 때는 정말 위험하다. 시간이 지난다고 회복되는 것이 아니라 영영 그 손을 놓아버리게 되니까. 그렇게 온 힘을 다했던 미술에서 손을 떼고 떠난 동료들을 여럿 봐왔다. 사실은 바로 내가 그랬다. 어느 날 불쑥 찾아온 슬럼프에 크게 치이고서 10년 넘게 전공해온 미술에 포기를 선언했다. 그림을 더는 그리고 싶지 않다고, 이만큼밖에 못 그리는 내가 미웠고, 나보다 잘 그리는 사람들이 미웠다. 그때는 세상이 다 미웠다.

슬럼프가 미운 까닭은 나 자신에게 섭섭한 마음 때문일 거다. 열심히 노력했는데 왜 실력이 늘지 않냐고, 순수하게 성장을 원했을 뿐인데 왜 벌이 주어지냐고, 어디서부터 어디가 잘못된 건지도 알려주지 않는 정체가 속상한 거다. 노력과 성장은 항상 비례해서 이루어지는 게 아니니까. 마음처럼 움직여지지도 않고 답답하게 가슴만 욱신거린다. 몸처럼 마음에도 알이 밴다.

그러나 몸에 알이 배면 운동으로 풀어야 하듯 슬럼프를 벗어날 유일한 방법은 참고 이어나가는 것뿐이다. 그래야 그 자리에 근육이 붙고 튼튼해지는 거겠지. 고강도 하체 운동을 마치고 아장아장 절뚝거리며 '아 오늘 하체 맛있다'를 외치는 헬스 마니아처럼 약간은 낙관적인 마조히스트가 될 필요가 있다.

'아, 슬럼프 맛있다!'
'내일은 더 쩔겠네!'

설령 그렇게 이어간 내일마저 형편없다고 할지라도 너무 자책하진 않았으면 좋겠다. 더 잘하고 싶은 마음이 만들어낸 섭섭함을 미워하는 것은 가혹한 일이다.

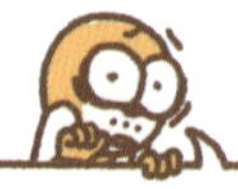

내일은 잘 해볼게

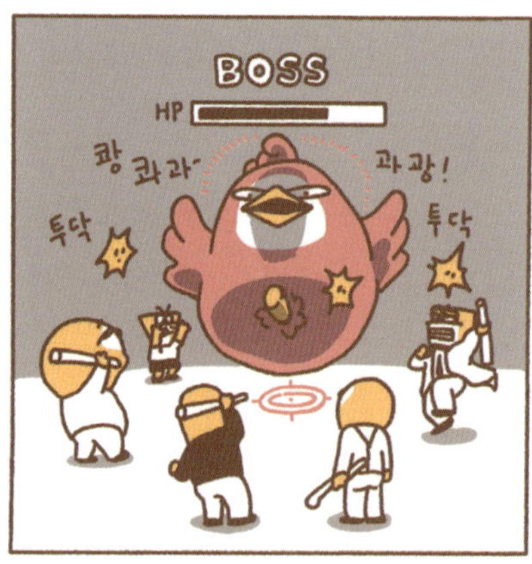

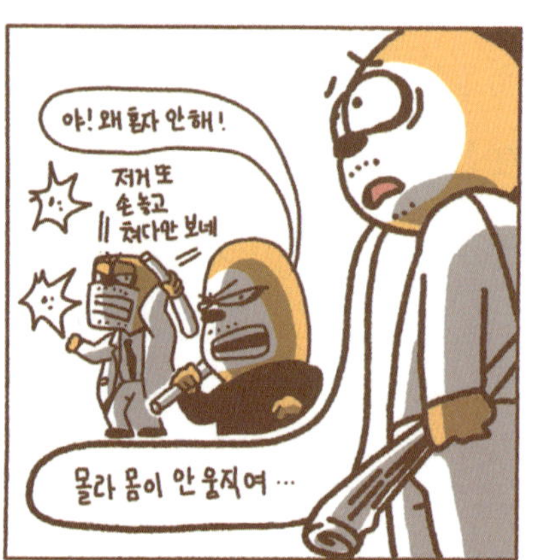

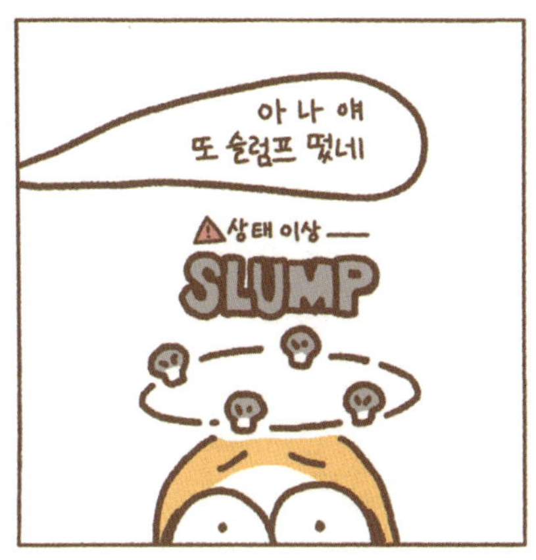

아 나 얘
또 슬럼프 떴네
⚠ 상태 이상
SLUMP

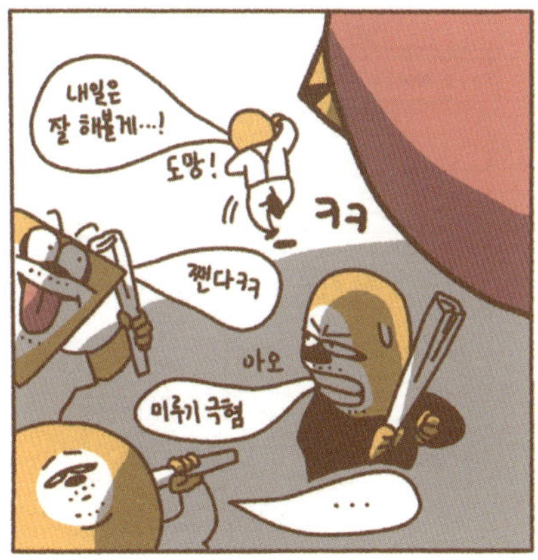

내일은
잘 해볼게…!
도망!
ㅋㅋ
쟨 다 ㅋㅋ
아오
미꾸기 극혐
…

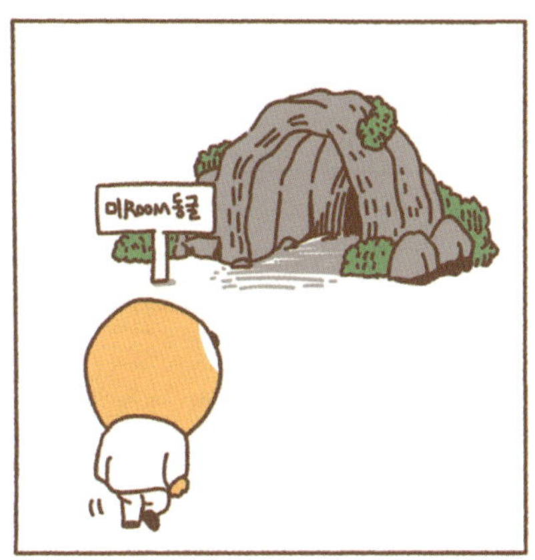

미ROOM동굴

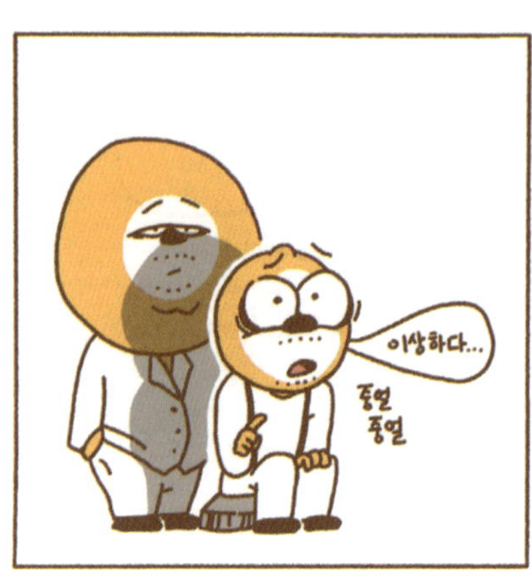

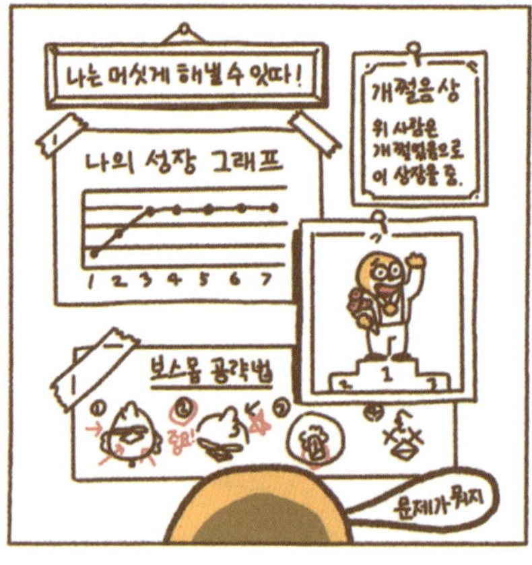

슬럼프는
더 잘하고 싶은 마음이 만들어낸 답답함.

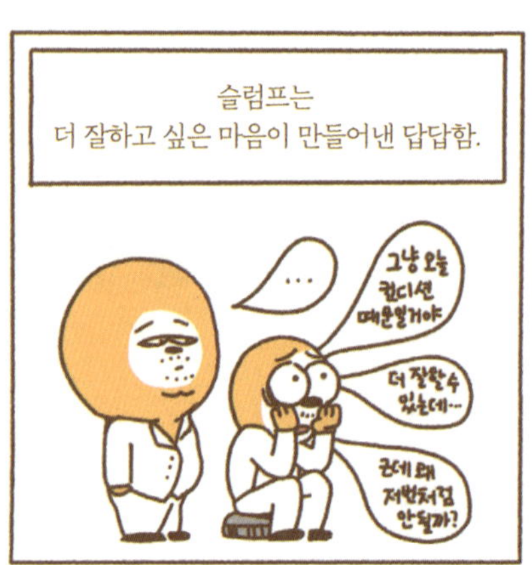

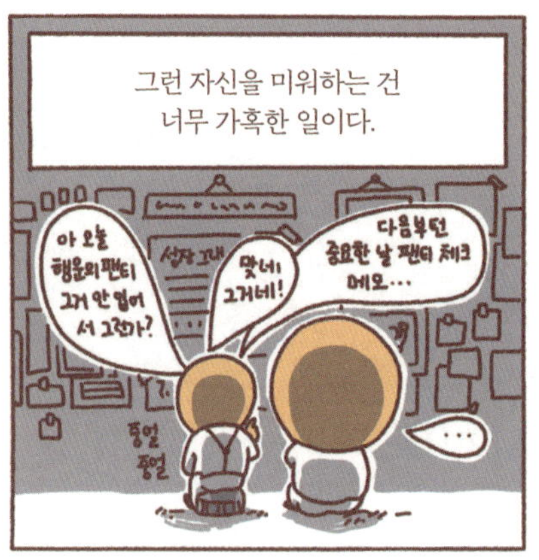

그런 자신을 미워하는 건
너무 가혹한 일이다.
아 오늘
행운의 팬티
그거 안 입어
서 그런가?
성장 그대
맞네!
그거네!
다음부턴
중요한 날 팬티 체크
메오···
중얼
중얼
···

▽ 산만형 게으름

집중력 결핍

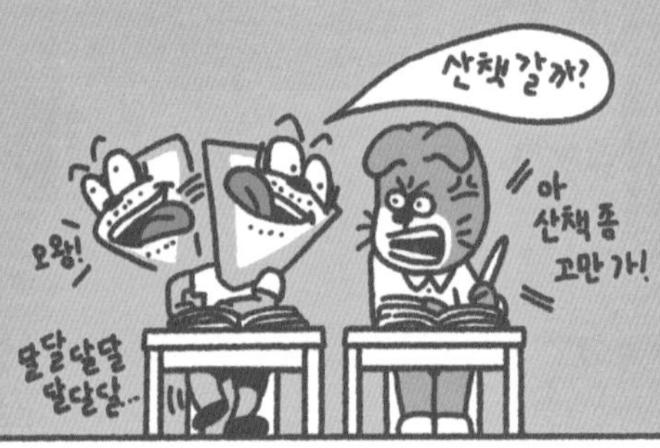

인스타그램, 쇼츠 같은 유혹에 쉽게 빠지며
딴짓하다가 일을 제때 못 끝낼 때가 많다.
주변에서 철없다는 말을 많이 듣는
전형적인 성인 ADHD, 인간 비글.

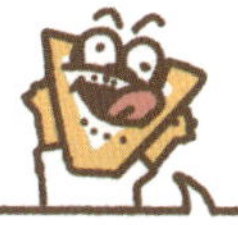

사람이 왜 이렇게 철이 없어요?

한동안 성인 ADHD라는 병이 유행처럼 돌았다. ADHD_{Attention Deficit Hyperactivity Disorder}, 주의력결핍/과잉행동장애. 이름 그대로 주의력이 결핍되어 과다한 행동을 하는 이상 상태를 말한다. 보통 아동기에 나타나다가 사라지는데 이게 성인기까지 완치가 안 되면 성인 ADHD가 된다. 당연히 전염성 같은 건 없다. 사람들이 너도나도 가져다 썼을 뿐이다. '나 성인 ADHD라 산만해'라는 식으로. 개중 진짜로 진단을 받고 치료 중인 사람들도 있지만 아무튼 많은 사람들이 일에 집중을 못할 때 그 이름을 빌려다가 방패를 삼았다.

이름이 붙으면 잘못이 이전된다. 면피 말이다. 그냥 정서가 불안해서라든가 집중력이 약해서라든가 하는 식으로 설명을 늘어놓으면 내 잘못인 것 같아 보이지만 '성인 ADHD' 같은 이름이 붙으면 그 병의 잘못이 된다. 병만 고쳐지면 괜찮아질 거라는 잠재적인 희망도 더할 수 있다. 무엇보다 더 이상 사람들이 나한테 '사람이 왜 이렇게 집중을 못해요?' 같은 소리를 안 한다. 아픈 사람한테 뭐라 하는 건 사회적으로 금기시되어 있기 때문에 이제 잘못은 나를 타박한 그 사람 몫이 된다. (개꿀) 그러니까 핑계 댈 때 웬만하면 길게 말하지 말고 이름으로 말해라. 아, 나 지금 '원고 쓰기 싫어병'에 걸린 것 같은데…. 어떠냐. 있어 보이지?

나의 경우는 정말로 살아오며 ADHD 증상을 달고 살았다. 실제로 ADHD 진단을 받은 건 아니다. 정신과에 가는 건 무섭기 때문이다. 그냥 인터넷에 있는 성인 ADHD 자가진단 같은 걸 할 때마다 결과지에 나보고 병원에 가보라고 했기 때문에 그렇다고 짐작하고 있을 뿐이다. 초등학교 생활기록부를 떼 보면 학년마다 꼬박꼬박 '주의 산만' 같은(혹은 그걸 교묘히 돌려 말한) 내용의 담임선생님 코멘트가 달려 있었다. 아마 내가 책상 밑에서 다리를 자주 떨었으며 수업 시간 대부분을 친구들과 딴짓하거나 교과서에 낙서하는 데 보냈기 때문일 거다. 선생님께는 죄송하지만 덕분에 제 그림 실력이 많이 일취월장했습니다.

아무튼 세상에는 재미있는 게 너무 많았고, 해야만 하는 일들은 이상하게 하나같이 재미 대가리가 없었다. 수업을 듣는 와중에도, 숙제를 하는 와중에도, 그리고 커서 업무를 보는 와중에도 온갖 재미있는 것들에 눈이 휙휙 돌아갔다. 그러면 어김없이 질타를 받았다. 네가 애냐고. 그 말은 내가 애였을 때는 별 타격이 없었지만 애가 아니게 된 나이부터는 꽤나 부끄러운 일이 됐다. 자기통제력이란 어른의 필수 조건이니까. 어른은 '재밌는 일'보다 '해야 할 일'이 우선이다. 그러다 보면 대부분의 시간은 해야 할 일들에 써야만 한다. 재미있어야 할 때만 재미있을 수 있어야 어른이었고 아무 때나 재미있어버리는 나는 철이 없다는 말을 많이 들었다.

일에 마음대로 집중이 안 되면 슬픈 기분이 든다. 내가 고장난 것처럼 느껴지기도 한다. 그래서 성인 ADHD를 진단받은 사람들은 대부분 우울증도 함께 겪는단다. 어느 날 데드라인에 다다라서 아슬아슬하게 일을 마치고 우연히 내 인터넷 검색 기록을 봤는데 경악을 감출 수 없었다. 일과와 하나도 관련 없는 것들로 몇 페이지씩 가득 차 있었기 때문이다. 대체 '애매미 울음소리 패턴' 같은 건 왜 검색한 건지 모르겠다. 이런 건 딱 일이 바쁠 때만 재미있기 때문에 그 이후에 '알쓸신잡'

이 되는 경우도 드물다. 해야 할 일까지 제쳐두고 확보한 시간을 고작 이런 걸 찾는 데 썼다는 게 슬퍼졌다.

그렇지만 아마 나는 시간을 되돌려도 또 다른 엉뚱한 것에 빠져 있을 게 분명하다. 왜냐면 너무너무 궁금하니까. 나는 궁금한 것을 발견하면 참을 수 없이 두근거린다. 그러니까 남들보다 쉽게 호기심을 느끼는 것이다. 어떤 이들은 나이를 먹는 것의 가장 큰 저주는 재미를 잃어버리는 것이라고 하는데, 내 호기심은 이 저주에 강력한 면역이 된다. 내 세상에는 재미있는 것들이 너무나도 많다.

영화 〈포레스트 검프〉에 내가 좋아하는 대사가 하나 있다.

Life is like a box of chocolates.

You never know what you're gonna get.

인생은 초콜릿 박스 같아서

까보기 전엔 어떤 맛인지 알 수 없다.

내가 이 대사를 좋아하는 이유는 뒤쪽보다는 앞쪽에 있다. 인생이 '초콜릿 박스'라면 나는 금세 새로운 초콜릿이 궁금해져서 자꾸만 박스에 손을 집어넣는 꼴이다.

철없다는 사람들의 타박에도 내가 초콜릿 까는 걸 멈출 수

봐.

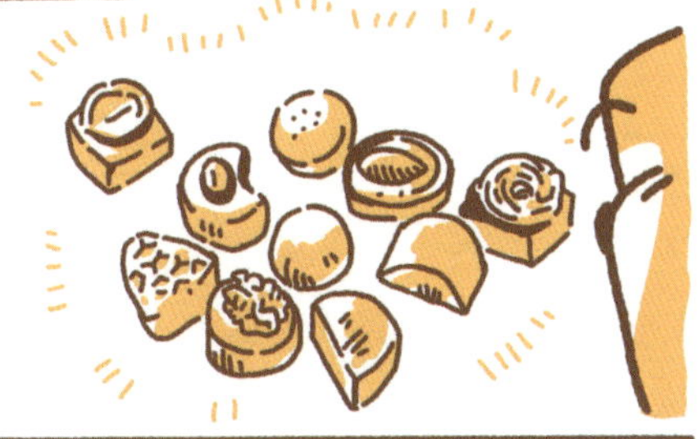
나는 좋아하는 초콜릿을 이만큼이나 모았어.

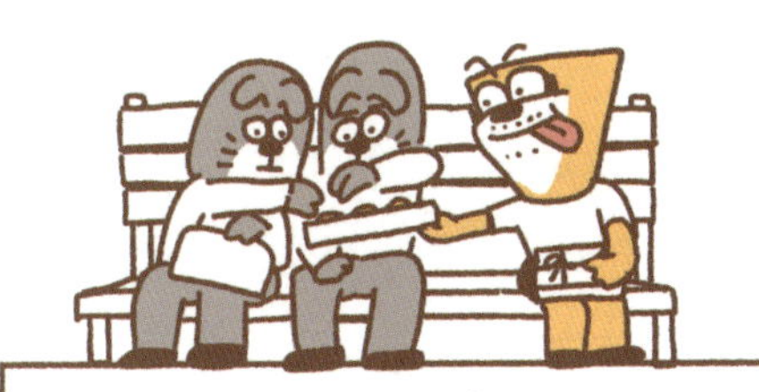
같이 내 초콜릿 구경할래?

없는 까닭은 꼭 병리적 요인만은 아니다. 나는 그것이 삶에 대한 긍정이라고 생각한다. 세상에 대한 호기심. 이 박스가 극악 확률의 랜덤박스고 매번 거지 같은 맛이 걸린다 해도 초콜릿이라고 생각하면 어쨌든 단맛 아닌가. 대책 없고 어른스럽지 못하다고 해도 '좋은 초콜릿을 신중하게 고르는 어른'이나 '초콜릿 같은 영양가 없는 건 안 먹는 게 낫다고 말해대는 어른' 같은 건 되고 싶지 않다. 애초에 초콜릿은 그딴 식으로 먹는 게 아니다.

쓰다 보니 할 일은 미루고 재밌는 것만 좇으면 그만이라는 말처럼 보이는데 그런 건 아니다. 그러면 거지 신세 못 면한다. 내 말은 각자 1인분씩만 해내고 나머지 시간은 초콜릿이나 까먹자는 말에 가깝다. 내 취향이 뭔지, 내가 뭘 좋아하는지 찾아보는 탐구생활 말이다.

최고가 되려면 한 우물을 깊게 파야 한다고 했다. 그런 사회 분위기 속에서 여러 우물을 조금씩 파대는 사람들은 성공과 거리가 먼 것처럼 여겨졌다. 그러나 요즘은 좀 인식이 변한 듯하다. 아무래도 최고가 되는 건 극소수이고 그러지 못한 사람들이 더 많을 테니까 한 우물을 판다고 해서 최고가 보장되는 건 아니다. 오히려 깊은 우물 속에서 열등감에 빠져 자신을 탓하고 갇히게 된다. 그러나 얕은 우물에서는 헛디뎌도 크게 다

치지 않는다. 그러니까 쉽게 매몰되지 않는다. 그리고 한 우물을 파든 여러 우물을 파든 경험치라는 근육은 똑같이 붙는다.

한 TED 강연에서 자신만의 색깔을 뽐내는 강연자를 본 적이 있다. 어디에서나 빛이 나는, 그야말로 성공한 삶이었다. 그 사람은 자신의 강점이 다양한 관심사와 유연함이랬다. 한 가지에 대한 전문가는 아니지만 그래서 더 여러 분야에서 성공적으로 활동할 수 있었다고. 그걸 '멀티포텐셜라이트'Multipotentialite라고 한단다. 한국말로는 다능인. 급변하는 이 시대에는 전문가보다 다능인이 생존에 적합하다나. 그런데 좀 맞는 것도 같다. 나도 딱히 한 군데 특출난 점은 없지만 이것저것 하면서 여태껏 잘 생존하고 있다. 이게 다 내가 멀티포텐셜라이트라서 그런 것 같다. 산만한 사람들이 재평가되는 시대가 오다니. 봐라. 이름 붙이면 있어 보인댔지.

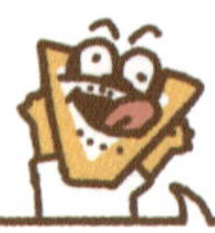

잘 놀다 갑니다

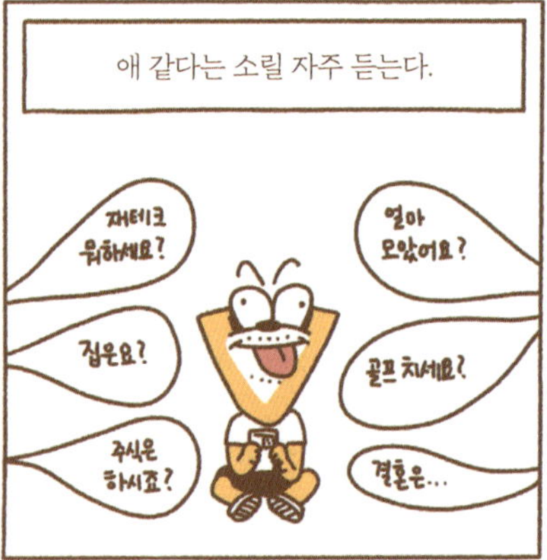
애 같다는 소릴 자주 듣는다.
재테크 뭐하세요?
얼마 모았어요?
집은요?
골프 치세요?
주식은 하시죠?
결혼은...

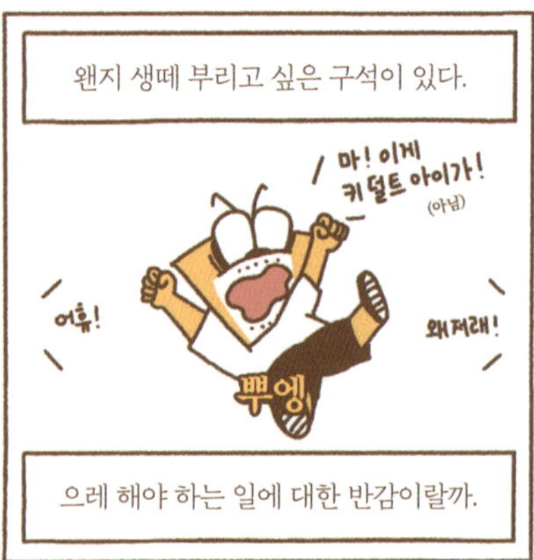
왠지 생떼 부리고 싶은 구석이 있다.
마! 이게 키덜트 아이가!
(아님)
어휴!
왜저래!
뿌엥
으레 해야 하는 일에 대한 반감이랄까.

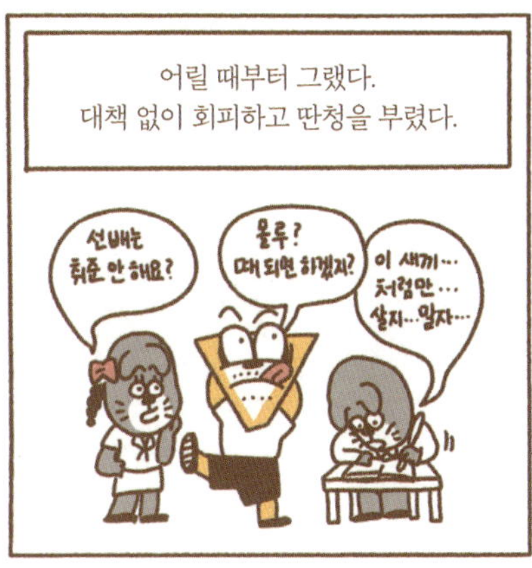

어릴 때부터 그랬다.
대책 없이 회피하고 딴청을 부렸다.
선배는 취준 안 해요?
몰루? 뭐 되면 하겠지?
이 새끼… 처럼만… 살지…말자…

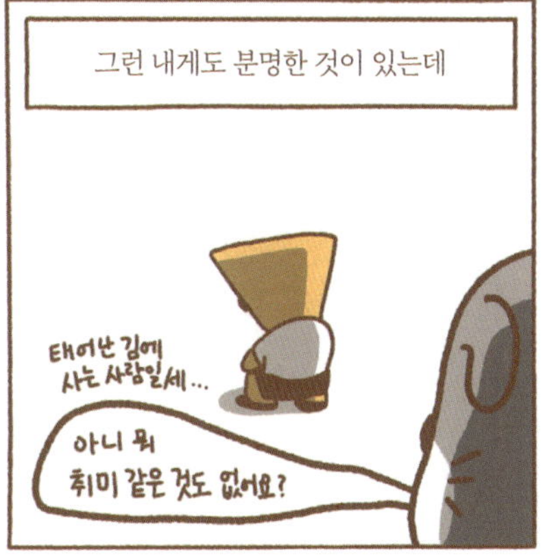

그런 내게도 분명한 것이 있는데
태어난 김에 사는 사람일세…
아니 뭐 취미 같은 것도 없어요?

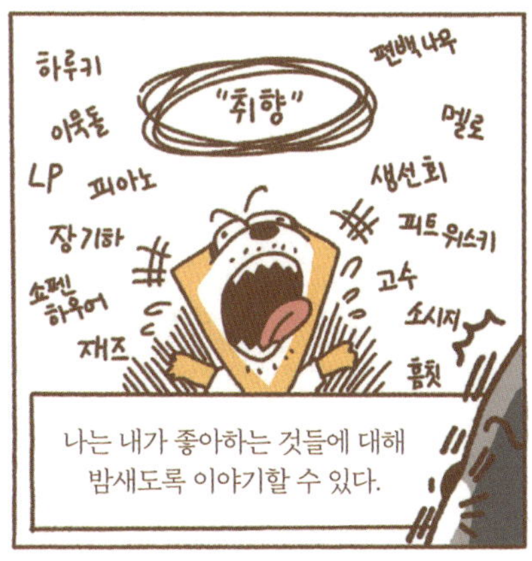

하루키
편백 나무
이웃돌
멜로
"취향"
LP 피아노
생선회
퀴트 위스키
장기하
고수
쇼팽 하우어
소시지
재즈
흄칫
나는 내가 좋아하는 것들에 대해
밤새도록 이야기할 수 있다.

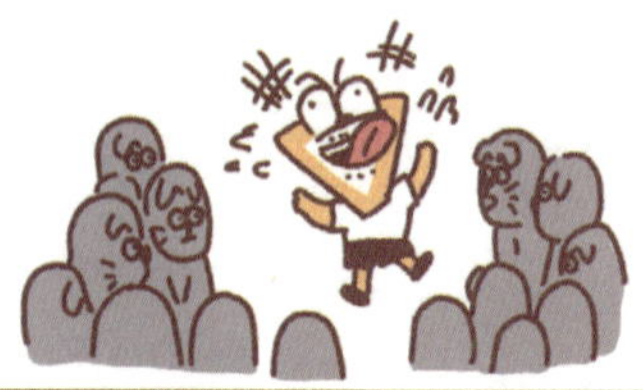

나는 내 취향을 사랑한다.

뭘 좋아하냐는 물음에
설레면서 술술 이야기해대는 내가 좋다.

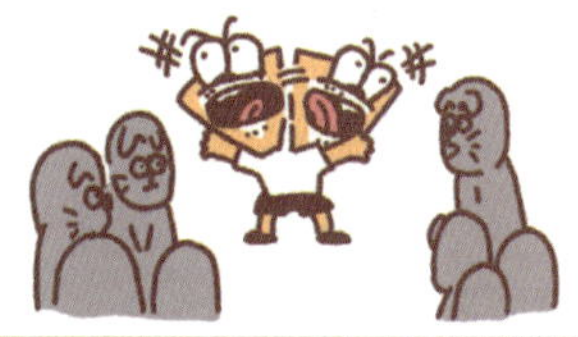

그리고 어느새 점점

내가 좋아하는 것들을
닮아가고 있다는 걸 발견하는 희열이란.

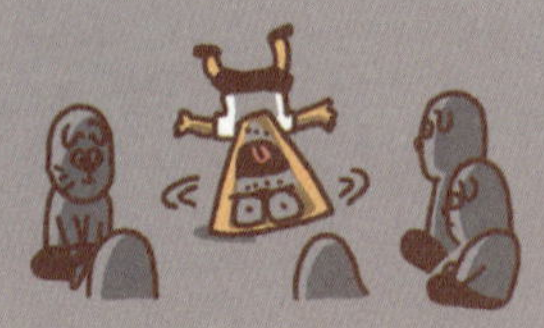

내 인생 최종 목표는

그렇게 차곡차곡
죽을 때까지 내 취향을 수집하는 것.

나는 그저 1인분 몫을 하면서
이 세상에서 그렇게 죽을 때까지
놀다 가고 싶다.

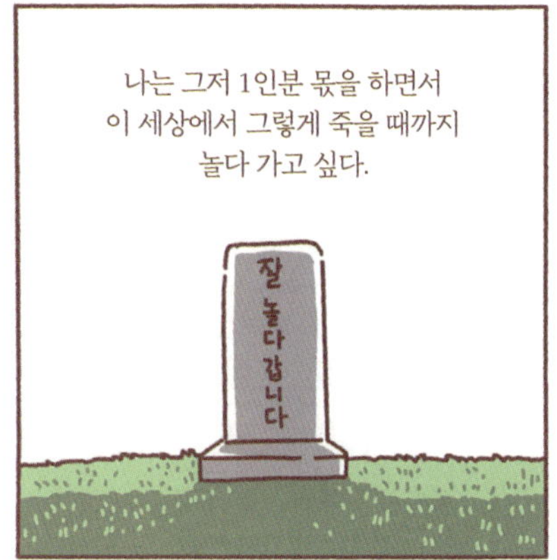

합리화형 게으름

기본적으로 말이 많다.
극한의 효율과 큰 그림 짜는 데 에너지를 다 쏟고
실제로 실행하는 건 거의 없음.
늘 그럴 듯한 계획만 있는 탁상공론형.

그럴싸하면 그만 아닌가?

비효율적인 건 딱 질색이다. 말했다시피 나는 성격이 아주 급한 편이다. 일이란 가장 적은 힘을 들이고도 가장 빠르게 끝낼 수 있어야 한다. 비합리적인 방식으로 일을 처리하는 사람을 보면 정말이지 답답함이 치밀어 오른다. 그런데 이게 왜 게으른 유형에 있느냐고? 그야 이 모든 계산은 머릿속에서만 이루어지기 때문이지. 계산을 너무 오래 하느라 에너지를 다 써버린다. 게다가 투자 대비 효율이 떨어진다 싶은 건 이미 머릿속에서 다 폐기 처분된다.

'어차피 해봤자 쓸모없는 일이었어.'

제대로 시작하기도 전에 그렇게 합리화한 일들이 한 트럭이다. 결국 오늘도 무엇 하나 실행에 옮기는 데 실패한다.

내가 이런 염세적인 인간이 된 것에는 다 서사가 있다. 또 무슨 자기합리화를 하려나 싶겠지만 어차피 제목부터가 '합리화형 게으른'인데 좀만 참고 더 들어주라.

나도 처음부터 효율만 따졌던 건 아니었다. 오히려 앞뒤 재지 않고 무식하게 돌진하는 캐릭터에 가까웠다. 열정이 뜨거웠고. 그때는 그렇게 노력을 쏟아부어서 아주 압도적인 인간이 되고 싶었다. 나중에 꼭 '세바시'나 TED에 불려 나가야지. '세계 최고의'나 '유일무이한' 같은, 글로 쓰면 부끄러워지는 그런 타이틀을 잘도 입에 올렸다.

꽤 아등바등 덤볐다고 생각했는데 좌절을 마주하는 순간이 많았다. 며칠 밤을 새워 출품한 공모전에서 보기 좋게 떨어진 일이라든가 최선을 다해 완성해간 과제를 혹평 받은 일이라든가…. 디자인을 전공하던 학부 시절에 공개 품평을 받았던 일이 생각난다. 그때 나는 과 대표였고 강의실엔 전부 후배들이었는데, 교수가 했던 말이 아직도 가슴 한구석에 아프게 박혀 있다.

"과대야, 너 이런 퀄리티면 수업 다 나와도 F 받을 수 있어."

순간 모든 합리화가 고장 나는 기분이었다. 나 대신 압도적인 결과를 낸 사람을 훔쳐봤다. 아, 저런 사람이 1등 하는 거구나…. 정신 승리에도 한계가 있다. 벽 같은 게 느껴졌다. 그땐 용서할 수가 없었다. 그 사람이든, 나 자신이든, 그런 식의 세상이든.

그런데 점점 괜찮아졌다. 압도적인 결과를 낸 사람을 몇 번 마주치다 보니 충격마저 잠잠해졌다. 슬픈 겸손이었다. 모든 합리화를 다 동원해봐도 내가 완승을 거둘 만한 구석이 한 가지도 없는 것처럼 느껴졌다. 외모나 집안, 재능의 천재성, 행운 혹은 다른 어떤 것에서도. 이 세상이라는 무대에서 만약 내가 감독이어도 나 같은 사람한테 주인공을 시키진 않을 것 같았다.

'아니 근데 어차피 그럴싸하면 그만 아닌가?'

처음 시작은 반항에 가까운 가설이었다. '최고 지향'이라는 게 내 삶에 꼭 이롭기만 한 건 아니며 오히려 아주 뛰어나고 싶어서 생겨나는 스트레스와 강박이 나 같은 게으른 부류에겐 더 독이 된다는 걸 알아차린 거다.

그럴싸함의 기준은 그다지 까다롭지 않다. 아주 뛰어나진 않더라도 구색은 갖추고 있는 정도. 무리 없이 납득 가능한 본인과 타인의 최소 합의점. 그야말로 '합리적인' 결과물 말이다. 그것이 뭐, 세상을 바꾸는 데는 역부족일 수 있지만 사회가 돌아가는 데에는 1인분의 몫으로 충분하지 않은가.

나는 이것이 꽤나 합리적인 자신과의 타협점이라고 생각했다. 그 동기가 비관적이어서 그렇지, 사실 내 인생을 두고 보면 상당히 희망적인 이야기였다. 일이라는 건 그럴싸하게 후딱 해치우고 나머지 시간은 인생을 충만하게 만드는 데 쓰자는 거다. 꼭 최고가 된다거나 아주 일을 잘하려는 데에서 행복을 찾을 필요는 없지 않나.

지금 와 생각해보면 나는 유명한 디자이너가 모인 파티에 참석해서 비싼 와인을 들이켜는 대신, 내 아들이 쓴 시를 담은 책의 표지를 디자인해줄 수 있는 아빠 정도라면 충분히 행복할 수 있을 것 같았다. 뭐, 유명해지고 싶어서 이렇게 열심히 글 쓰는 중에 이 말은 굉장히 어불성설 같지만.

이런 논리로 내 인생에서 최고 지향 같은 건 사라졌다. 일은 그저 그럴싸한 정도로 얼른 해치워버리기로 했다. 나머지 시간은 나 좋을 대로 써버릴 거다. 위인이 되는 건 진작 포기했고 1인분만 한다면야 사회에 폐가 되는 일도 없겠지.

그리고 나 같은 조연도 좀 있어야 주인공이 더 빛나는 거 아니겠나. 그것이 세상이 나에게 정해준 주제 파악 아닐까? 와 지금 나 진짜 별로인 사람 같은데? 어쩌겠는가. 이 책 제목부터가 '게으른'이다. 그리고 애초에 그럴싸해지는 것도 겁나 어려운 일이라서 얼른 1인분의 어른으로 어엿해지기나 했음 좋

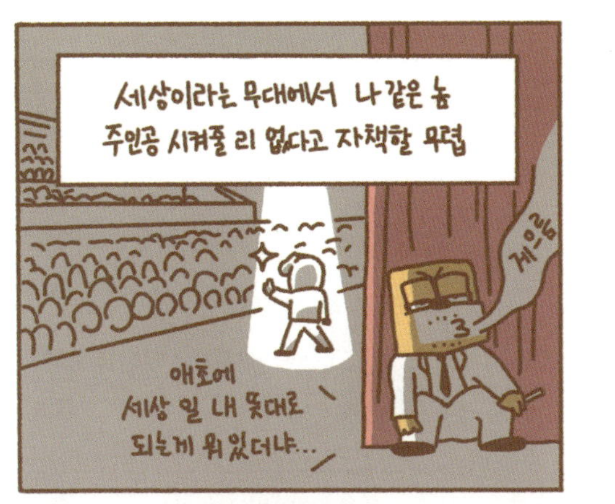

세상이라는 무대에서 나 같은 놈
주인공 시켜줄 리 없다고 자책할 무렵
제임스
애초에
세상 일 내 뜻대로
되는게 뭐 있더냐...

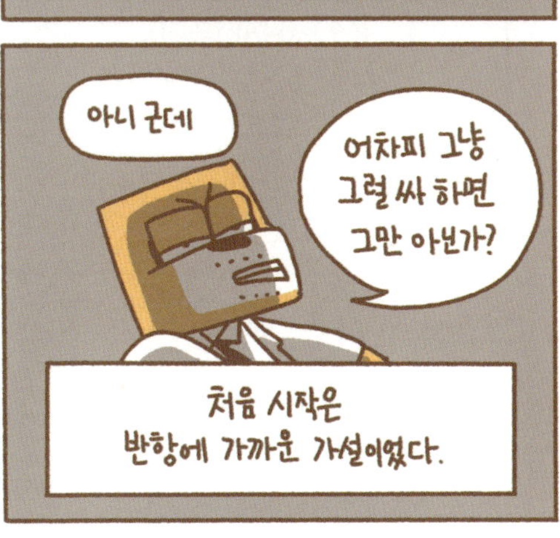

아니 근데
어차피 그냥
그럴 싸 하면
그만 아닌가?
처음 시작은
반항에 가까운 가설이었다.

'그럴싸'의 기준은 그닥 까다롭지 않다.

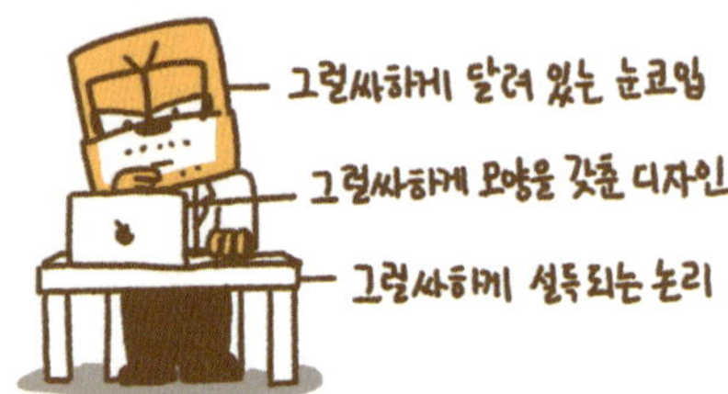

아주 뛰어나지 않더라도
구색은 갖추고 있는 무리없는 정도.

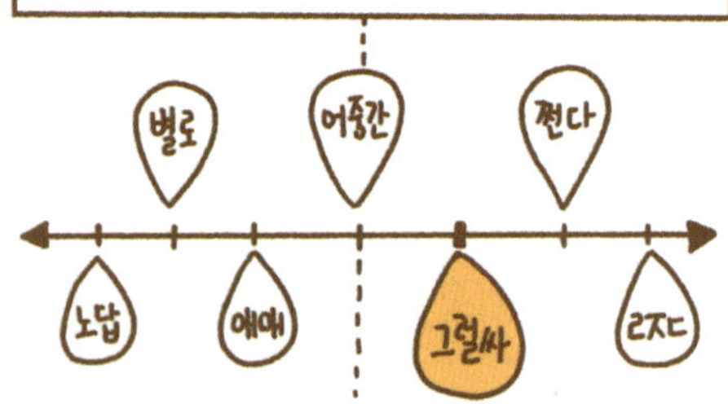

본인과 타인의 최소 합의점.

겠다는 게 내 솔직한 심정이다.

　아, 다 쓰고 보니 무슨 불온서적 같다. 아니 그러니까 이 글은 '적게 일하고 많이 버세요' 같은 거다. 무슨 말인지 알겠지? 너무 열내지 말자고. 에너지는 비축할수록 좋다. 아무튼 그렇다.

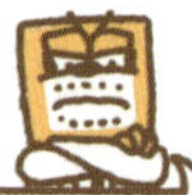

인간은 게으른 게 디폴트

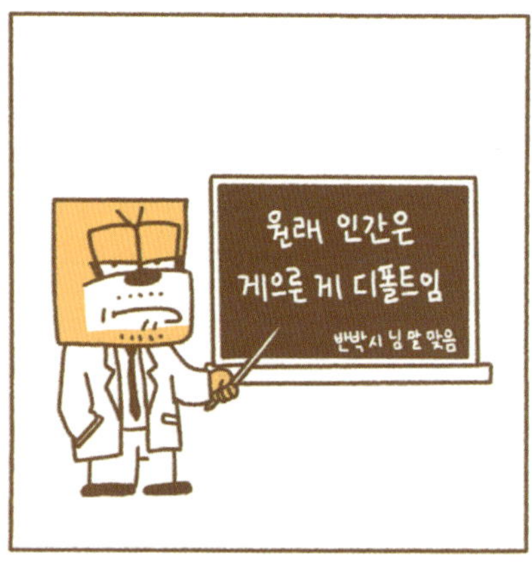
원래 인간은
게으른 게 디폴트임
반박시 님말 맞음

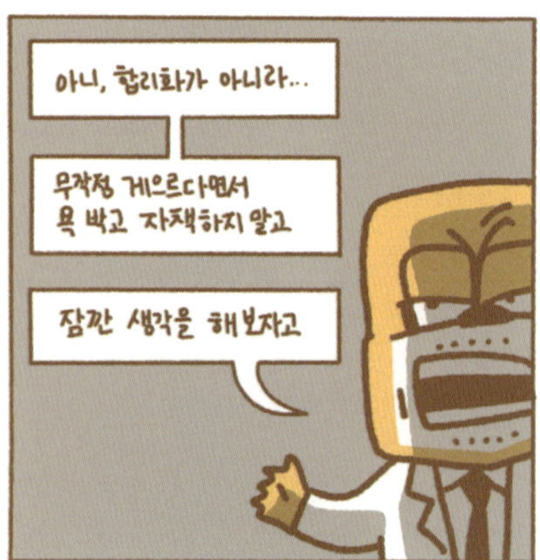
아니, 합리화가 아니라...
무작정 게으르다면서
욕 박고 자책하지 말고
잠깐 생각을 해 보자고

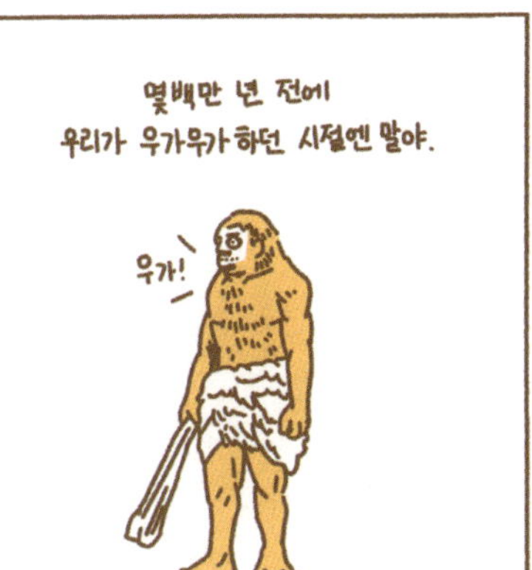

몇백만 년 전에
우리가 우가무가 하던 시절엔 말야.
우가!

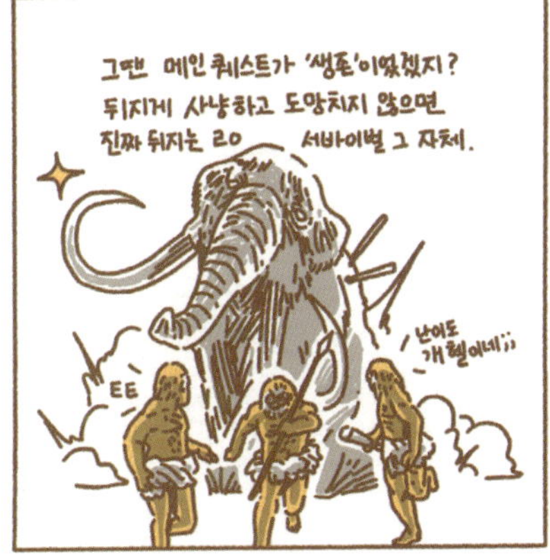

그땐 메인 퀘스트가 '생존'이었겠지?
뒤지게 사냥하고 도망치지 않으면
진짜 뒤지는 ㄹㅇ 서바이벌 그 자체.
난이도 개헬이네;;
ㅌㅌ

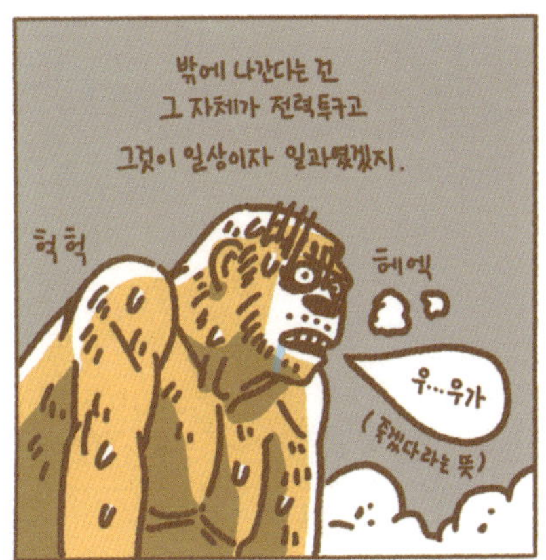

밖에 나간다는 건
그 자체가 전력투구고
그것이 일상이자 일과였겠지.
혁혁
헤엑
우…우가
(죽겠다라는 뜻)

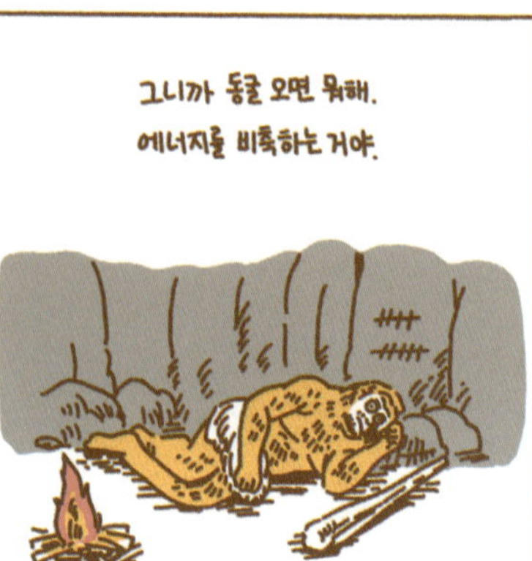
그니까 동굴 오면 뭐해.
에너지를 비축하는 거야.

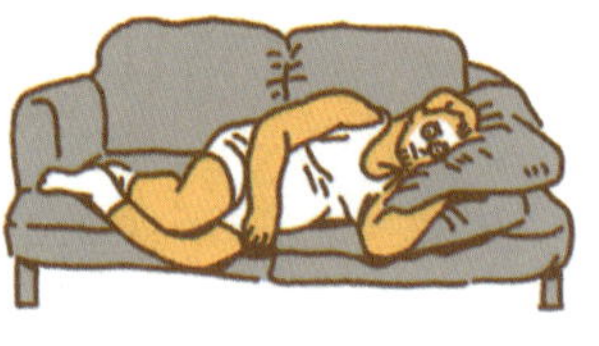
생존과 무관한 일엔
에너지를 아끼는 게
뇌가 선택한 본능적인 효율이지.

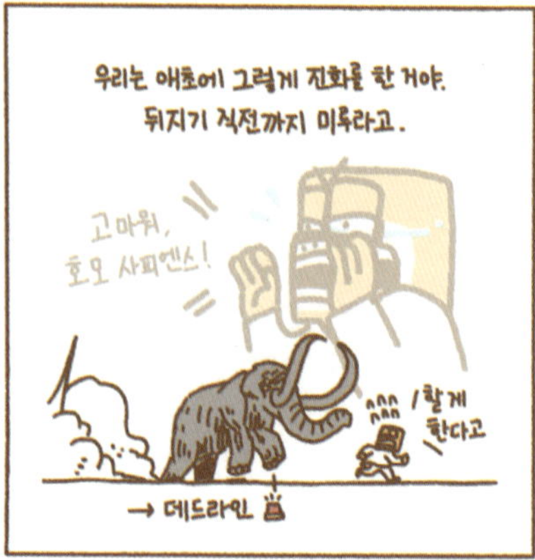
우리는 애초에 그렇게 진화를 한 거야.
뒤지기 직전까지 미룩라고.
고마워,
호모 사피엔스!
활게
한다고
→ 데드라인

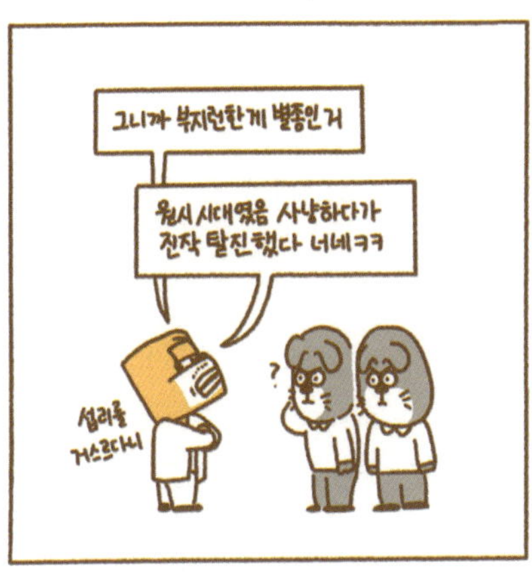

그니까 부지런한게 별로인 거
원시 시대였음 사냥하다가 진작 탈진했다 너네ㅋㅋ
설러를 거스르다니
?

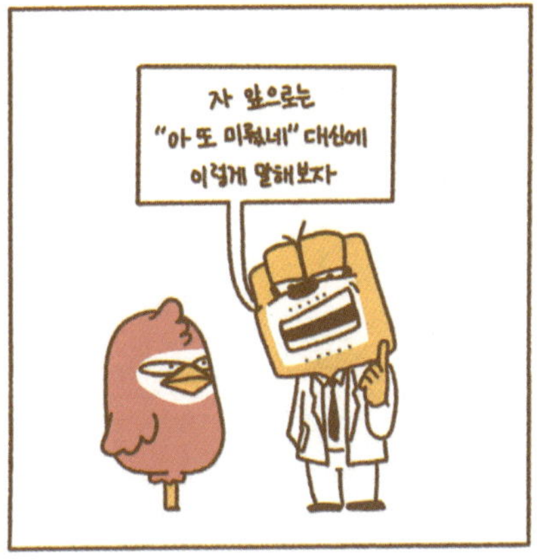

자 앞으로는
"아 또 미뤘네" 대신에
이렇게 말해보자

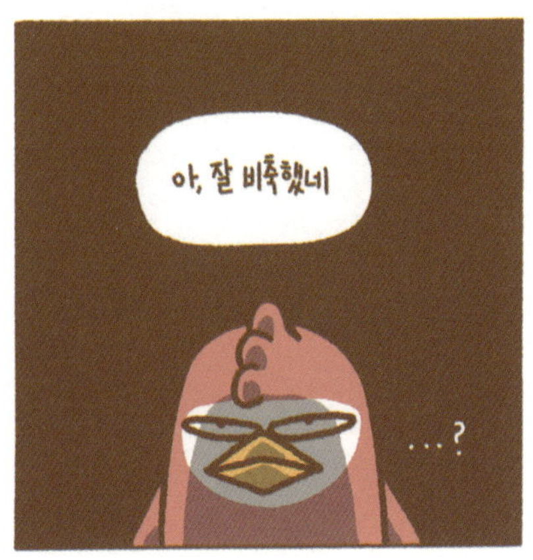

아, 잘 비축했네
...?

무기력형 게으름

의지력 결핍

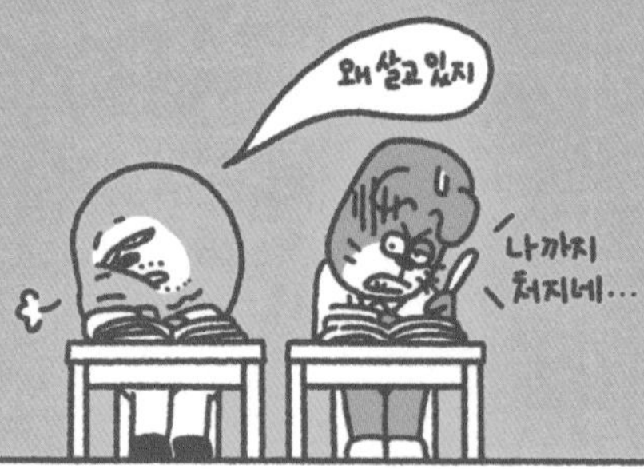

에너지 자체가 부족하게 태어난 듯.
멍 때리거나 잠 자는 걸 좋아해서
자주 업무 기한을 놓친다.
누가 시켜야 움직이는 수동적인 스타일.

네이버에 '왜 살지'를 검색하면 '당신은 소중한 사람입니다'라고 뜬다. 생명 사랑 캠페인이란다. 어… 고맙긴 한데 나는 뭐 죽고 싶다거나 하는 심각한 상황은 아니었고 종종 그렇듯 무기력했을 뿐이다. 나는 가끔 엉덩이가 가려워서 긁적거리듯이 네이버에 '왜 살지'를 검색하곤 한다. 불현듯 현자 타임이 오는 것이다. 하던 일을 멈추고 떠올린다. 정말로 나는 왜 사는 걸까?

힘 빠지고 쓸데없는 소리란 거 안다. 그렇지만 그렇게 소중하다는 나의 삶은 대체 어떤 목적을 위해 매일매일 연장되고 있는지 궁금해진다. 그런 고찰 없이도 하루하루 보내다 보면 살아지는 것이 인생이지만 한 단어를 여러 번 곱씹으면 게슈탈트 붕괴가 오는 것처럼 내 삶도 붙잡고 골똘히 생각하다 보면 의미가 분해되곤 한다. 여기에 대해 누군가는 안정을 말하기도 하고 누군가는 꿈을 말하기도 한다. 매슬로는 자아실현이 인생의 궁극적 목표라고 하는데 그런 보편적인 대답으로는 그리 썩 시원하게 가려움이 해소되지는 않는다.

특히 뭔가 너무 아등바등 사는 것 같다 싶으면 내 안의 현자는 목소리를 키운다.

이보게, 대체 뭘 위해서 이렇게 애쓰며 사는 겐가!?

본질을 관통하는 질문이다. 솔직히 별 중요한 이유가 아니라면 좀 놓고 살아도 되지 않을까 싶은 것이 속마음이긴 하다. 왜냐면 세상은 나에게 너무 피곤하게 구니까. 아니 별것도 아닌 걸로 너무 유난이다. 대부분 그렇다. 사는 데 하등 지장 없는 것들로 맨날 이 사람이랑 싸우고 저 사람 눈치 보고 적응한답시고 잘 보인답시고 쓸데없는 감정이나 시간이나 돈 낭비하고 헉헉…. 갑자기 급발진해서 미안하다. 아무튼 이렇게 무거운 피로감을 이고 지며 살아가야만 하는 이유가 좀 또렷하면 좋겠다. 그러면 현자한테 혼날 때마다 좀 덜 머쓱하겠다.

구태여 이런 생각을 하는 나도 참 피곤한 사람 같다. 산다는 건 모르긴 몰라도 피곤한 일임은 확실하다.

다시 생각해보니 그 반대인 것 같다. 삶의 이유를 생각해서 피곤해지는 게 아니라 피곤해서 삶의 이유를 생각하게 되는 거였다. 확실히 이건 에너지가 고갈된 게 맞다. 왜냐하면 충분히 활력이 도는 때엔 이런 생각이 안 든다. 삶이 흠뻑 즐겁고 하는 일이 재미있다면 뭐 하러 이유 같은 걸 캐묻겠는가. 그냥 즐기기도 바쁜데. 더 이상 쓸 에너지가 없으니 '피곤해 죽겠는데 이거 꼭 필요한 거야?' 같은 걸 되뇐다.

다시 말해 무기력은 신호가 아닐까? 아무것도 안 할 시간이 필요하다는 신호. 쇼펜하우어도 자기혐오든 반성이든 모든 원인은 피로 때문이니 스스로가 증오스러울 땐 그저 자는 것이 최고라고 말했다. 혐오스러운 오늘로부터 조금이라도 빨리 떠나라고. 얼핏 들으면 현실 도피처럼 느껴지지만 다행히도 기력이란 건 다음 날 되면 일정량 리필되는 거라서 뭐가 됐든 자고 일어나면 어제보단 수월해지는 편이다. 암만 자고 일어나봤자 소용없는데 어떡하냐고? 그건 편도체나 전전두피질이 고장 난 걸지도 모르니까 빨리 병원 가라.

무기력증 같은 병리적인 이유도 있을 수 있겠지만 그 외에도 분명 에너지가 자주 방전되는 사람이 있다. 날 때부터 에너

꾸준히 내공을 쌓아
경지에 오른 전문가의 삶도
자유도 높은 삶이지만

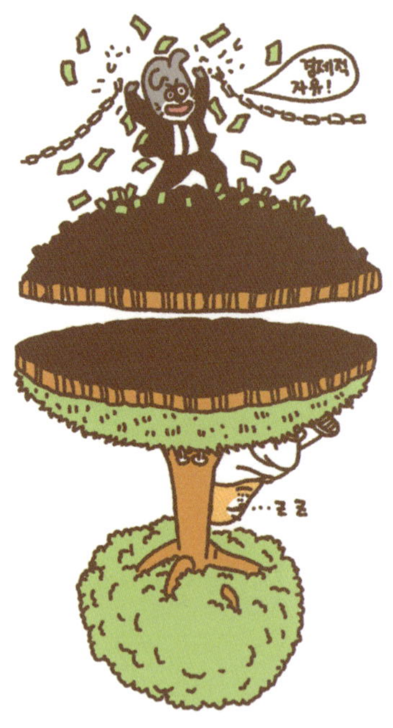

그저 일 같은 건 요령껏 해치운 다음
이딴 잡생각이나 하며
마음껏 게으름 피우는 것도 자유다.

지 자체가 좀 부족한 타입 말이다. 그러니까 사정도 모르면서 맨날 퍼져 있다고 욕할 건 아니라고 본다. 사람마다 에너지의 바닥을 느끼는 끓는점, '피곤점'이 다 다를 거다. 물론 운동을 하거나 동기부여 영상 같은 걸 봐서 어느 정도 수준을 끌어올 릴 순 있겠지. 그러나 그 수준이라는 게 누구의 기준이 평균이 되는 것이며, 그런 생산성의 극대화 같은 게 삶의 이유라는 본 질적인 대전제의 해답이 될 수 있을지는 잘 모르겠다. 쇼펜하 우어가 피곤하면 자기혐오 하지 말고 발 닦고 잠이나 자라고 말한 이유도 삶의 메인이벤트를 생산성보다는 자기애에 우위 를 두었기 때문일 거다. 사실 나도 《마흔에 읽는 쇼펜하우어》 이거 한 권밖에 안 읽어봐서 자세히는 모른다. 서른둘밖에 안 먹은 놈 해석은 이 정도까지인 것 같다.

그래서 왜 사느냐는 물음에 대해 내 현자랑 딥토크를 해봤 는데 결국 우리가 내린 답은 '자유'다. 결국 이거 다 자유로워 지고 싶은 거 아닌가? 경제적 자유든 어떤 전문 분야에서의 자유감이든 이 세상에서 최대한 제한 받지 않는 인간이 되는 것. 고작 바닥을 기어 다니는 자유만 허락되었던 갓난아이가 세상을 자유로이 호령하게 되는 과정이 인생의 드라마 아니 겠는가. 《원피스》에서 해적왕이 되겠다며 30년째 고생 중인 루피는 이렇게 말한다.

난 지배 같은 거 안 해.

이 바다에서 가장 자유로운 녀석이 해적왕이다!

(오타쿠냐고 하지 마라. 원래 만화 대사에 명언이 많다.)

나는 피 터지게 내공을 쌓아서 어떤 경지를 정복한 전문가의 삶도 자유도 높은 삶이지만 그저 일 같은 건 요령껏 해치운 다음, 이딴 잡생각이나 하며 마음껏 게으름 피우는 것도 자유도 높은 삶이라고 생각한다. 최고가 되는 건 어쩌면 무척 피곤한 일이니까.

아, 그러기엔 루피는 피가 너무 많이 터졌구나. 공신력 있는 예측에서는 루피가 이미 생명력을 너무 많이 소진해서 요절할 결말일 거라던데 나는 오래 살고 싶다. 한정된 인생을 최소한의 일을 하고 최대한으로 노는 데 쓰고 싶다. 해적왕 같은 거 안 하고 가늘고 길게.

사람은 잠이 필요하다. 뇌척수액으로 뇌의 노폐물을 씻어 내리는 물리 작용 외에도 삶의 군데군데 쉼표를 찍는 작업이 필요하다. 창밖을 보며 멍을 때린다거나 무용한 생각을 하는 일도 마찬가지다. 그림 그릴 때도 세심한 정밀 묘사를 하다가 한 번씩 눈을 흐릿하게 하고 멀리 떨어져서 봐줘야 큰 그림이 산으로 안 간다. 다시 말하지만 빼곡한 생산성이 인생의 전부는 아니라니까. 어차피 죽어서 잘 건데 뭘 그리 많이 자느냐고? 야, 그럼 어차피 죽어서 딱딱해질 건데 벌써부터 뭘 그렇게 딱딱하게 구냐. 나 또 화내고 있네. 이게 다 피곤해서 그렇다. 유연함이 필요하다. 푹 재워야 부드러워진다. 푹 재운 애호박무침이나 꺼내서 뭉근하게 한 끼 하고 한숨 때려야겠다. 암냠냠.

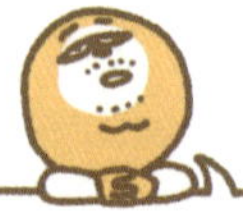

아무것도 하기 싫은 사람의
의식의 흐름

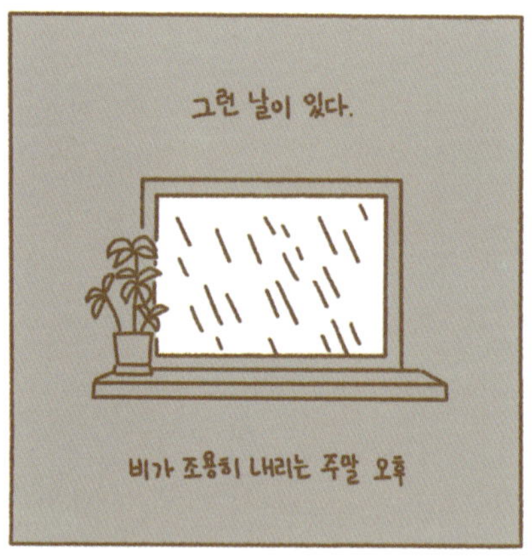

그런 날이 있다.
비가 조용히 내리는 주말 오후

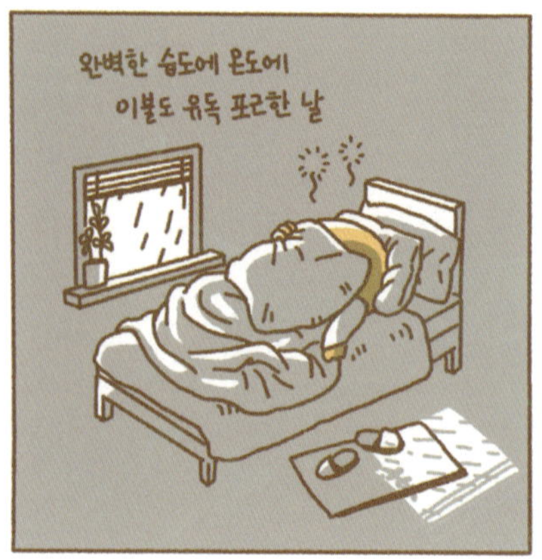

완벽한 습도에 온도에
이불도 유독 포근한 날

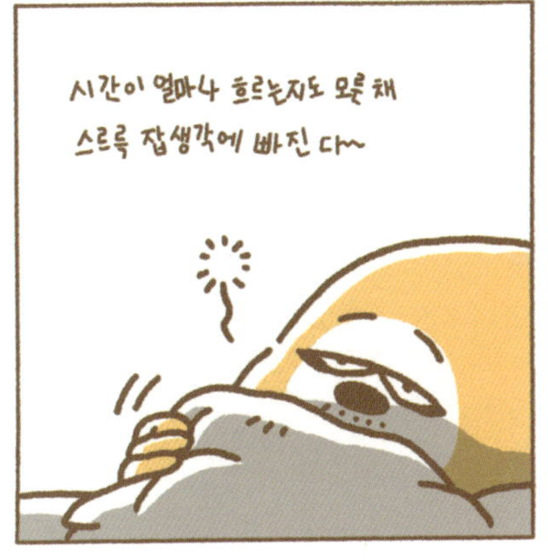

시간이 얼마나 흐르는지도 모른 채
스르륵 잡생각에 빠진 다~

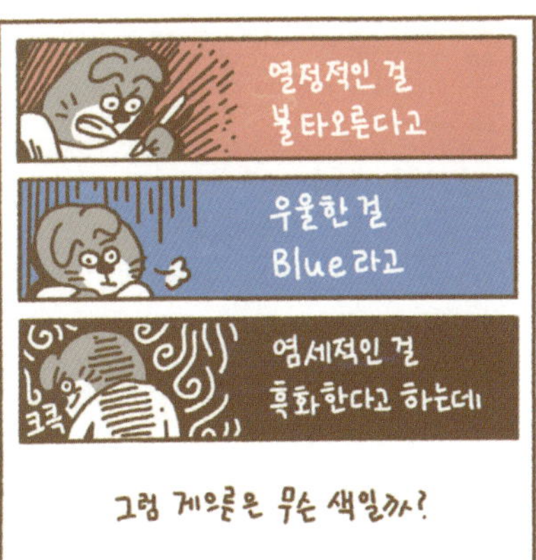

열정적인 걸
불타오른다고
우울한 걸
Blue라고
염세적인 걸
흑화한다고 하는데
크콕
그럼 게으름은 무슨 색일까?

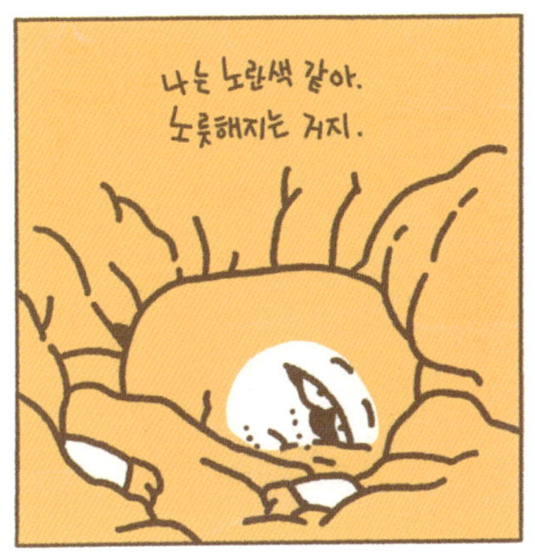

나는 노란색 같아.
노릇해지는 거지.

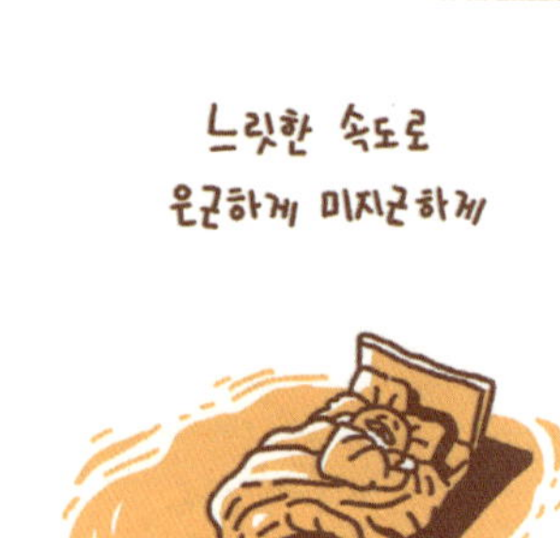
느릿한 속도로
은근하게 미지근하게

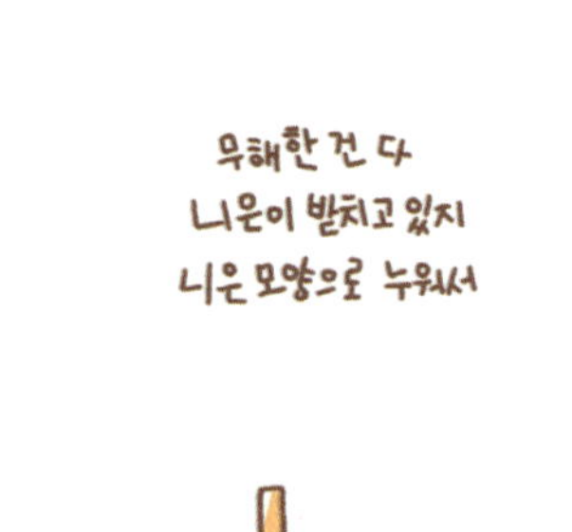
무해한 건 다
니은이 받치고 있지
니은 모양으로 누워서

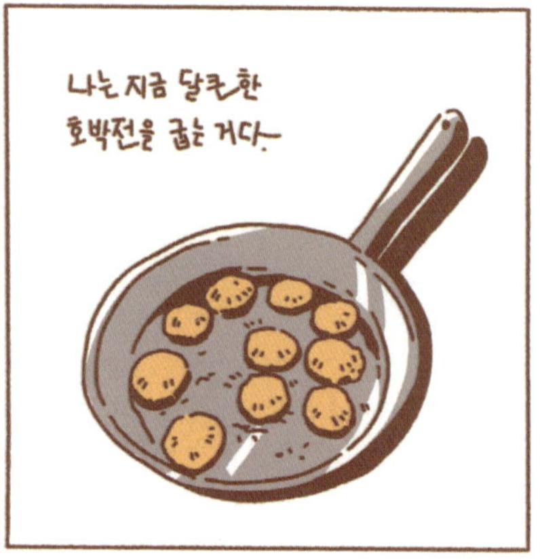
나는 지금 달큰한
호박전을 굽는 거다.

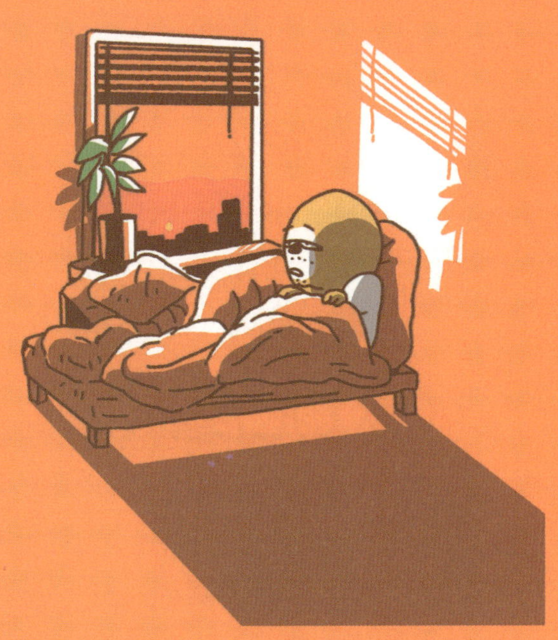

오늘은 게으름이나 피울래.
하늘이 노릇해질 때까지.

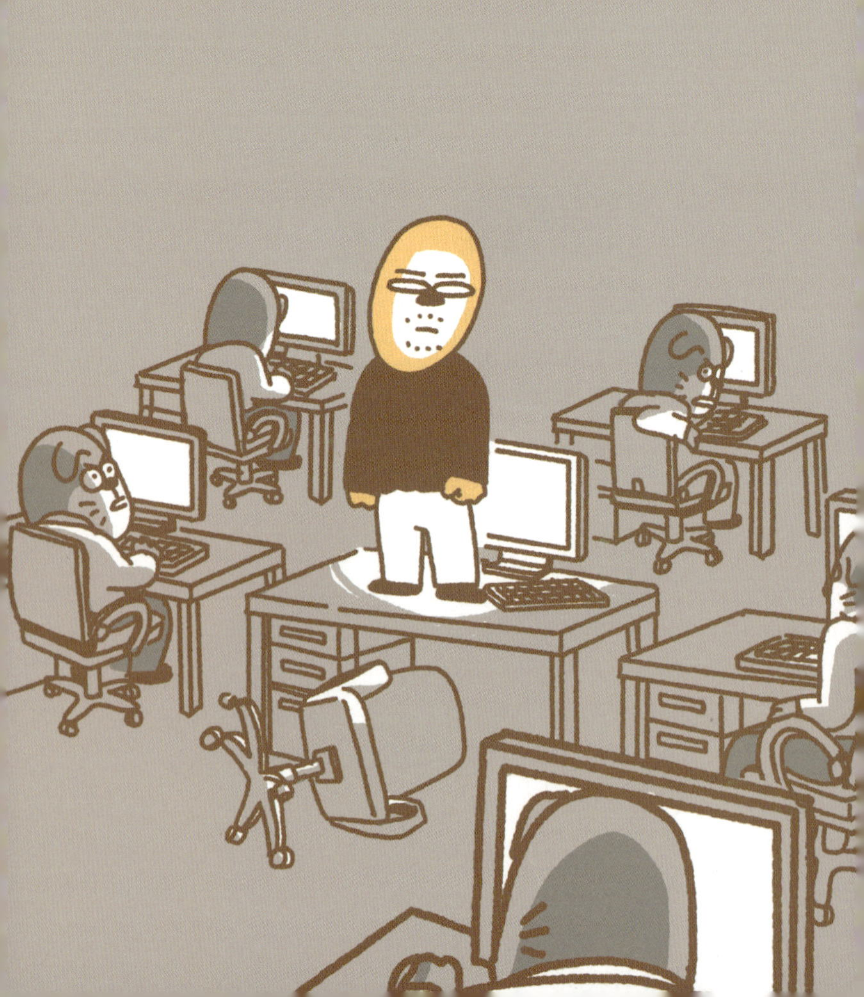

갓생에 반대합니다

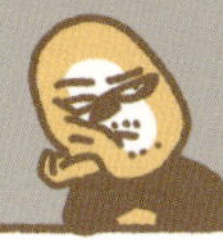
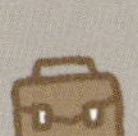

게으름은 길들임에 대한 반발이다.

_폴 라파르그 Paul Lafargue

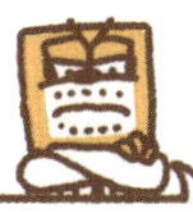

근면의 나라에서 게으름뱅이로 산다는 건

동서양을 막론하고 게으름은 죄란다. 그것도 대죄. 살인이나 불륜 같은 무시무시한 악행들과 어깨를 나란히 한다. 게으름 뱅이는 죽으면 지옥에서 벌을 받는다. 불교에서는 초대형 원형 믹서기로 24시간 갈아버리고 천주교에서는 뱀 구덩이에 산 채로 던져버린다. 그러나 가장 엄격한 벌은 바로 대한민국에 있다. 불교든 천주교든 저세상 가면 받는 벌이라지만 여기서는 게으르면 일생 동안 고통받는다.

"네가 게을러서 안 되는 거야."

게으름은 모든 문제의 원인으로 지목받고 잉여 인간이라며 사회에 암적인 존재 취급을 받는다. 인간은 사회적인 동물이라 믹서기나 뱀보다 남한테 욕 먹는 걸 더 무서워한다. 우리나라는 게으름에 대해 좀 무자비한 구석이 있다.

'갓생'이라는 말이 처음 생겨난 건 그때쯤이었을 거다. '주접밈'이 한창 트렌드였던 시기. 킹갓제너럴충무공마제스티…. 누군가를 아주 인정한다는 의미로 온갖 좋은 수식어를 모조리 끌어다 쓰는 식의 밈이 유행이었다. 그중에서도 활용도의 으뜸은 단연 '갓'God이었다. '킹'보다 높으며 가성비 좋은 한 음절짜리 수식어 '갓'. 이름 앞에 '갓'을 붙이면 '인정'은 '찬양'으로 승격된다. '갓생'이라는 건 하루 가득 부지런하고 생산적으로 살아낸 인생을 찬양하는 말이다.

'갓생은 무슨, 별게 다 갓이래.'

처음엔 유난이라고 생각했다. 킹갓제너럴 같은 밈들이 그렇듯 너무 오버한다 싶었다. 그러나 그 말을 알게 된 후 제법 부지런하게 하루를 보냈다 싶으면 나도 모르게 '앗, 오늘 갓생 살아버렸는데?' 하며 자랑하고 싶어졌다. 이상하게도 다른 데에는 갓 어쩌고를 붙이면 으레 창피해지면서도 갓생만큼은 썩 나쁘지 않았다. 아마 인정 받을 가치가 있다고 생각한 것 같다. 그런 하루하루가 모인다면 정말 '유느님'이나 '갓흥민'처럼 인간계를 초월한 위인이 될 수 있을지도 모르는 일이었다.

게다가 우리나라는 갓생에 최적화되어 있다. 종족값이 기본적으로 좀 부지런하다. 애초에 '아침의 나라'라는 타이틀을 달고 시작한 조선朝鮮은 그 빠릿빠릿한 DNA로 '한강의 기적'도 이루고 초고속 통신망도 구축해냈다. 너무 바지런해서 국가번호도 +82(빨리)를 줬다는 농이 있다. 거기에 앞서 말했듯 게으름에 무자비하기 때문에, 반대로 부지런함에 대해서 후한 평가를 주는 사회 분위기가 형성되어 있다. 자신의 역량이 부족하다면 부지런한 모습을 보여주는 것만으로 어느 정도 면죄부를 받을 수 있다. 그러니까 웬만하면 갓생을 사는 것이 이 근면의 나라 콘셉트에도 부합하며 남한테 욕 얻어먹지도 않는 길이다.

갓생이 이렇게 '갓벽'한데도 점점 '탈갓생'하는 사람이 늘어나고 있다. 나 같은 놈들이 갓생 같은 거 때려치우자고 시위해서가 아니다. 갓생을 시도해본 사람들이 직접 그 부작용을 체감하게 된 것이다.

갓생의 가장 큰 부작용은 '자기혐오'다. 인간은 언제까지고 영원히 갓생을 지속할 수는 없다. 인간의 의지를 초월한 부지런함이란 하루이틀쯤은 마음먹고 시도해볼 수 있다. 어떤 작심이 있다면 그보다 오래 지속할 힘을 얻을 수도 있겠지. 그러나 인간이 평생 바짝 힘을 주고 빈틈없이 산다는 건 불가능하다. 실수를 하거나 마음이 해이해지는 그때, 덜컥 스스로가 한 심해지고 만다. 부지런함에 대한 찬양의 크기만큼 자신의 게으름에 대한 혐오감이 커진다. 자기혐오는 '걍생'이나 '게생'보다 명백하게 더 해롭다.

게다가 단순히 일만 잘 해낸다고 갓생이라 부르지 않는다. 일뿐 아니라 여가 생활까지 하루가 완벽하게 완결되어야 갓생이 된다. 생각해보라. 친구들과 술을 마시거나 음악이나 듣고 시간을 낭비하는 일과들을 바쁘게 해낸다고 해서 누가 갓생으로 쳐주겠는가. 하루가 이상적인 것들로만 채워져야 갓생이 된다.

나도 갓생을 경험한 처음에는 '좋은 것들로만 하루를 채우는 완벽한 기분'에 매료됐었다. 그렇게 며칠간은 대단히 고양된 기분으로 살았다. 그러나 매 순간마다, 심지어 휴식을 하는 동안에도 '이건 나에게 유해한가 무해한가'를 의식하는 것은 상당히 고되고 피곤한 일이었다. 휴식이라는 건 그런 '의식'에서 벗어나 뇌를 쉬게 해주는 일이다. 사람은 긴장과 이완을 번갈아 반복해야 살아갈 수 있는 생물이다. 갓생에는 긴장만 있고 이완이 없다. 결국 끊임없이 자신을 옥죄는 꼴이 된다.

마지막으로 이 갓생의 주무대가 SNS라는 점이다. 거듭 말하지만 갓생의 연료는 '인정'이다. 갓생 문화가 우리나라에서 이토록 가열된 까닭은 고질적인 경쟁 심리와 인정 심리가 한

묷했을 것이다. SNS란 가진 것 중 가장 좋은 면만 보여주는 곳이고, 갓생에 대한 기준은 더더욱 높아질 수밖에 없는 구조다. '겨우 그거 했다고 갓생이냐'는 식으로 말이다. 이제 갓생이란 초과근무도 좀 하고, 사이드 프로젝트도 하고, 부캐도 만들고, 재테크에 부업에 자기관리에 퍼스널 브랜딩도 빼먹지 말아야 한다. 그렇게 한마디 한마디 보태져서 그냥 갓생러가 아니라 무슨 '캡틴 아메리카'처럼 됐다. 아마 캡틴 아메리카 보고도 그거 다 하라고 하면 냉동실로 돌려보내달라고 할 거다.

그렇다고 이 틈을 타 '그러니까 게으른 게 짱이야'라고 말하는 건 좀 아닌 거 같다. 갓생도 너무 부지런해서 문제가 생기듯 너무 게으르면 그거대로 문제가 많겠지. 뻔한 말이지만 뭐든지 극단적이면 문제가 된다. 애초에 '갓생'이라는 말의 유래도 자신의 삶을 혐오하는 '혐생'의 반대 격으로 생겨난 신조어였다. 너무 과하다는 거다.

나는 그저 게으름뱅이들이 여기 이 땅에 살면서 너무 자기혐오 하지 않았으면 좋겠다. 다리 찢는 뱁새나 접시 핥는 두루미보단 생산력 떨어져도 자기 리듬대로 사는 나무늘보가 낫다. 이완, 수축, 이완, 수축, 자연스럽게. 연약한 우리는 매일 힘껏 살아간다고 갓이 될 수 없다. 인간은 너무 힘을 주면 쉽게 부러지고, 부러지면 많이 아프다.

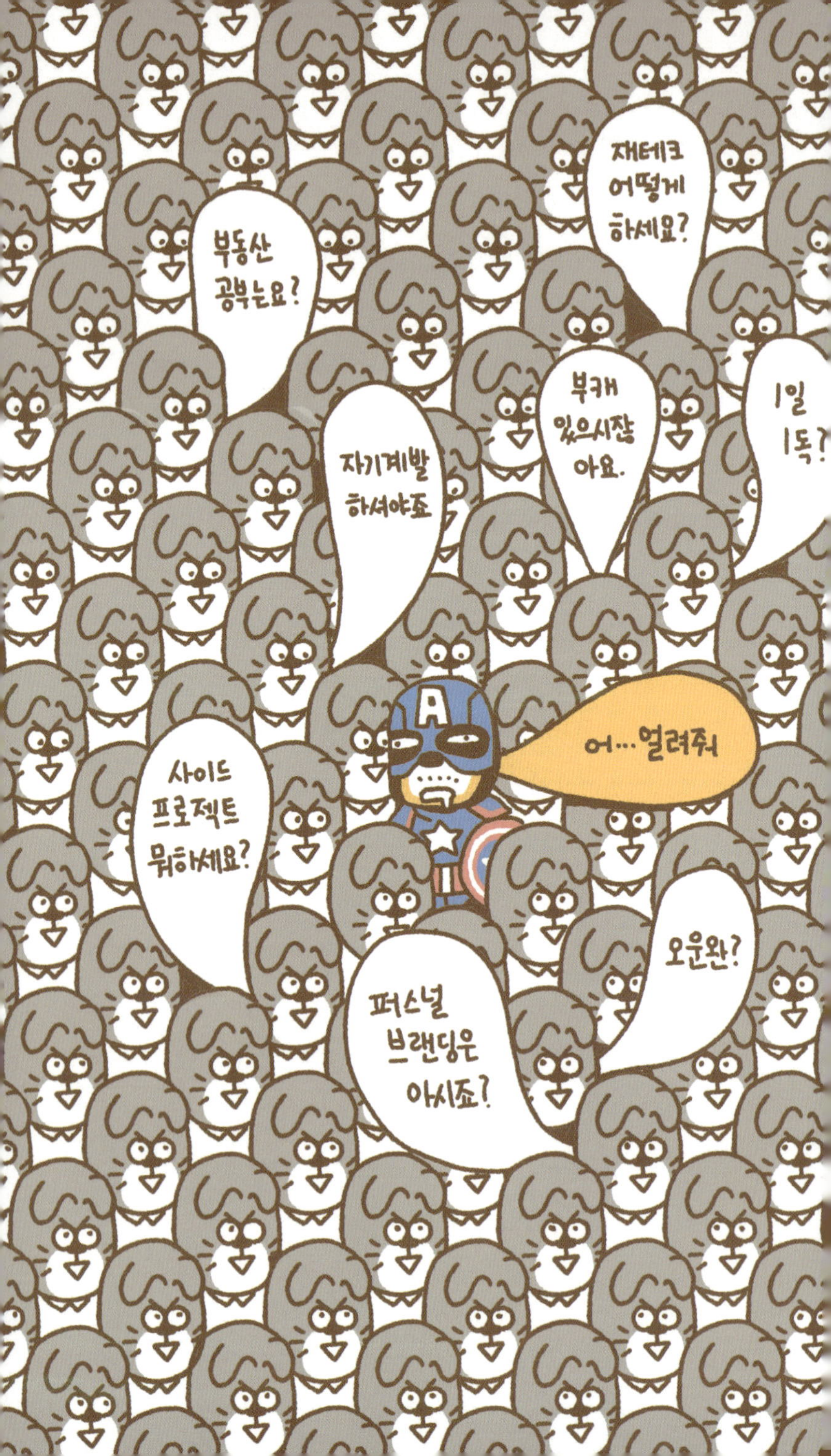
부동산 공부는요?
재테크 어떻게 하세요?
자기계발 하셔야죠
부캐 있으시잖아요.
1일 1독?
사이드 프로젝트 뭐하세요?
어…얼려줘
퍼스널 브랜딩은 아시죠?
오운완?

그런데 갓생이 실패했다기보단 그냥 트렌드라는 게 원래 그런 식인 것 같다. 사실 갓생이 있기 몇 년 전만 해도 'YOLO' 라며 '어차피 인생 한 번뿐이야'를 외쳤고, 그보다 몇 년 전엔 다시 반대로 '아프니까 청춘이다'를 외쳤다. 또 그보다 이전 엔 편하고 소박한 일상이 최고라며 '휘게 라이프'가 트렌드였 고…. 인간이란 원래 왔다리 갔다리 쏠려 다니면서 시끄럽게 구는 동물이다.

아직까지 갓생 다음은 딱히 뭐가 안 나왔다. 분명 그 반대 격일 것은 확실하다. 뭔가 마땅한 게 없다면 이 책을 다음 트 렌드로 삼아도 괜찮을 것 같은데…. 무슨 말인지 아시겠죠, 김 난도 교수님?

서울,
이 도시에 살다 보면

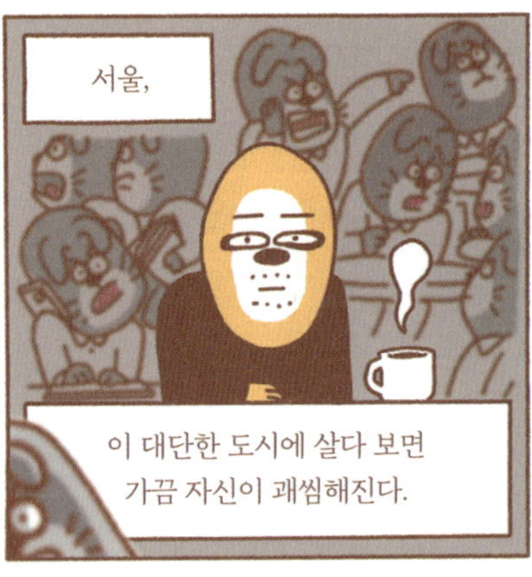

서울,
이 대단한 도시에 살다 보면
가끔 자신이 괘씸해진다.

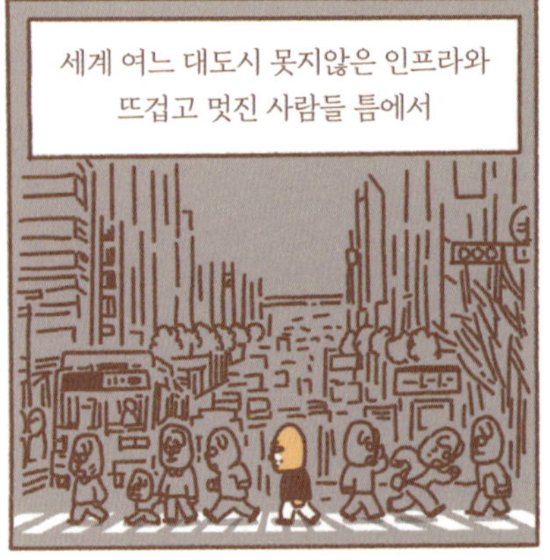

세계 여느 대도시 못지않은 인프라와
뜨겁고 멋진 사람들 틈에서

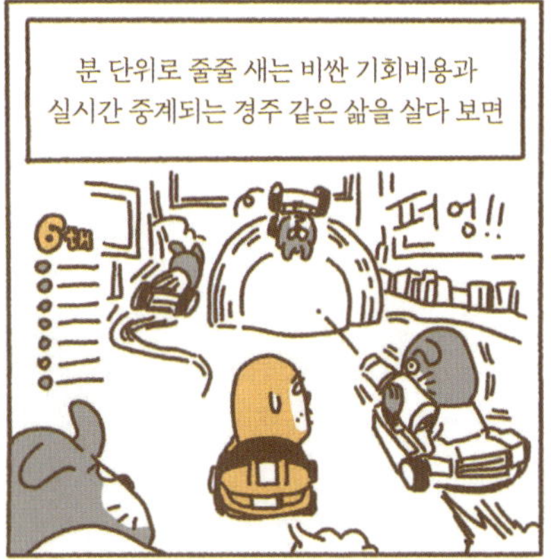

분 단위로 줄줄 새는 비싼 기회비용과
실시간 중계되는 경주 같은 삶을 살다 보면
6대
퍼엉!!

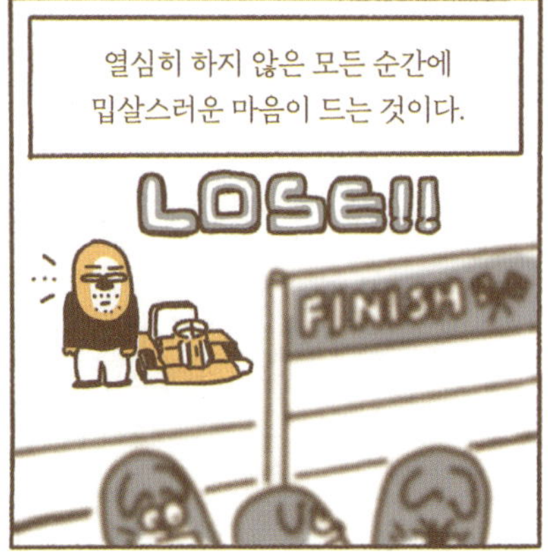

열심히 하지 않은 모든 순간에
밉살스러운 마음이 드는 것이다.
LOSE!!
FINISH

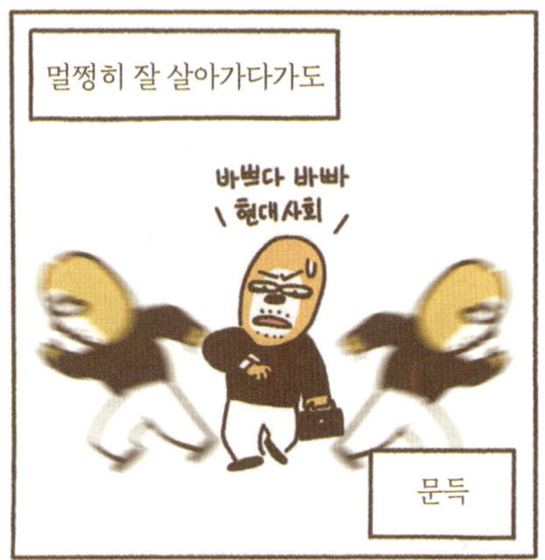

멀쩡히 잘 살아가다가도
바쁘다 바빠
현대사회
문득

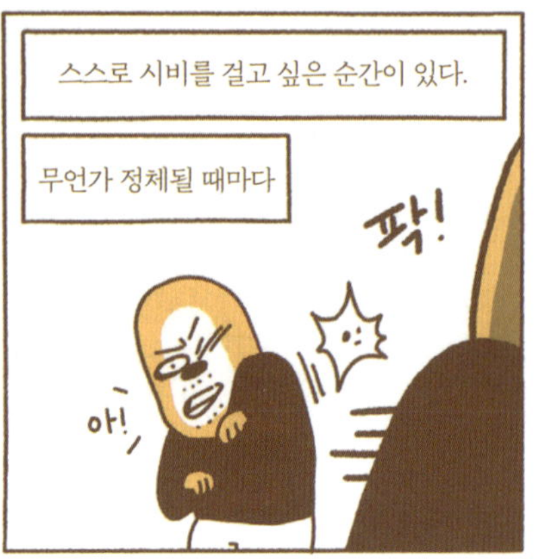

스스로 시비를 걸고 싶은 순간이 있다.
무언가 정체될 때마다
팍!
아!

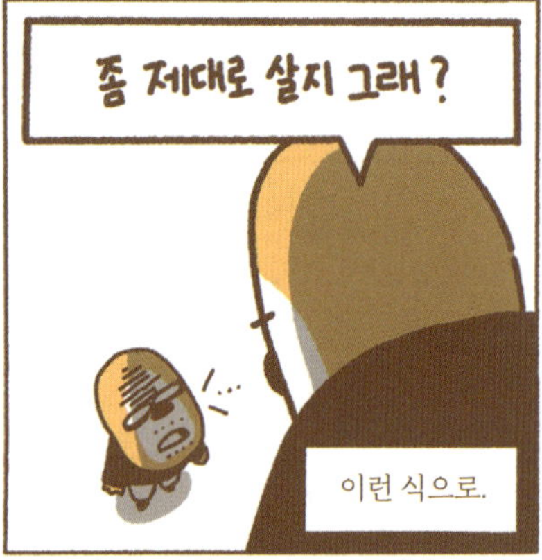

좀 제대로 살지 그래?
이런 식으로.

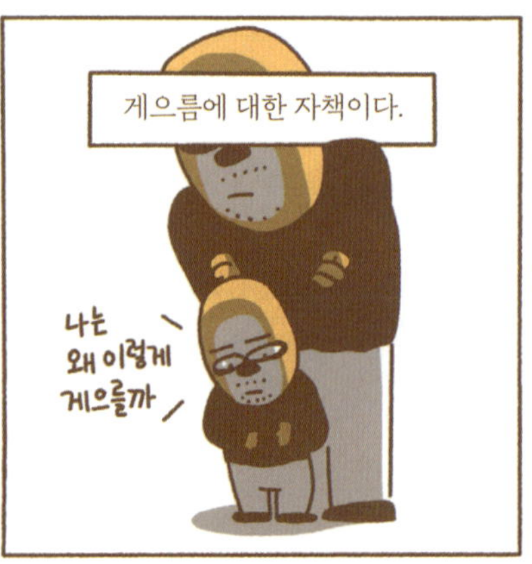

게으름에 대한 자책이다.
나는 왜 이렇게 게으를까

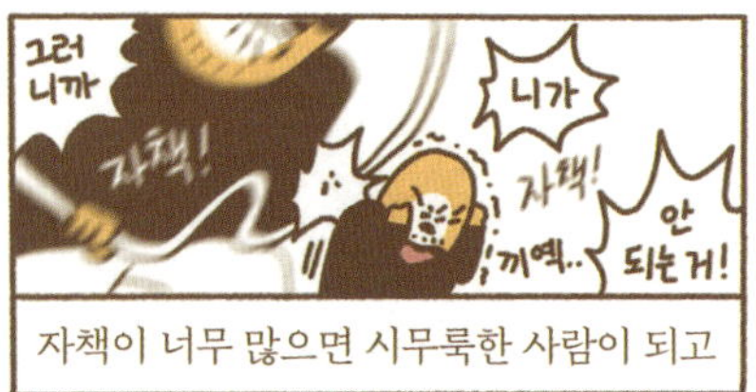

자책이 너무 많으면 시무룩한 사람이 되고

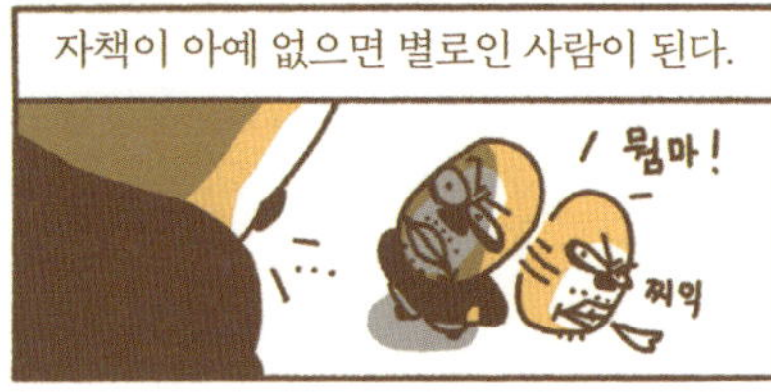

자책이 아예 없으면 별로인 사람이 된다.

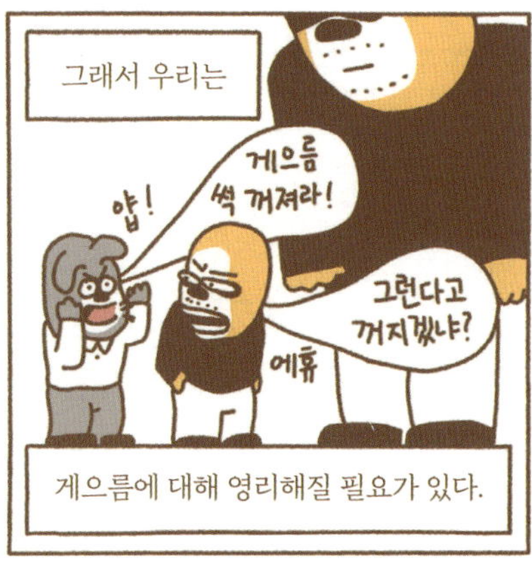

게으름에 대해 영리해질 필요가 있다.

꾀가 세상을 바꾼다고

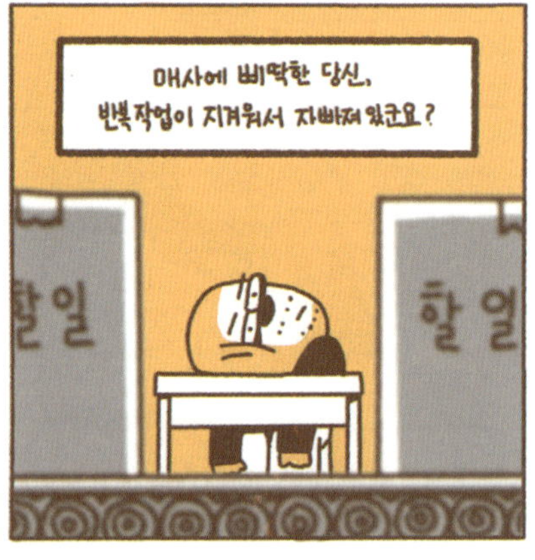

매사에 삐딱한 당신,
반복 작업이 지겨워서 자빠져 있군요?
할 일
할 일

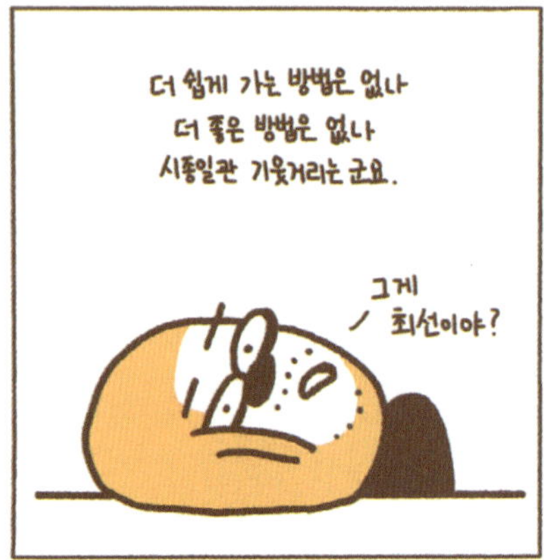

더 쉽게 가는 방법은 없나
더 좋은 방법은 없나
시종일관 기웃거리는 군요.

그게
최선이야?

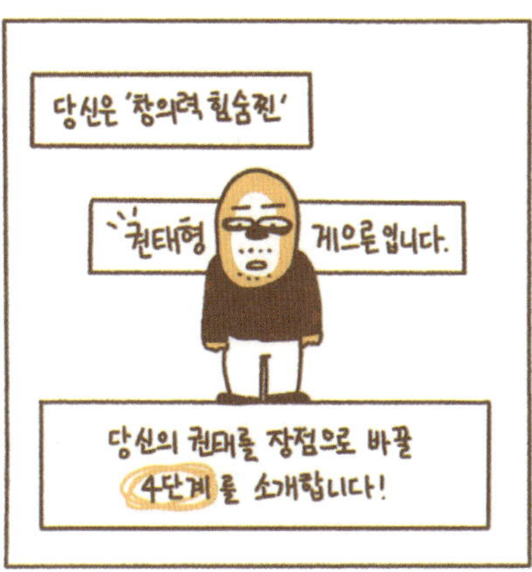
당신은 '창의력 힘숨찐'
'권태형' 게으름입니다.
당신의 권태를 장점으로 바꿀
4단계 를 소개합니다!

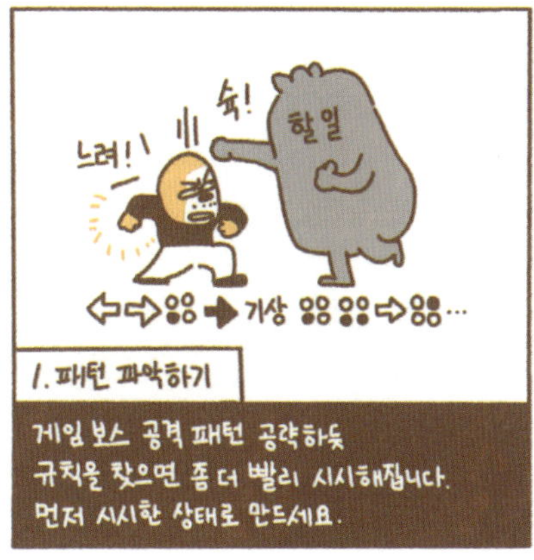
느려!
쉭!
할일
⇦⇨응 ➡ 기상 응응 응응 ⇨응응…
1. 패턴 파악하기
게임 보스 공격 패턴 공략하듯
규칙을 찾으면 좀 더 빨리 시시해집니다.
먼저 시시한 상태로 만드세요.

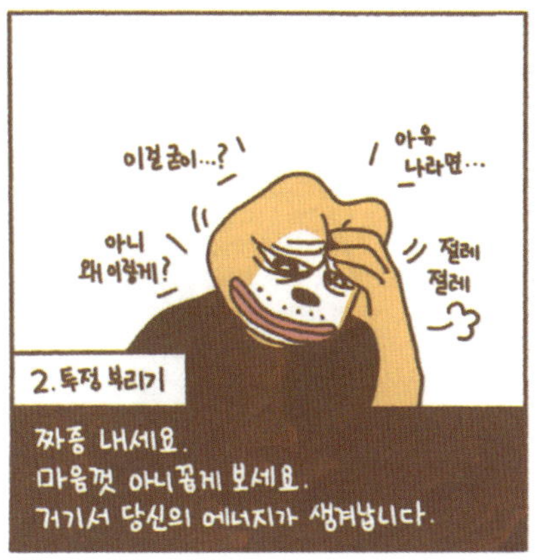
이럴 줄이…?
아우
나라면…
아니
왜 이렇게?
절레
절레
2. 투정 부리기
짜증 내세요.
마음껏 아니꼽게 보세요.
거기서 당신의 에너지가 생겨납니다.

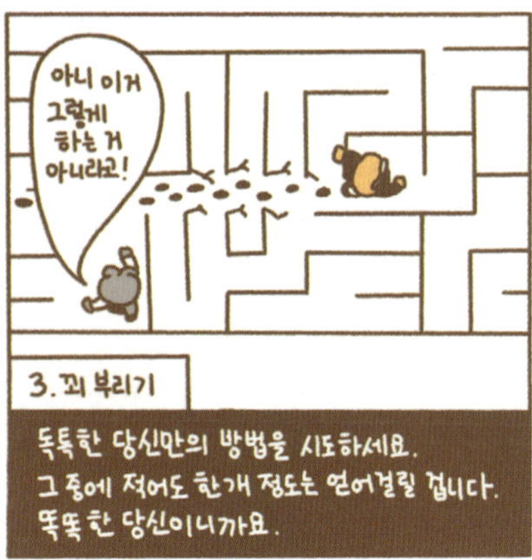

3. 꾀 부리기

똑똑한 당신만의 방법을 시도하세요.
그 중에 적어도 한개 정도는 얻어걸릴 겁니다.
똑똑한 당신이니까요.

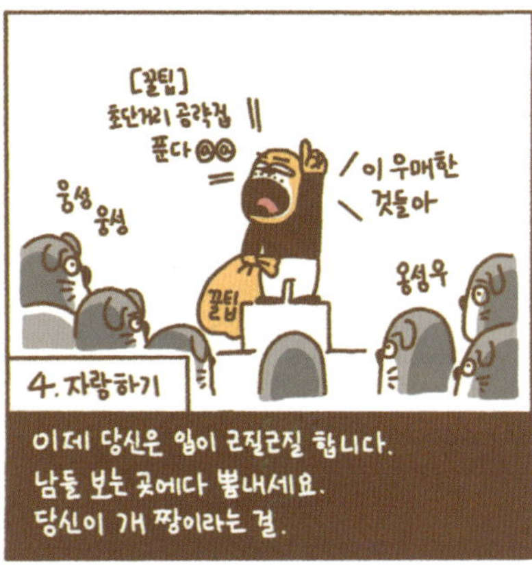

4. 자랑하기

이제 당신은 입이 근질근질 합니다.
남들 보는 곳에다 뽐내세요.
당신이 개 짱이라는 걸.

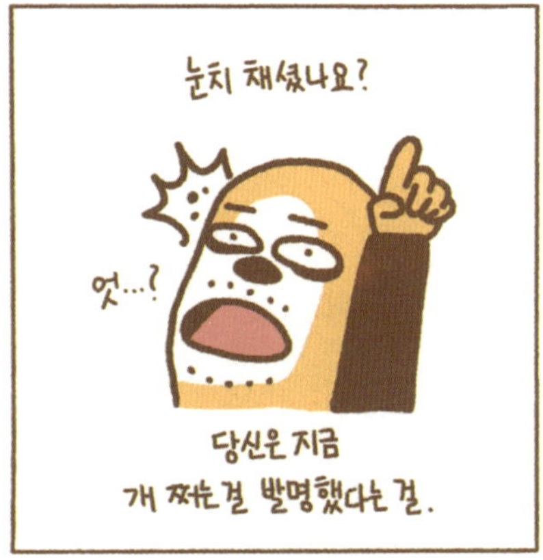

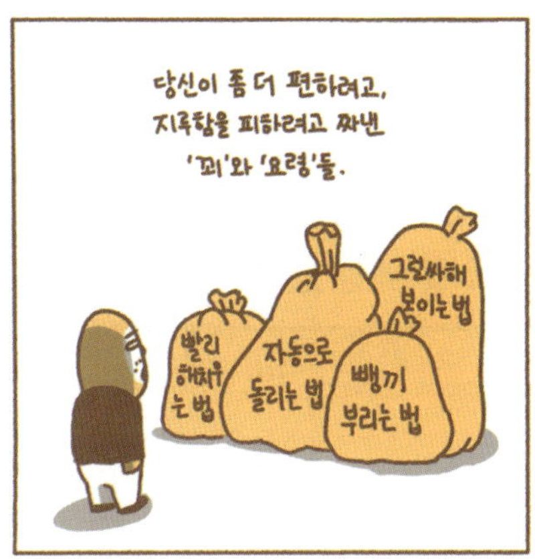

당신이 좀 더 편하려고,
지루함을 피하려고 짜낸
'꾀'와 '요령'들.
빨리 해치우는 법
자동으로 돌리는 법
그럴싸해 보이는 법
뻥끼 부리는 법

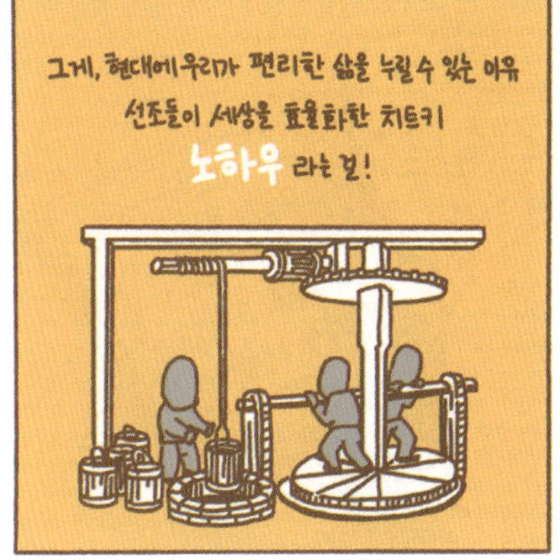

그게, 현대에 우리가 편리한 삶을 누릴 수 있는 이유
선조들이 세상을 효율화한 치트키
노하우 라는 것!

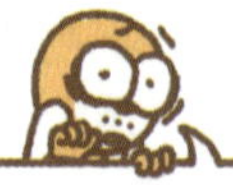

잘하고 싶어서
잘 못하고 있는 으른이에게

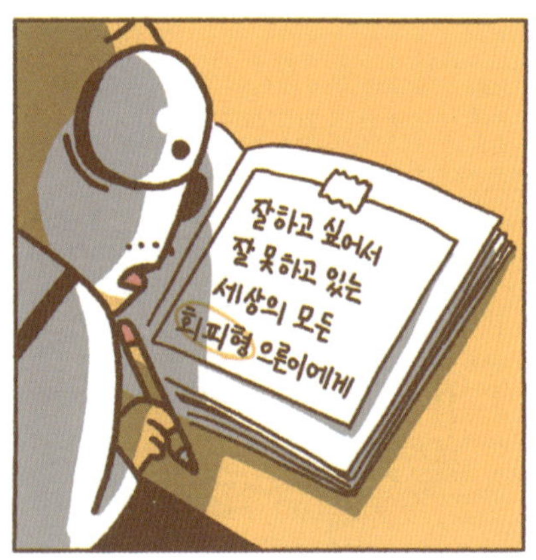

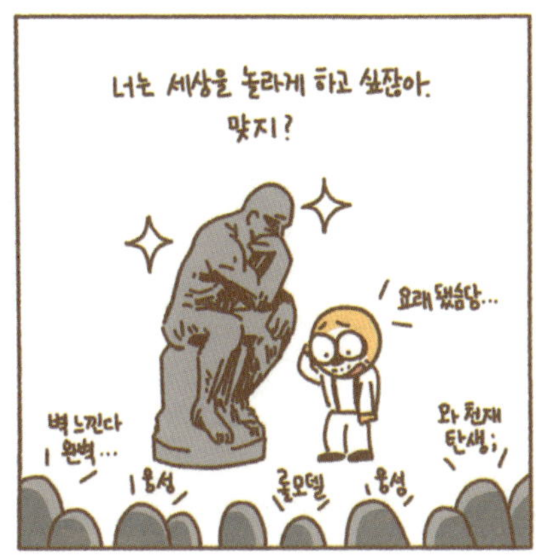
너는 세상을 놀라게 하고 싶잖아.
맞지?
요래 됐솜당...
벽 느낀다 완벽...
응성
롤모델
응성
와 천재 탄생;

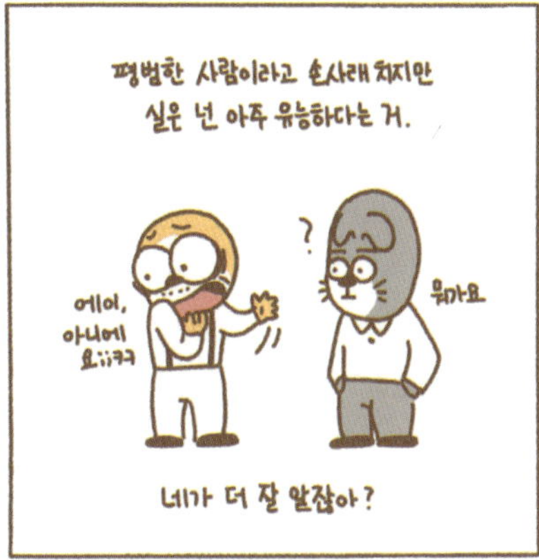
평범한 사람이라고 손사래 치지만
실은 넌 아주 유능하다는 거.
에이,
아니에요;;ㅋㅋ
?
뭐가요
네가 더 잘 알잖아?

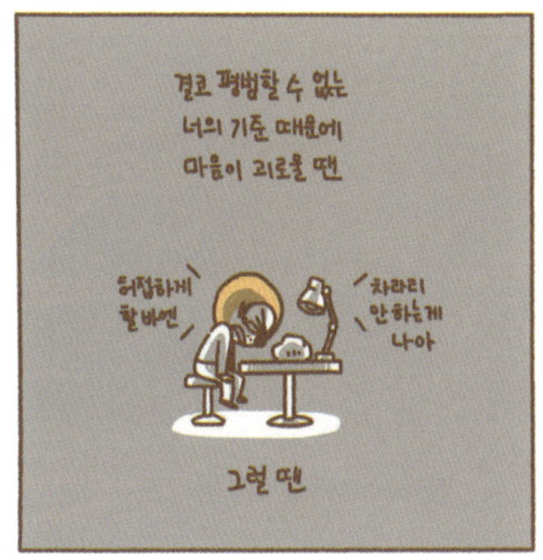
결코 평범할 수 없는
너의 기준 때문에
마음이 괴로울 땐
허접하게
할 바엔
차라리
안 하는게
나아
그럴 땐

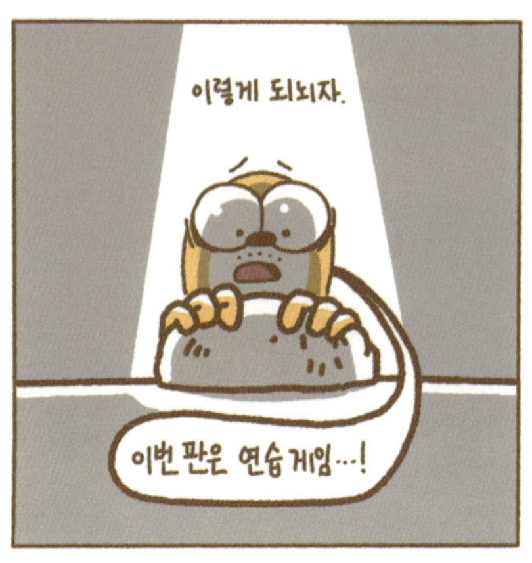

이렇게 되뇌자.
이번 판은 연습게임…!

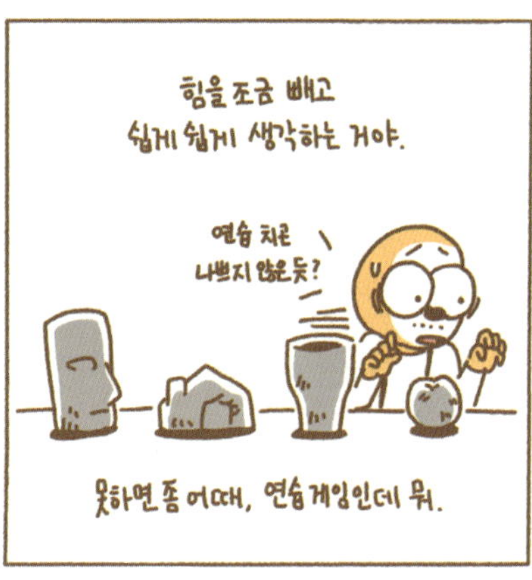

힘을 조금 빼고
쉽게 쉽게 생각하는 거야.
연습 치곤
나쁘지 않은듯?
못하면 좀 어때, 연습게임인데 뭐.

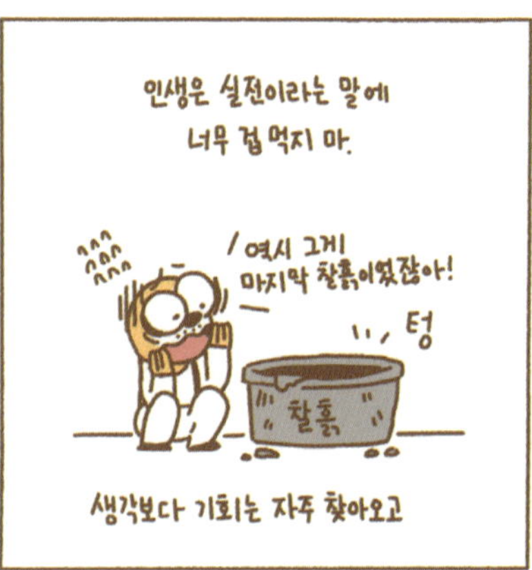

인생은 실전이라는 말에
너무 겁먹지 마.
여시 그게
마지막 찰흙이었잖아!
텅
찰흙
생각보다 기회는 자주 찾아오고

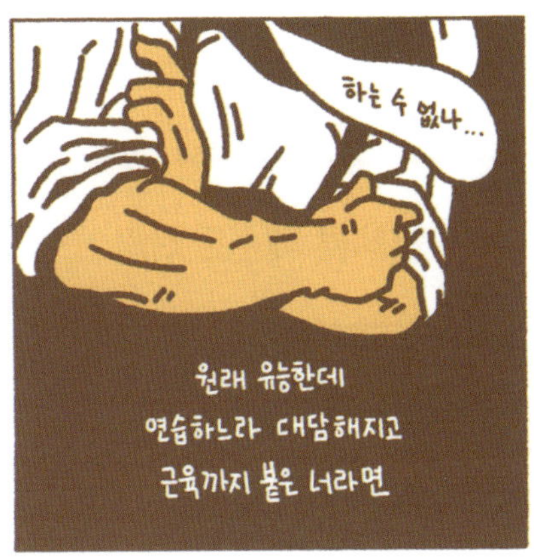

하는 수 없나…
원래 유능한데
연습하느라 대담해지고
근육까지 붙은 너라면

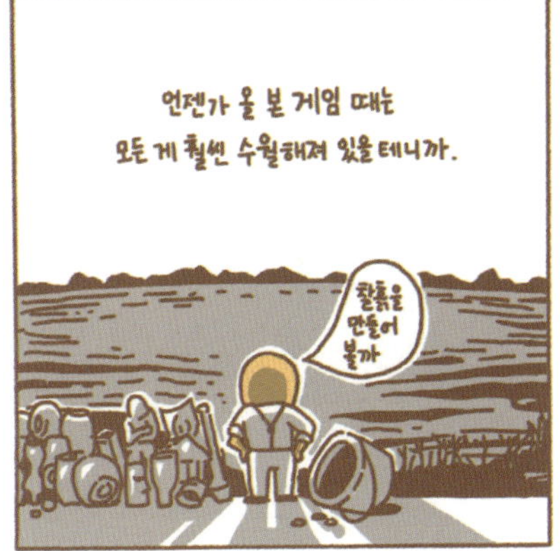

언젠가 올 본 게임 때는
모든 게 훨씬 수월해져 있을 테니까.
활솜을
만들어
볼까

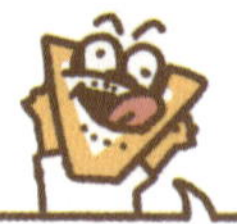

인생을 퀘스트처럼

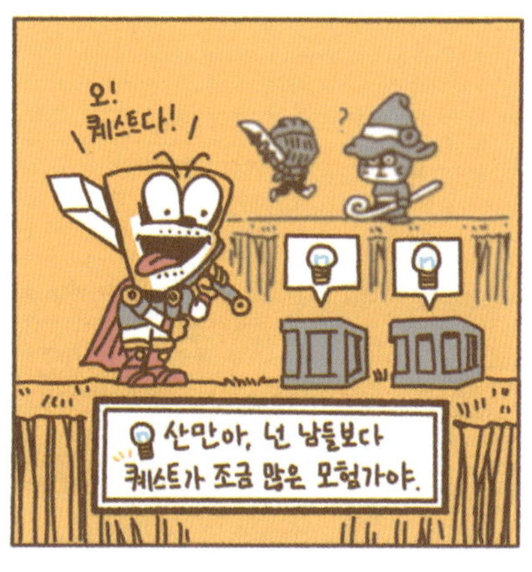

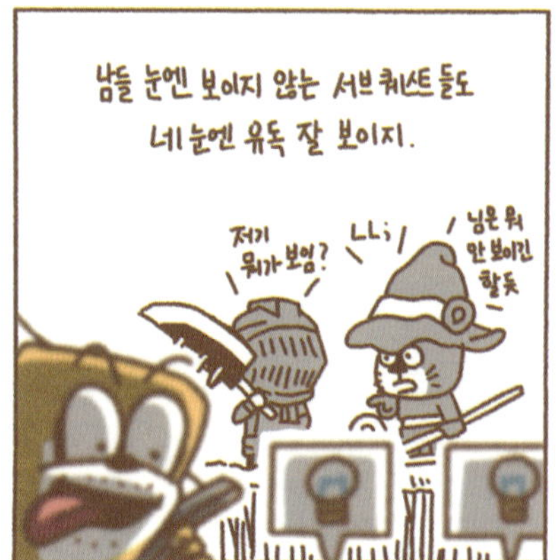
남들 눈엔 보이지 않는 서브 퀘스트들도
네 눈엔 유독 잘 보이지.

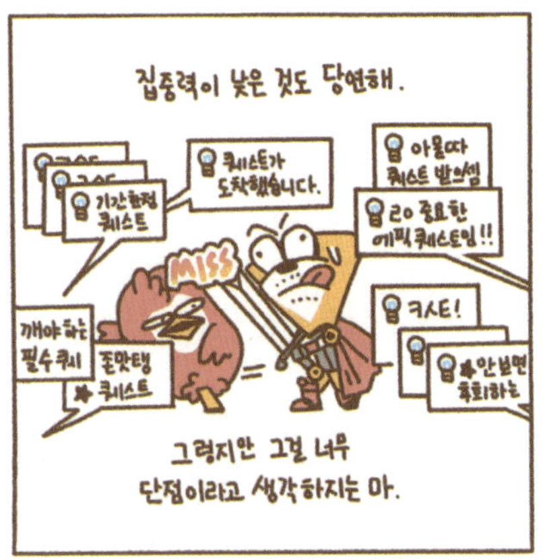

집중력이 낮은 것도 당연해.
퀘스트가 도착했습니다.
기간한정 퀘스트
아몰따 퀘스트 발으셈
ㄹ이 중요한 에픽 퀘스트임!!
MISS
깨야 하는 필수 퀘시
존맛탱 퀘스트
ㅋㅅㅌ!
ㅂ 쪽 안 보면 폭퇴하는
그렇지만 그걸 너무 단점이라고 생각하지는 마.

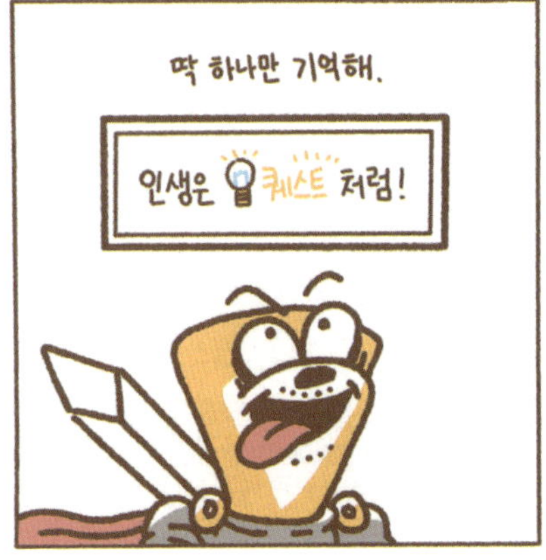

딱 하나만 기억해.
인생은 퀘스트 처럼!

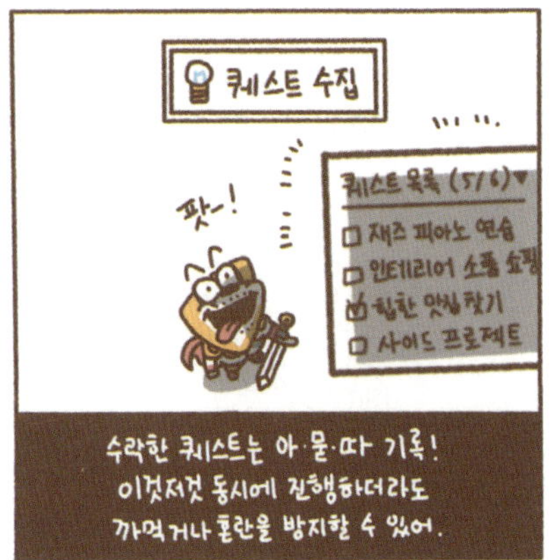

퀘스트 수집
팟-!
퀘스트 목록 (5/6)
재즈 피아노 연습
인테리어 소품 쇼핑
힙한 맛집 찾기
사이드 프로젝트
수락한 퀘스트는 아·몰·따 기록!
이것저것 동시에 진행하더라도
까먹거나 혼란을 방지할 수 있어.

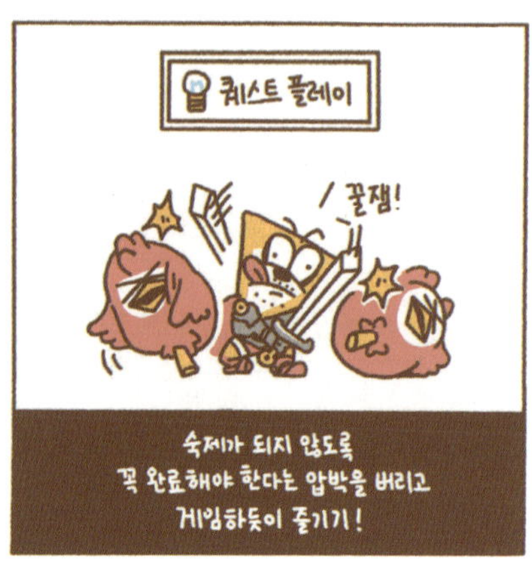

숙제가 되지 않도록
꼭 완료해야 한다는 압박을 버리고
게임하듯이 즐기기!

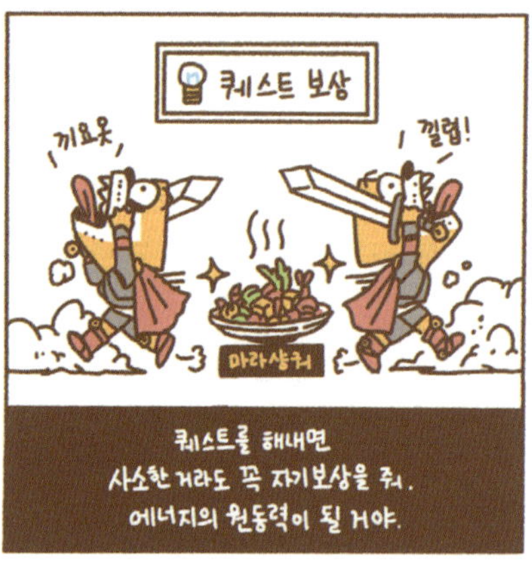

퀘스트를 해내면
사소한 거라도 꼭 자기보상을 줘.
에너지의 원동력이 될 거야.

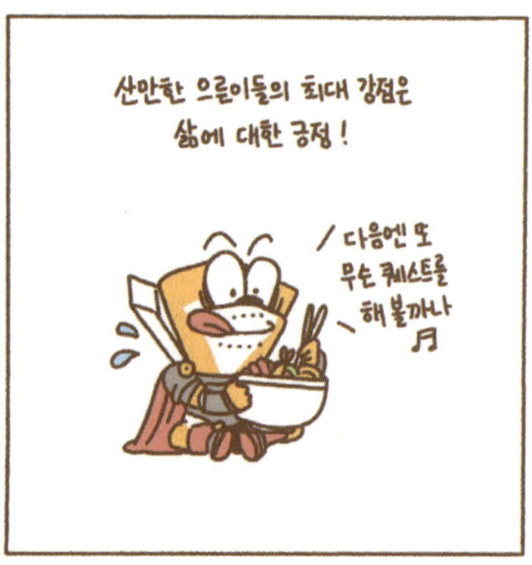

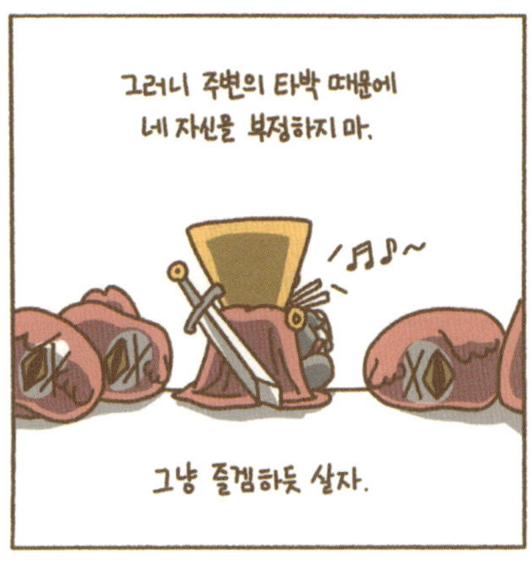
그러니 주변의 타박 때문에
네 자신을 부정하지 마.

♪♪~

그냥 즐겜하듯 살자.

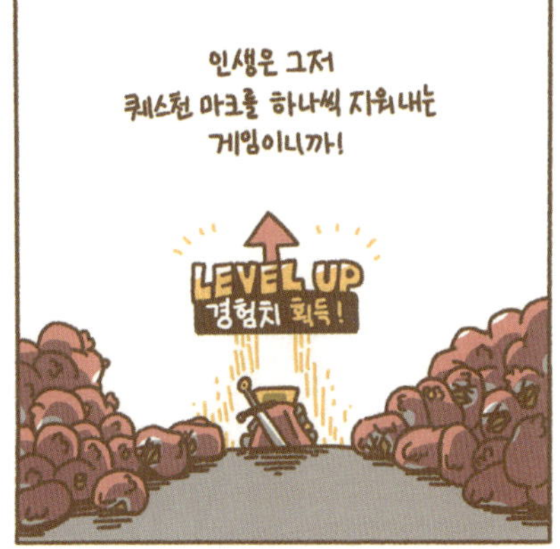
인생은 그저
퀘스천 마크를 하나씩 지워내는
게임이니까!

LEVEL UP
경험치 획득!

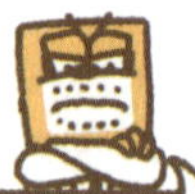

'그냥 해'
이딴 게 조언이라고?

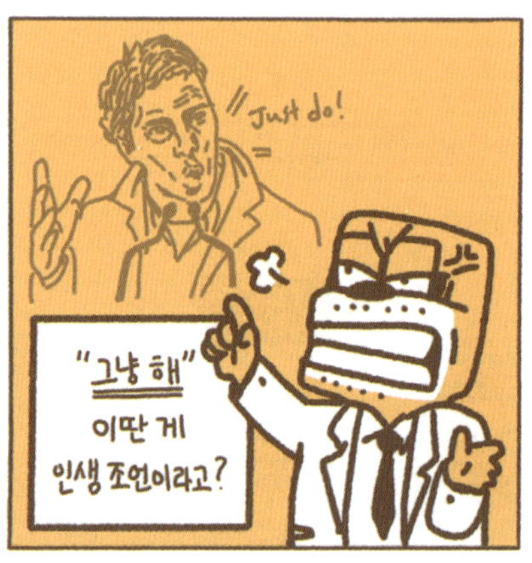

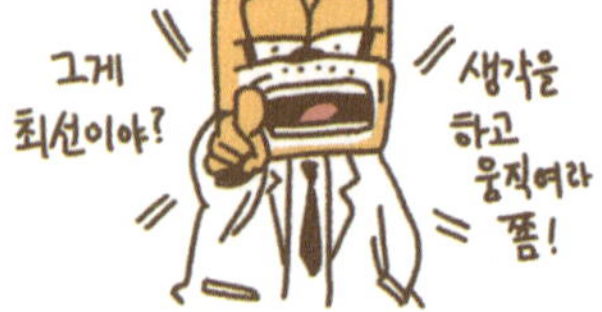

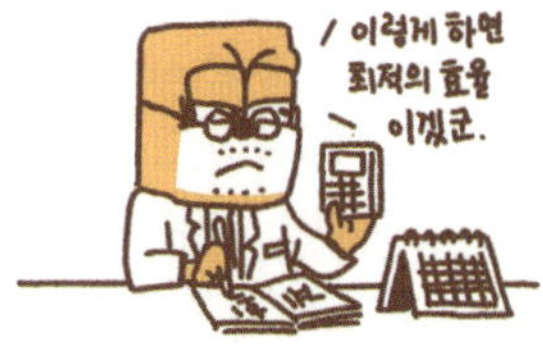

합리화가 장점인 당신에게
궁리 그만하고 그냥 움직이라고
말하고 싶지는 않아요.
이렇게 하면
최저의 효율
이겠군.

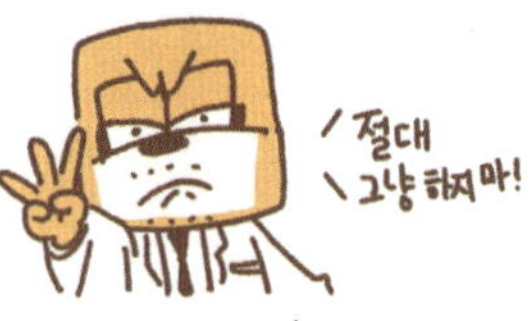

하세요,
자기합리화.
절대
그냥 하지 마!
여기, 자기합리화를 더 치밀하고 정확하게 하는
3가지 꿀팁이 있습니다!

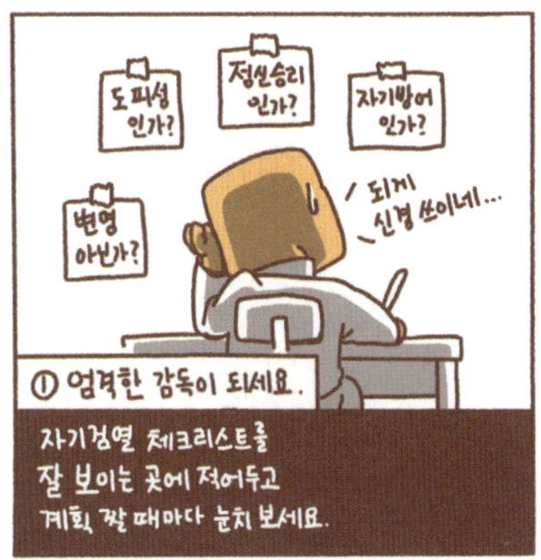

도 피성
인가?
정신승리
인가?
자기방어
인가?
변명
아닌가?
되게
신경 쓰이네...
① 엄격한 감독이 되세요.
자기검열 체크리스트를
잘 보이는 곳에 적어두고
계획 짤 때마다 눈치 보세요.

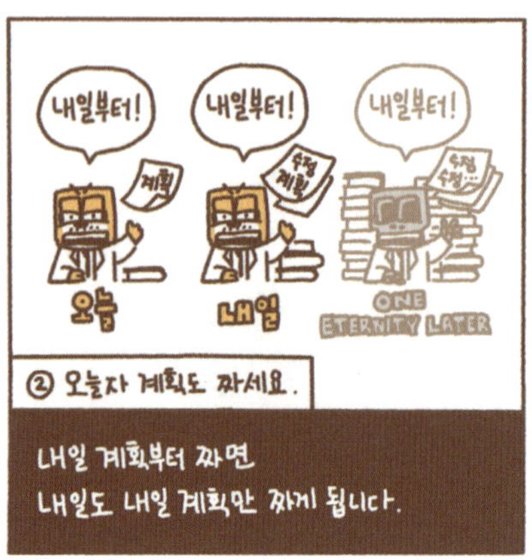

내일 계획부터 짜면
내일도 내일 계획만 짜게 됩니다.

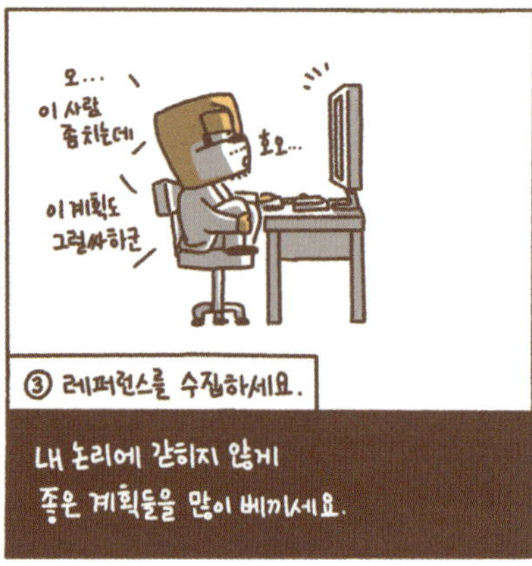

내 논리에 갇히지 않게
좋은 계획들을 많이 베끼세요.

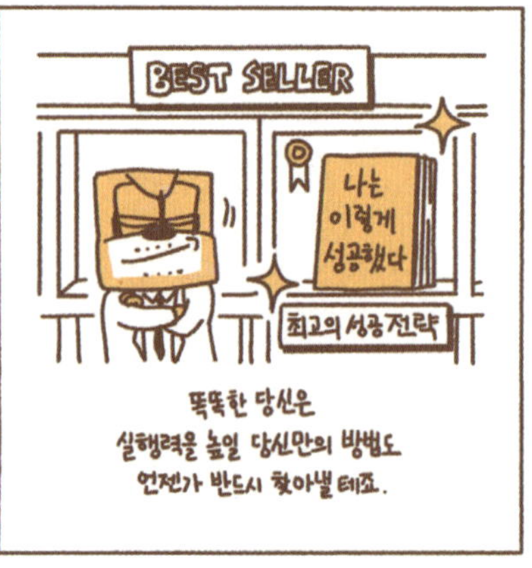

똑똑한 당신은
실행력을 높일 당신만의 방법도
언젠가 반드시 찾아낼 테죠.

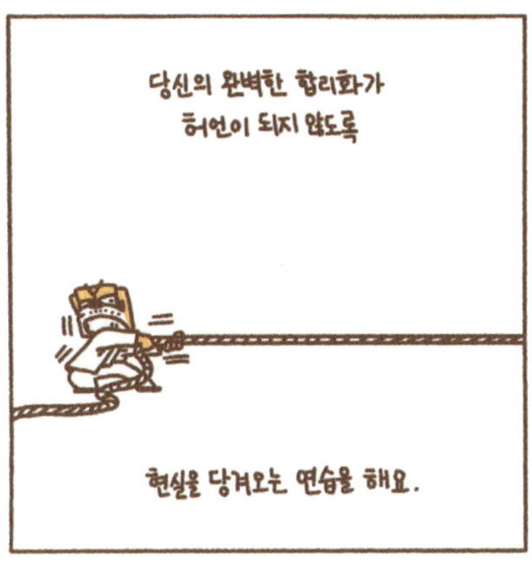
당신의 완벽한 합리화가
허언이 되지 않도록

현실을 당겨오는 연습을 해요.

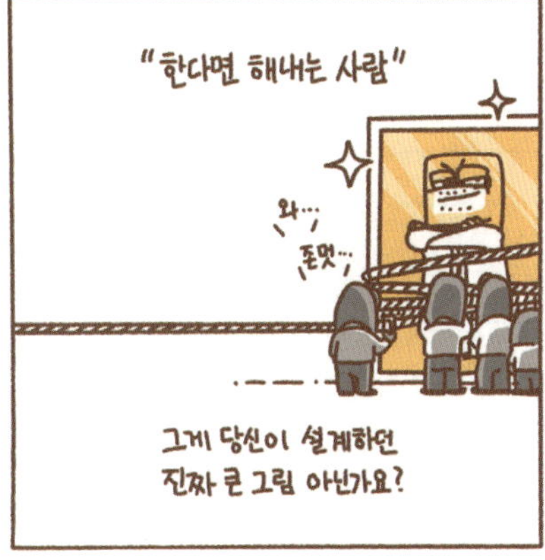
"한다면 해내는 사람"

와…
존멋…

그게 당신이 설계하던
진짜 큰 그림 아닌가요?

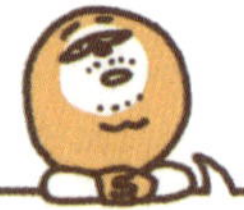

게으름도 자랑이 될 수 있어

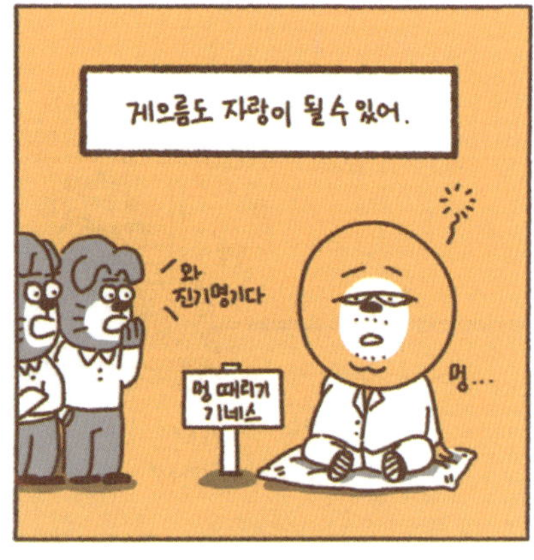

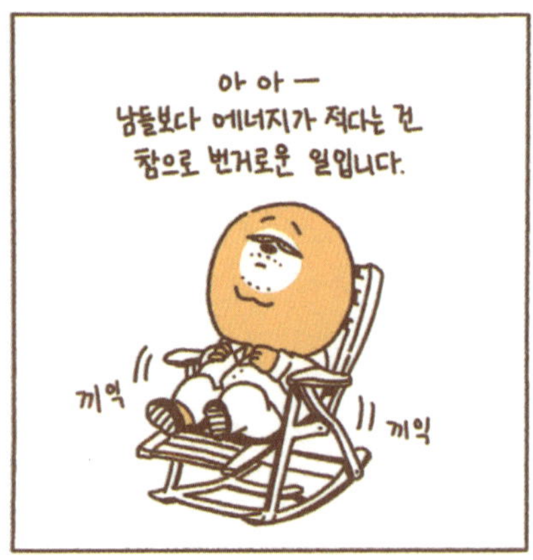

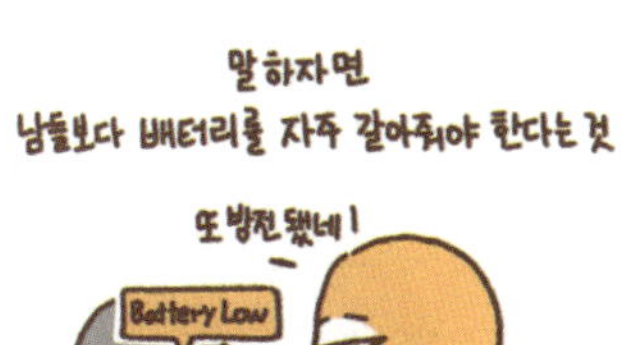

말하자면
남들보다 배터리를 자주 갈아줘야 한다는 것
또 방전 됐네!
Battery Low
번거롭…
자신이 불량품처럼 느껴지기도 하죠.

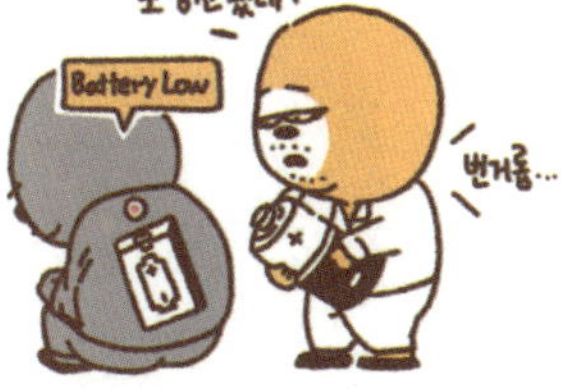

그런데 그거 아세요?
활성뇌 TPN
Task Positive Network
휴식뇌 DMN
Default Mode Network
우리의 뇌는
한 가지 종류의 배터리가 아니랍니다.

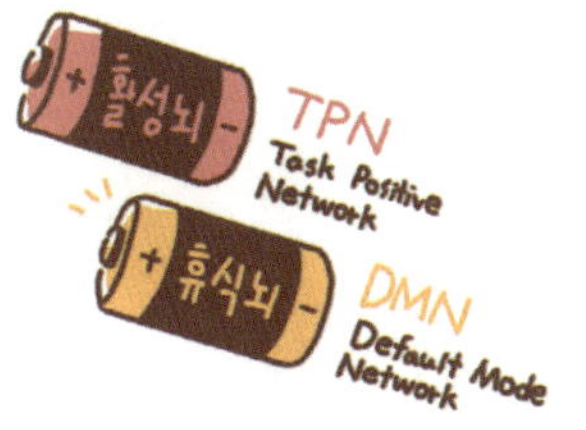

활성뇌만큼이나
휴식 뇌도 역할이 많거든요.
효율
의식
논리
무의식
직관
감성
이성
창의

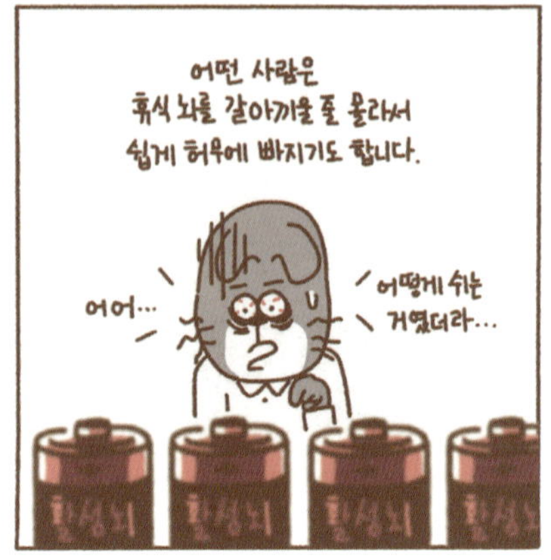

어떤 사람은
휴식 뇌를 갈아끼울 줄 몰라서
쉽게 허무에 빠지기도 합니다.
어어...
어떻게 쉬는
거였더라...

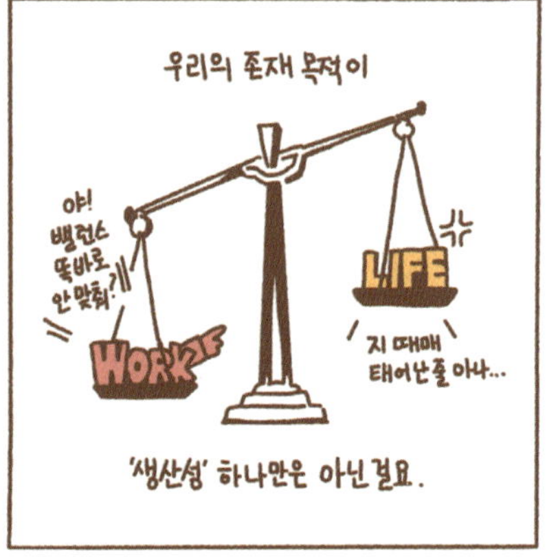

우리의 존재 목적이
야!
밸런스
똑바로
안 맞춰!
WORK
LIFE
지 때매
태어난줄 아나...
'생산성' 하나만은 아닌걸요.

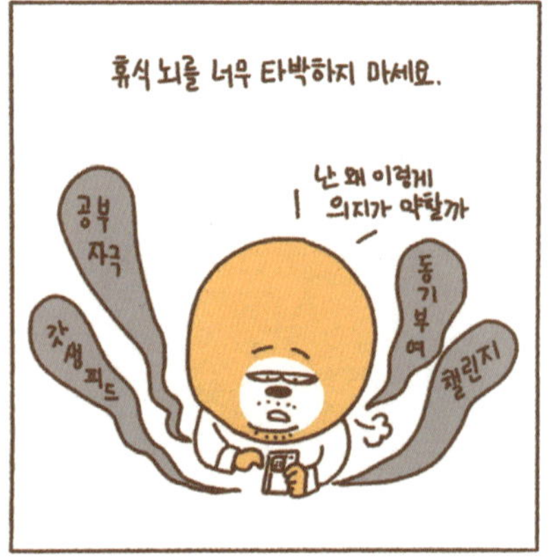

휴식 뇌를 너무 타박하지 마세요.
난 왜 이렇게
의지가 약할까
공부
자극
갓
생
피드
동
기
부
여
챌린지

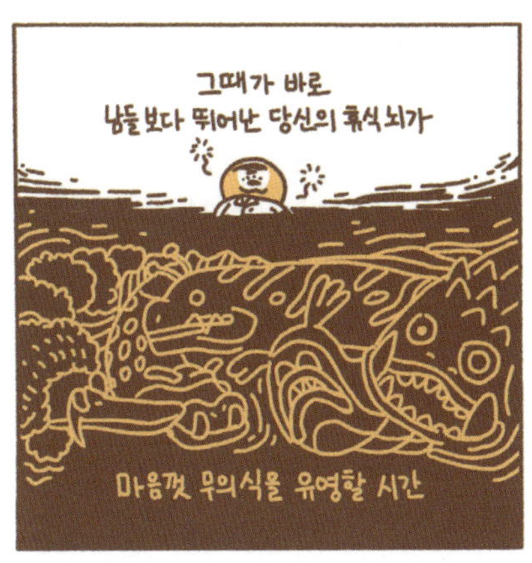

그때가 바로
남들보다 뛰어난 당신의 휴식 뇌가
마음껏 무의식을 유영할 시간

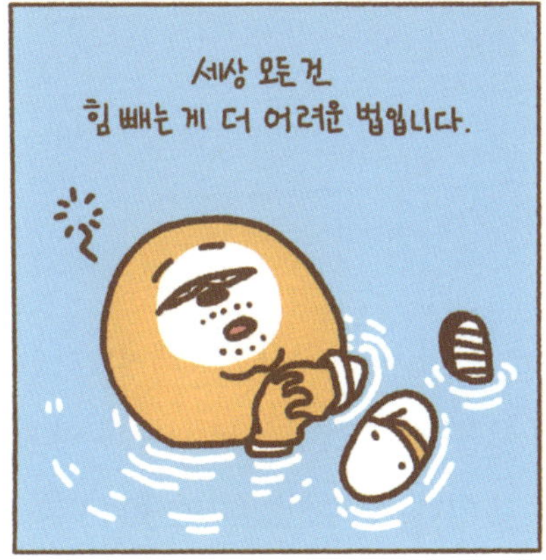

세상 모든건
힘 빼는 게 더 어려운 법입니다.

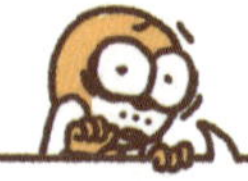

왜 나에 대한 기준만
이렇게 엄격한 건데

나는 내가 마음에 안 든다. 다른 사람으로 태어났다면 좋았겠다는 생각 같은 건 해본 적 없다면 거짓말이다. 굳이 차은우나 이재용 딸까지 갈 것 있나. 할 수만 있다면 맞바꾸고 싶은 인생이 내 주변에도 널렸다. 100억 부자 유병재가 아니라 그냥 유병재라도 바로 쿨거래 가능하다. 물론 유병재 쪽에서 바꿔줄 리가 없겠지만.

남이랑 비교할 것도 없다. 당장 내 과거 모습들과 비교해봐도 마음에 차는 구석이 없다. 몇 년 새 살도 부쩍 쪘고 빚도 늘었다. 나는 성장이라는 게 복리 개념이라 나이 먹을수록 무조건 성숙해지는 줄로만 알았는데 이건 명백한 역성장이다. 누군가 '아냐, 너 잘하고 있어.' 하고 말해줘도 '네가 뭘 아는데?' 하며 삐딱하게 받는다. 건성건성 말하다니, 나를 진심으로 생각해주지 않는다는 기분이 든다. 아, 그렇다고 팩트를 꽂아달라는 말은 아니다. 나한테 뭐라고 하지 마라. 네가 뭘 아는데?

맞다. 나를 제일 잘 아는 사람은 나겠지. 스스로 실망스러운 이유는 너무 자세히 알고 있기 때문이다. 나의 역량과 잠재력과 성과들을. 겨우 이 정도밖에 못할 깜냥이 아니면서, 훨씬 잘 해낸 적도 많으면서. 마음만 먹으면 잘하면서 앓는 소리만 하니까 말이다. 이런 건 전혀 나답지 않은 모습 같다.

그런데 이상하다. 이런 마음은 요즘에 와서 부쩍 늘어난 것이 아니다. 지금 돌이켜 보면 꽤나 괜찮았던 시절에도 나답지 못하다고 스스로 엄격하게 다그쳤다. 여기서 성장물 클리셰 한번 등장하겠다.

"나다운 게 뭔데?"

걱정 마라. 나의 나다움을 여기서 구구절절 설명할 생각은 없다. 안 궁금한 거 다 안다. 다만 누구든 자신의 나다움을 떠올릴 때 본인 인생의 총합이나 평균을 이야기하진 않을 거다. 자신의 하이라이트, 리즈 시절을 떠올리겠지. 나도 지금 침 흘리면서 내 가장 잘 나갔던 때를 회상하고 있다.

그런데 한참 나다웠던 순간을 회상하다 보면 덜컥 겁이 난다. 혹시 내 인생은 이미 고점을 지나온 게 아닐까? 이제 남은 시간은 내리막을 감내하며 나다움을 잃어가는 데 소진하는 건 아닐까 하고. 지금 생각해보면 그런 마음 때문에 나에 대한 기준을 영광의 시대에 단단히 고정해둔 걸지도 모르겠다. 나는 원래 그런 사람이었던 걸 잊지 말라고, 반짝 터진 뽀록이 아닐 거라고. 그럼 이걸 나다운 거라 할 수 있을까? 나에 대해 가장 잘 아는 건 나라고 말했지만 실은 나는 나에 대해 쥐뿔도 모르는 건지도 모른다.

성장에도 관성이란 게 있나. 사람들은 몸이 다 크고도 성장이 멈추는 걸 두려워하는 것 같다. 그래서 꾸준히 자신의 고점을 갱신하려는 시도를 한다. 자기계발 같은 거 말이다. 이게 '진학'이라든지 '취직'이라든지 눈에 보이는 레벨업 시스템이 있을 때는 좀 괜찮다. 그런데 다음 레벨이 더 이상 눈에 보이지 않을 때부터는 마음이 불안해지기 시작한다.

내가 그랬다. 꿈에 그리던 회사에 입사하고 나니 취업이 내 인생 최대 업적이고, 이후 30년의 회사 생활이란 그저 노화나 도태의 과정이며, 목표로 삼을 내 다음 레벨이란 저 머리 벗겨진 부장님밖에는 없는 듯 느껴졌다.

공포감에 휩싸였다. 저 부장님은 회사 생활이라도 잘해서 여태 살아남기라도 했지, 나는 엑셀 하나도 제대로 못해서 맨날 틀린 데 또 틀리는 멍청이였다. 이런 때에는 내 미숙함이 더 디테일하게 보인다.

나이 서른을 기점으로 그런 불안감은 더욱 심해졌다. 이 나이면 돈은 얼마 모았어야지, 커리어는 얼마 쌓았어야지. 혹은 뭐가 됐든 능숙해야 할 나이라고 생각했기 때문에 난 나잇값을 못하고 있다는 생각이 자꾸만 들었다. 한국이 나잇값에 대해 좀 엄격한가. 꼭 나이별 임무 같은 게 신체 나이마냥 정해져 있는 것 같다. '20대에 준비할 20가지', '30대에 안 하면 후회할 것들' 이런 건 맨날 스테디셀러고, 공부나 취업이나 때로는 연애까지도 다 때가 있다고 위협하며 조금만 늦어도 뒤처졌다고 한다. 스물서너 살만 돼도 대학교 가면 화석이라고 부르던데 뭘. "그 나이에 대단하시네요."라는 말을 들으면 좋겠지만 실상 제 나이대에 맞춰 제값 하기도 벅차다. 성장이 멈추는 게 두려운 까닭은 내 성장과 관계없이 기댓값은 계속 상향하기 때문이다.

사실 따지고 보면 우리나라가 나한테 뭐라고 한 적은 없다. 말했듯이 남들은 나한테 나쁜 말 잘 안 한다. 나에게 함부로 말하는 건 나다. 내 안의 노파심이다. '사회가 나한테 기대하는 값'이라 말하면서 자꾸 스스로를 쥐어박는다.

노파심이라는 표현이 알맞다. 집에서 부모님이 "네가 밖에 나가서 욕먹을까 봐 그래."라고 말하는 마음과 비슷하니까. '나 잘되라고 하는 소리'라는 명분으로 마음껏 예민하게 굴고 있다. 그걸 자기통제력이 강한 거라고 착각하지만 실상은 그저 스스로를 용서하지 못하는 사람일 뿐이다. 늘 꾸중 듣는 표정을 한 채 말이다.

사람이 늙는 까닭은 자기 안에 살고 있는 노파 때문이 아닐까. 노파심이 하는 말을 잘 들어보면 대부분 재촉이다. '이 나이에 아직?'이라든가 '난 아직 멀었어'처럼. 나잇값을 더 빨리 더 많이 치르도록 부추긴다. 그러나 나이보다 빨리 앞서 나가려는 마음이 나이보다 빨리 늙게 만드는 원인이 된다. '애늙은이'나 '젊은 꼰대'가 된다. 옛날 사람들을 봐라. 철이 일찍 들어서 서른이면 벌써 주름이 잔뜩 잡혀 있다. 나 같은 자식들이 속 썩인 이유도 있겠지만. 아무튼 고생하면 빨리 늙는 건 사실이고 그 고생엔 매일 괴롭히는 내 노파심도 한몫했음이 틀림없다.

자신에게 매 순간 엄격한 기준을 들이댄다는 것은 '나 자신과의 싸움'이라고 거룩하게 포장하지만 결국 '불화'에 지나지 않는다. 나는 아직 젊다는 안일함으로 이걸 방치하고 있지만 이대론 나도 모르는 새 불행한 늙은이가 되고 말 거다. 그리고 어느 날 후회하겠지. 젊음에 대해 감사할 줄 몰랐노라고. 미간에 주름을 잔뜩 구긴 채로 말이다.

조숙의 저주를 받지 않으려면 미숙한 자신을 허용할 필요가 있다. 까짓것 좀 미숙할 수도 있지 뭐 어떠냐는 뻔뻔함이 필요하다. 뭔가 실수할 때마다 스스로 거침없이 욕을 박았던 나를 뜯어말리고 "미숙하다는 건 젊다는 것 아니겠어, 허허." 하면서 여유 있게 받아주라고.

그리고 흐린 눈으로 보면 실수한 날만큼 그럭저럭 괜찮았던 날도 많다. 사실 나는 멍청이가 아니라 꽤 유능한 사람이거든. 자기효능감이란 혼날 때보다는 신날 때 더 많이 생긴다. 좋은 기분을 유지하는 것보다 중요한 건 별로 없다는 말과 같은 맥락이다. 흠, 결론이 대책 없는 힐링 글처럼 되었는데 선을 긋자면 나는 명백하게 실용적인 이야기를 하고 있는 거다. 말하자면 안티에이징 같은.

앞으로 나다움을 말하게 된다면 내 인생의 최고점이나 평균보다는 총합에 기준을 두려고 한다. 내 '최고점'은 너무 자기 자랑 같고 '평균값'은 계속 달라지는 거니까, 내가 좋은 기분을 유지하게 만드는 것들의 '총합' 정도면 좋겠다. 어떨 때 행복을 느끼는지 같은 건 아무리 설명해도 부담스럽지 않으면서 내 정체성을 정의해줄 수 있을 것도 같다. 그런 기억의

다발이라면 몇 억을 쥐도 유병재랑 안 바꿀 거다. 물론 유병재 쪽에서 바꿔줄 리가 없겠지만.

다발이라면 몇 억을 쥐도 유병재랑 안 바꿀 거다. 물론 유병재 쪽에서 바꿔줄 리가 없겠지만.

센 불

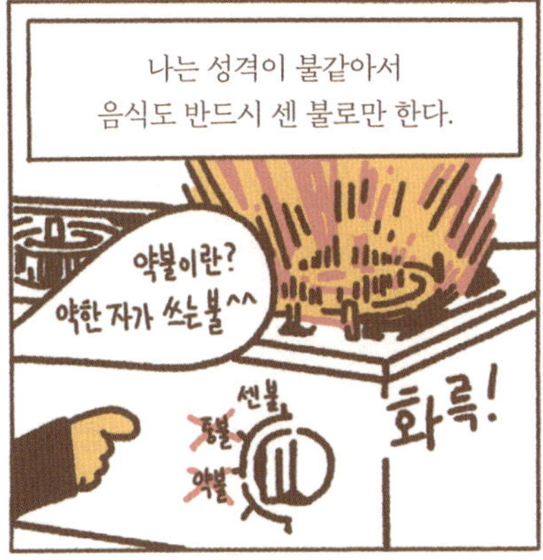

나는 성격이 불같아서
음식도 반드시 센 불로만 한다.
약불이란?
약한 자가 쓰는 불^^
센불
중불
약불
화륵!

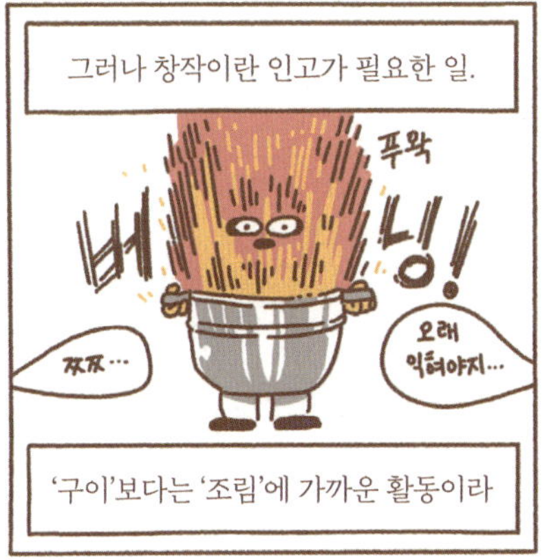

그러나 창작이란 인고가 필요한 일.
푸왁
뻐닝!
쯔쯔…
오래
익혀야지…
'구이'보다는 '조림'에 가까운 활동이라

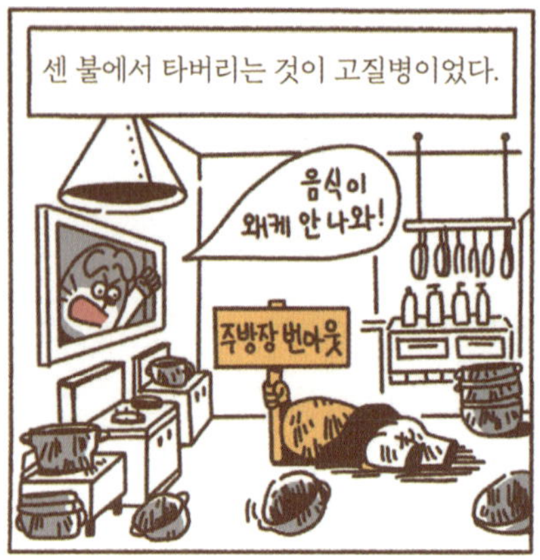
센 불에서 타버리는 것이 고질병이었다.
음식이
왜케 안 나와!
주방장 번아웃

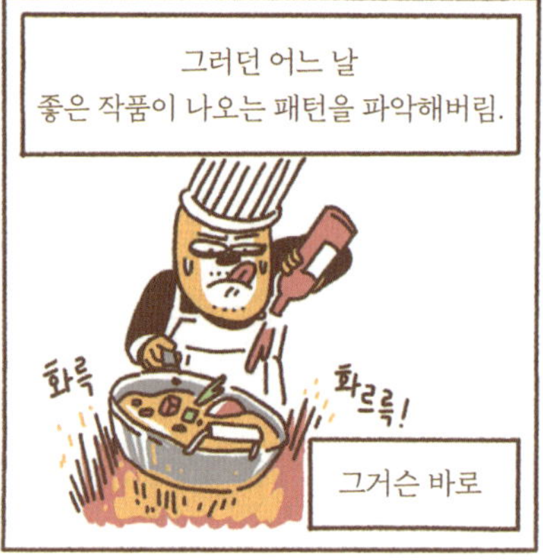
그러던 어느 날
좋은 작품이 나오는 패턴을 파악해버림.
화륵
화르륵!
그거슨 바로

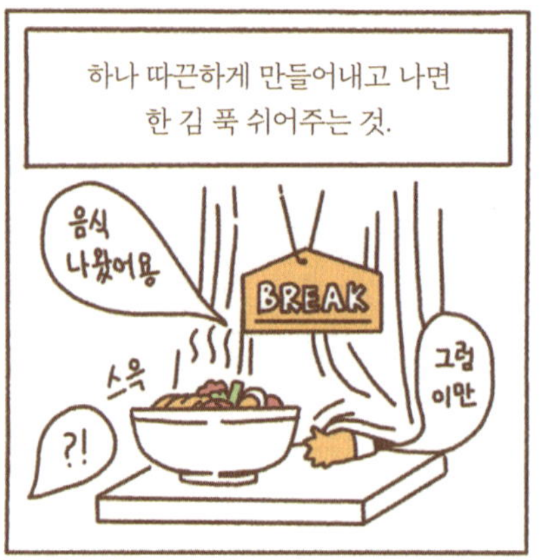
하나 따끈하게 만들어내고 나면
한 김 푹 쉬어주는 것.
음식
나왔어용
BREAK
그럼
이만
스읍
?!

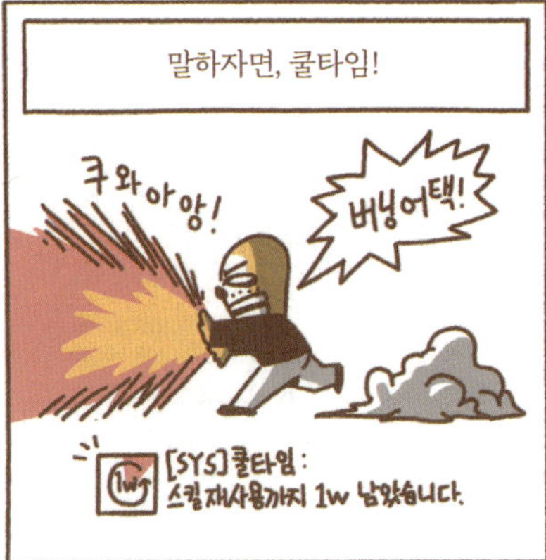

말하자면, 쿨타임!
쿠와아앙!
뻐닝어택!
[SYS] 쿨타임 :
스킬 재사용까지 1w 남았습니다.

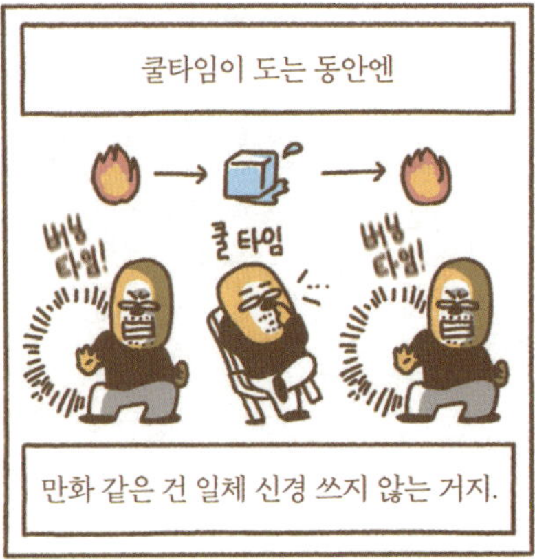

쿨타임이 도는 동안엔
뻐닝 타임!
쿨 타임
뻐닝 타임!
만화 같은 건 일체 신경 쓰지 않는 거지.

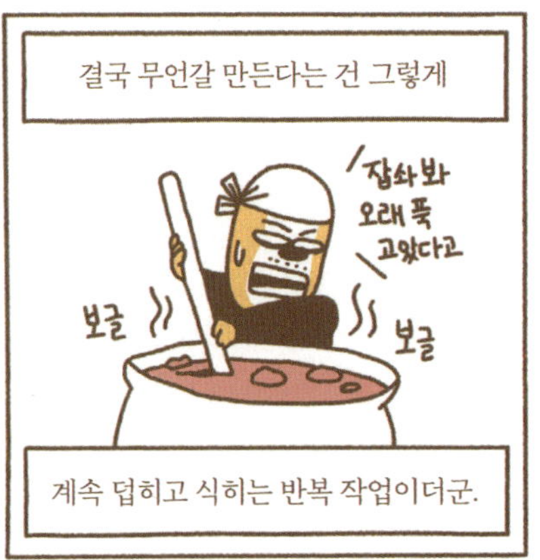

결국 무언갈 만든다는 건 그렇게
잡솨봐
오래 푹
고왔다고
보글
보글
계속 덥히고 식히는 반복 작업이더군.

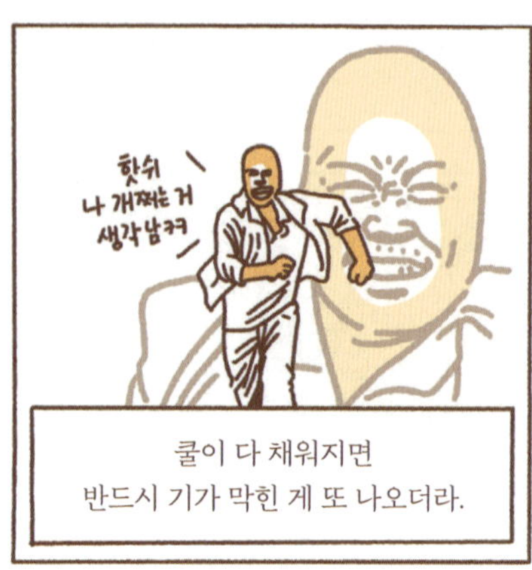

쿨이 다 채워지면
반드시 기가 막힌 게 또 나오더라.

게을러도 괜찮다는 '힐링'이 아니라

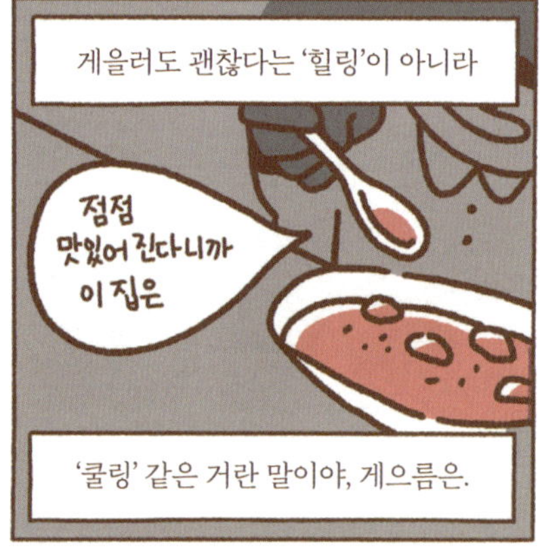

'쿨링' 같은 거란 말이야, 게으름은.

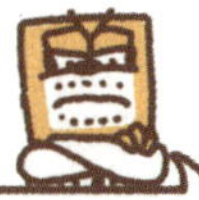

똑게가 꿈이면 안 되나

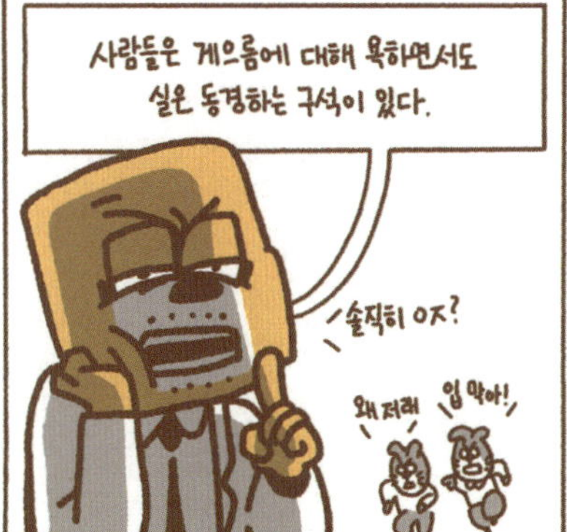

사람들은 게으름에 대해 욕하면서도
실은 동경하는 구석이 있다.
솔직히 0ㅈ?
왜 저래
입 막아!

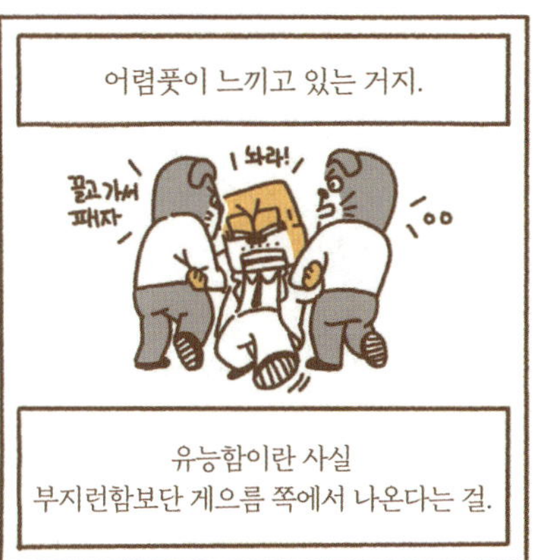

어렴풋이 느끼고 있는 거지.
끌고가서
패자
봐라!
으ㅇ
유능함이란 사실
부지런함보단 게으름 쪽에서 나온다는 걸.

'장교의 4분면'이라는 것이 있다.
업무수행력에 따라 유형을 나눈 것인데

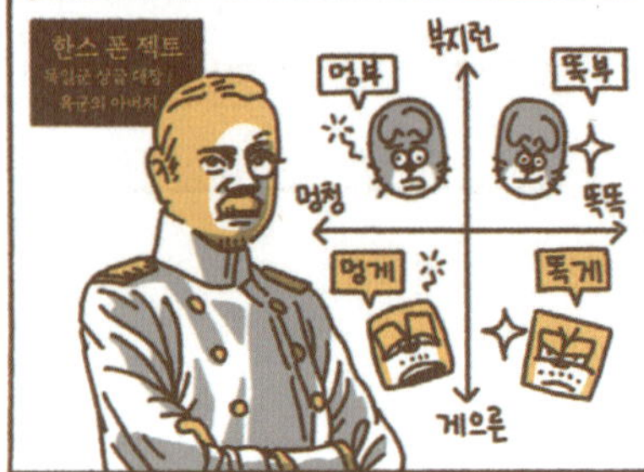

여기선 가장 이상적인 형태로
'똑부' 위에 '똑게'를 놓는다.

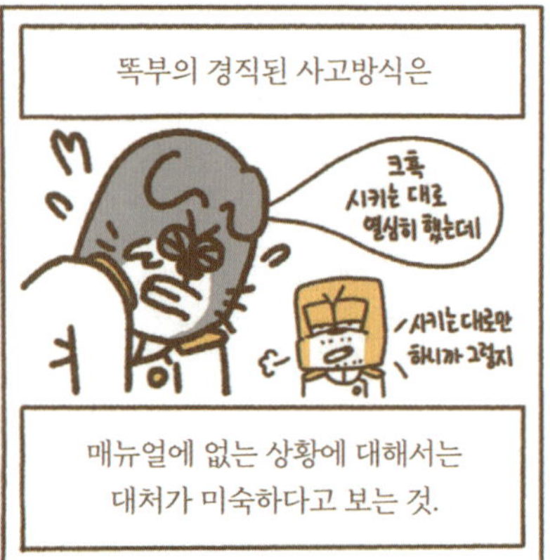

똑부의 경직된 사고방식은

매뉴얼에 없는 상황에 대해서는
대처가 미숙하다고 보는 것.

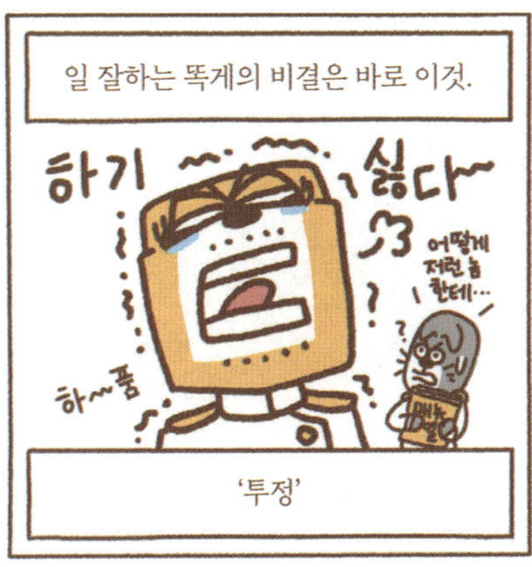

일 잘하는 똑게의 비결은 바로 이것.
하기~
싫다~
어떻게 저런 놈 한테…
하~풀
‘투정’

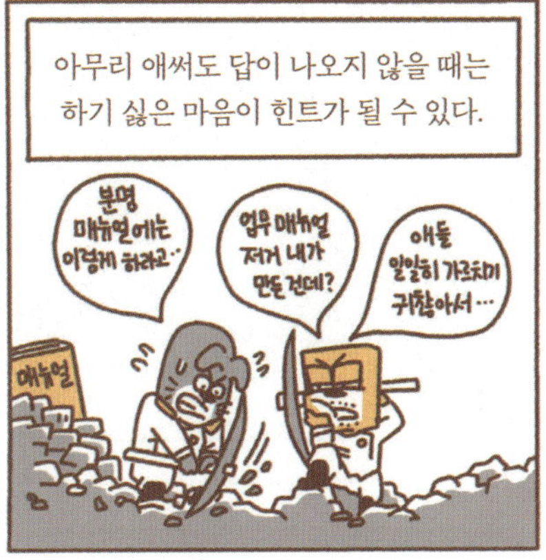

아무리 애써도 답이 나오지 않을 때는
하기 싫은 마음이 힌트가 될 수 있다.
분명 매뉴얼에는 이렇게 하라고…
업무 매뉴얼 저거 내가 만든 건데?
애들 일일히 가르치기 귀찮아서…
매뉴얼

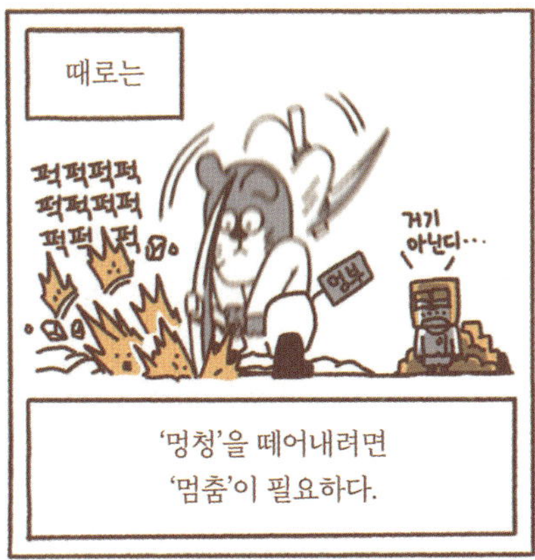

때로는
퍽퍽퍽퍽
퍽퍽퍽퍽
퍽퍽 퍽
거기 아닌디…
멍석
‘멍청’을 떼어내려면
‘멈춤’이 필요하다.

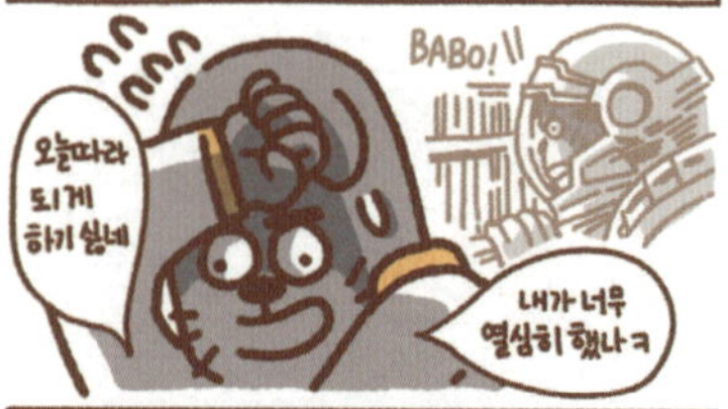

'투정'은 일종의
오늘따라 되게 하기 싫네
BABO!
내가 너무 열심히 했나ㅋ
당신의 잠재된 천재성이 보내는
'바보 거부 신호'일지도 모른다.

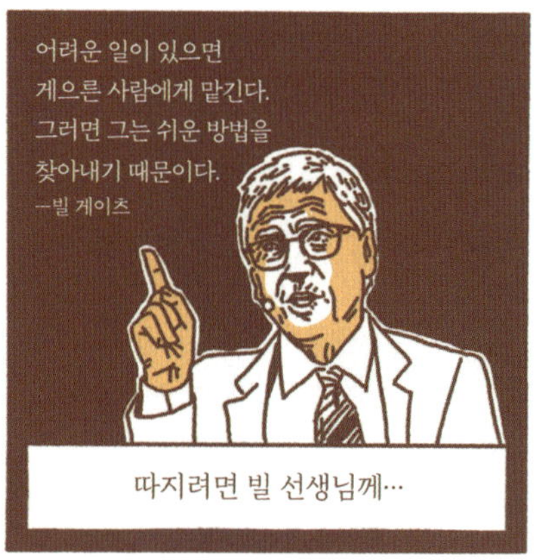

어려운 일이 있으면
게으른 사람에게 맡긴다.
그러면 그는 쉬운 방법을
찾아내기 때문이다.
—빌 게이츠
따지려면 빌 선생님께…

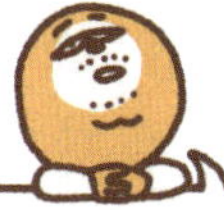

긴장된 이 씬에 느슨함을 줘

지금 나 얼마큼 해이한가.

어떤 일을 오래 지속하게 될 때면 시작할 때의 각오나 다짐을 자주 돌아보게 된다. 마음가짐이란 피아노 튜닝과 같아서 한 번씩 초반의 상태와 대조하며 조율하지 않으면 점점 풀어진다. 그대로 두면 이상한 소리가 날지도 모르니까. 그럴 때는 유튜브에서 몸 쓰는 예능 같은 거 봐주면 좋다. 댓글에도 적혀 있겠지만 '유재석도 이렇게 열심히 사는데' 같은 마음이 솟아날 거다.

한참 동기부여 콘텐츠가 유행했다. 성공한 사람들의 말을 가지고 와서 따끔하게 꾸짖고 의욕을 북돋아주는 식의 콘텐츠였다. 여기서 '성공'이란 건 대부분 돈을 엄청 많이 벌거나 어떤 목표를 성취하거나 유명해진 사람들인데, 그 사람들의 말을 듣고 있다 보면 그들이 인생이라는 난해한 문제 속에서 먼저 해법 같은 걸 깨우친 사람 같아서 유심히 귀 기울이게 된다. 현대판 랍비쯤 되지 않을까. 정말로 한순간에 마음 한편에 막 뜨거운 것이 솟구치는 게 신기했다. 아, 이거구나. 그때부터 나는 유튜브에 자기계발 콘텐츠를 만들기 시작했다.

이 책을 여기까지 읽은 사람이라면 이런 생각이 들 것 같다. '안 어울리는 짓 하고 있네.'

맞다. 나는 메타인지가 썩 나쁘지 않아서 얼마 안 가 그런 내 모습이 좀 웃긴다는 걸 알게 되었다. 그건 나 같은 사람이 하는 게 아니더라. 근데 솔직히 나뿐 아니고 진짜 아무나 하는 거 아니다. 콘텐츠 내용이 모범적인 이야기를 하는 만큼 제작자로서 웬만큼 부지런하지 않으면 안 되고 매번 나와 영상 속 성공한 사람들 사이의 괴리감에서 오는 현자 타임을 보통 사람은 견딜 수 없다.

근데 나는 보통 게으른 게 아니잖아? 시작한 지 세 달 만에 관뒀다. 그리고 내가 아니어도 그런 콘텐츠를 만드는 데 특화

된 사람들이 이미 많았다. 이걸 하면서 꽤 많은 자기계발 크리에이터들을 만나봤는데 그들은 진짜 보법이 달랐다. 살면서 그렇게 부지런한 사람들 처음 봤다.

어찌 됐건 나도 콘텐츠 제작자로서 이 씬에 들어와버렸고 이런 만화를 인스타그램에 그리기 시작했다. 처음의 마음은 이랬다. 여기 부지런한 사람은 차고 넘치니까 나는 반대로 게으른 걸 올리면 좀 희소가치가 있겠지? 그런데 이건 반은 맞고 반은 틀렸다. 정말로 이런 게으른 콘텐츠는 별로 없었지만 이걸 보는 게으른 사람도 없었기 때문이다. 그들은 이런 거 볼 시간에 누워서 게으름 피우고 있었고, 내가 만화를 올리면 댓글 창엔 부지런뱅이들만 잔뜩 모여서 자기들끼리 내가 게으르네, 아니네, 내가 더 게으르네 하면서 참회 배틀을 뜨고 있었다. 급기야는 나보고 게으른 자신을 기만하고 있다고 말하기 시작했다. 그는 매일 한 권씩 독서 인증을 하는 사람이었다.

이런 식의 댓글은 내 만화뿐만 아니라 자기계발 관련 콘텐츠라면 어디서든 볼 수 있다. 익숙하다는 듯 스스로를 낮추며 반성의 다짐을 한다. 더 나은 사람이 되기 위한. 그런 정신이 분명 존경스럽긴 한데 난 어딘가 좀 걱정이 된다. 뭐랄까, 너무 철저하달까. 어떤 면에서는 처절하기까지 한 것 같다. 스웨터에 핀 조그만 보풀을 제거하듯이 자신의 사소한 틀린 점까지도 샅샅이 찾아낸다. 자기검열에 중독된 것처럼 말이다.

이 부담스러움은 어떤 훌륭한 사람의 강연을 볼 때 느꼈던 기분과 비슷하다. 간혹 그런 강연을 보게 되면 초반부에 깜짝 놀란다. 대개 뒤쪽의 메시지 전달을 위해 앞쪽 30분 정도는 연사가 현재의 위치가 되기까지 비하인드 서사 같은 걸로 채우는데, 그들의 연습량이라든가 노력치 같은 게 보통 사람과 차원이 다르기 때문이다. 와, 저 정도로 빡세게 해야 저런 사람이 되는 거구나. 강연장을 나올 때면 스스로가 한없이 부끄러워진다. 나는 왜 이토록 해이한가.

그러나 이런 강연을 몇 군데만 더 다녀보면 알 수 있다. 메시지는 대부분 예외 없이 한 가지로 일치한다는 것을. '미친 듯이 열심히 하라' 쪽으로 말이다. 더 많이, 더 열심히, 더 철저하게 자신을 대하라고 한다.

나는 이게 좀 별로다. 꼭 RPG 게임에서 '레벨업을 하려면 누구보다 열심히 사냥을 해서 경험치를 쌓아야 합니다' 같은 이야기로 들린다. 만렙 유저한테 그 이야기를 듣고 있자니 쪼렙 유저인 나로선 겁부터 난다. 막막하다. 무엇보다 현실은 게임과 달라서 최선을 다해도 그에 합당한 결과가 나오지 않는 경우가 태반이다.

살면서 누구나 겪어보지 않았던가. 그 연사들도 분명 알고 있을 거다. 그들의 찬란한 성공은 노력뿐 아니라 그 사람의 운이나 그때의 환경, 조력자들 같은 내 힘으로 통제 불가능한 보조 요인이 반드시 더해져서 만들어진 복합적인 결과물이었다는 것을. 그러나 모든 원인을 오직 '더 열심히 안 함'에 두고 바짝 긴장시키는 모습이 불편하게 느껴졌다.

내가 걱정하는 것은 바로 이거다. 인생이란 절대로 느슨해져선 안 된다고 생각할까 봐. 한순간도 방심하지 말라며 매 순간 엄한 표정을 지을까 봐. 그리고 그게 당연한 사회가 될까 봐. 나는 사람들이 좀 그러지 않았으면 좋겠다. 일단 그런 건 실제로 불편한 상태가 맞다. 심장이 빠르게 뛰고 어깨에 잔뜩 힘이 들어간 초긴장 상태로 '쉬는 건 죽어서 쉬자'를 외치며 매일을 살아가는 건 자기파괴라고 생각한다. 그런 고강도 몰입은 '때가 되면 뭔가를 보여주는 사람' 정도까지가 적절한 것 같다.

그리고 너무 힘을 주면 사람은 뻣뻣해진다. 유연함을 잃게 된다. 그런 사람이 혹사를 통해 뭔가 성취하게 되면 무서워진다. 나는 살아오면서 강한 자기 신념으로 사람들을 맞다 틀리다 함부로 판가름하던 꼰대들을 여럿 만나봤다. 그 사람들은 게으른 사람들을 향해 흥분하며 수위 높은 비난을 한다. 근거는 매번 자신의 혹사 경험이다. (무적의 치트키가 아닐 수 없다.)

이런 말들은 '다 너 잘 되라고 하는 말'로 포장되곤 하지만 결국 그 끝에는 '나처럼 이상적으로 살아라'의 셀프 칭송 정도로 귀결된다. 이건 좀 역하지 않나. 뭐. 네가 먼저 흥분했잖아. 쉬익쉬익.

내 말이 과했다면 미안하다. 그러나 분명히 말할 수 있는 건 세상에 틀린 것은 잘 없고 오직 내 열심으로만 이룰 수 있는 것도 많지 않다는 것이다. 다시 말하지만 모든 결과는 항상 복합적이다.

나는 지금 힐링이 아니라 일 잘하는 방법에 대한 이야길 하는 거다. 무언가를 잘 해내고 싶다면 반드시 '느슨'이 병행되어야 한다. 단기간에 늘기 힘든 일이라면 더욱. 다리찢기를 할 때도 한 번에 힘을 많이 주면 인대가 찢어진다. 스트레칭과 휴식 같은 걸 병행해야 점점 각도를 늘릴 수 있다. 다리찢기가 아니라 어떤 일이라도 긴장만으로는 수행할 수 없다. 한계는 그렇게 극복하는 게 아니다.

좀 여유 공간이 있어야 유연할 수 있고 더 잘 살펴볼 수 있다. 환기라고 해야 하나. 몰두가 매몰이 되지 않도록 멀어지는 시간이 무조건 필요하다. 걱정거리나 문제들도 때로는 붙잡고 애쓸 때보다 잠깐 멀어져 보면 풀리는 것들이 있다.

그러니 좀 풀어질 필요도 있다. 튜닝이 풀려서 좀 이상한 소리가 나면 어떤가. 그런 소리가 나야 클래식 피아노다. 항상 균일한 건 디지털 피아노고. 돌이켜 보면 훌륭한 사람에게 깊은 매력을 느끼게 되는 포인트는 그 사람의 업적과 노력치보다는 그럼에도 인간미 있는 모습 쪽이다. 아무리 완벽한 사람이라도 인간미가 없으면 느낄 수 있는 감정은 '경외심'까지가 한계다. 경외심은 공경하면서 두려워하는 마음이라는 뜻이다. 디지털처럼 균일한 인간은 어딘가 좀 무섭다. 나는 클래식한 인간이고 싶다. 그 편이 훨씬 따뜻한 노래를 들려줄 수 있다.

이런 만화를 그리고 있는 이유를 설명하려고 이렇게 길게 썼다. 어찌 됐든 게으름에 대한 어그로로 시작해서 여기까지 왔지만 나는 꽤나 일맥상통하는 이야기를 하고 있다고 생각한다. 모든 것은 양쪽 균형이 맞을 때 이상적이고 지금 세상은 너무 긴장된 쪽으로 치우쳐 있으니까.

나 같은 느슨함을 이야기하는 사람도 있어야 밸런스 패치가 되지 않을까? 뭐 그런 대의적인 명분을 가지고 그렸다고 하면 너무 거창한가. 응, 사실 그런 생각은 별로 없고 내가 재밌어서 그리는 거다. 나는 정말이지 게으름에 대해서 그릴 때가 속 편하고 좋다. 좀 늦게 올려도 별말 안 하고. 아니 뭐 게으른 거 모르고 봤남.

에세이는 오냐오냐하고
자기계발은 다그친다

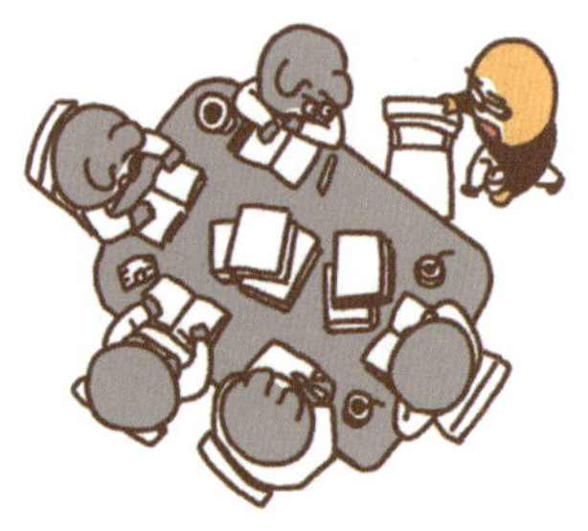

내가 다니던 서울의 한 독서모임은
뭐랄까, 늘상 뜨거운 분위기였는데

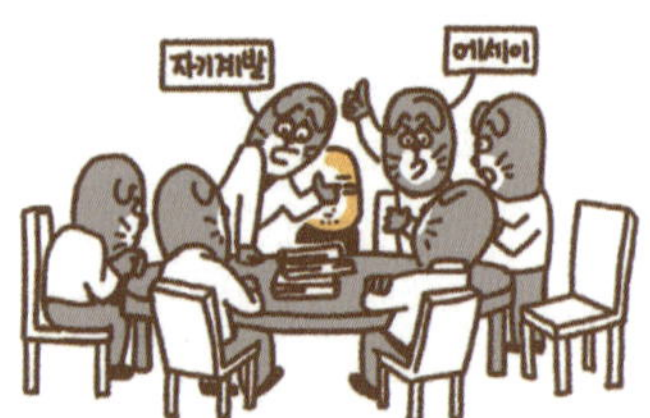

특히 같이 읽을 책을 선정할 때면
대단히 치열해지곤 했다.

자기계발
에세이

그들의 말을 살펴보자면 대략 이런 식.

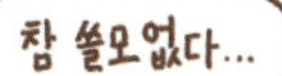

자기계발은
에세이의 생산성을 지적하고

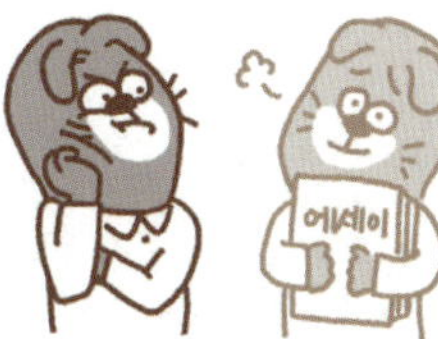

에세이는
자기계발의 인간미를 지적한다.

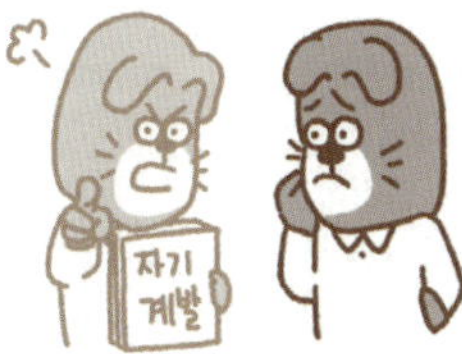

실용서는
둘다 의미없다 말한다.

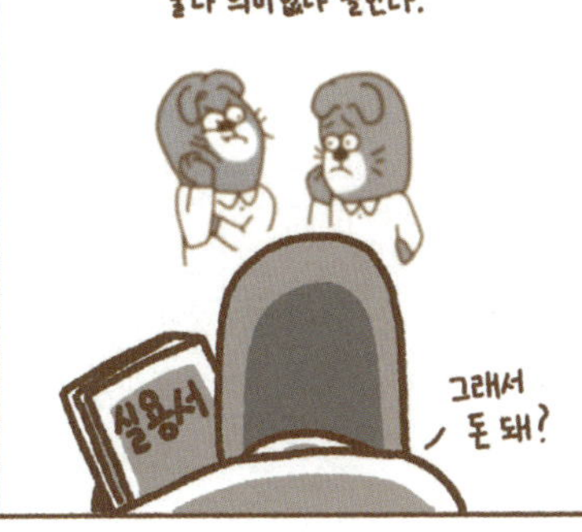

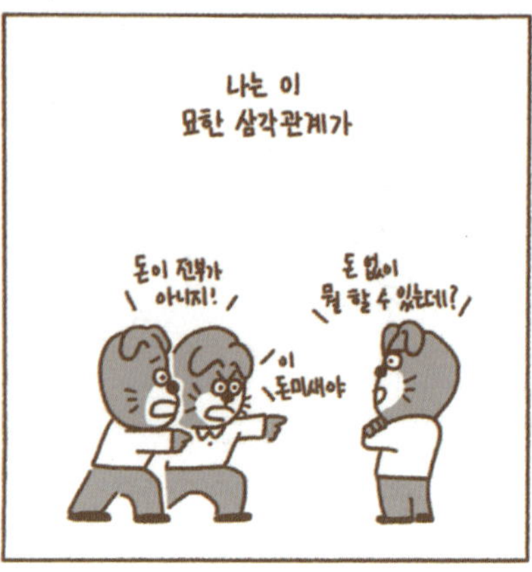

나는 이
묘한 삼각관계가
돈이 전부가
아니지!
돈 없이
뭘 할 수 있는데?
이
돈미새야

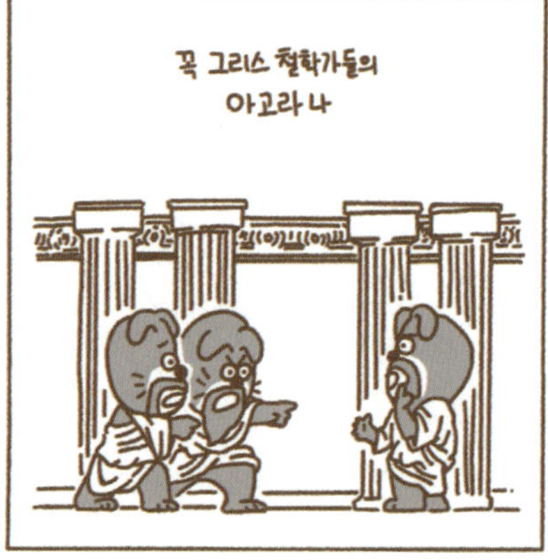

꼭 그리스 철학가들의
아고라 나

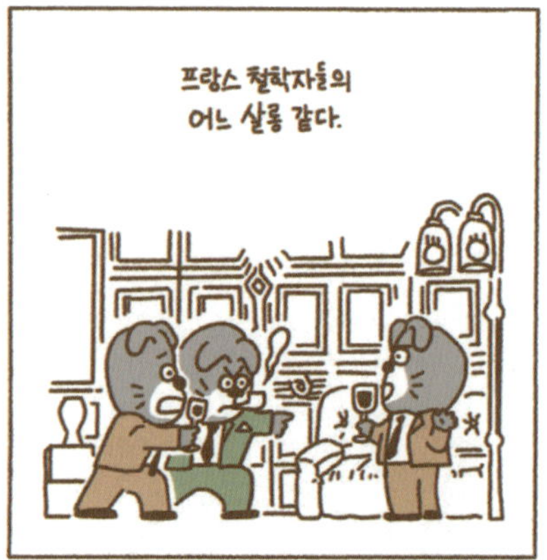

프랑스 철학자들의
어느 살롱 같다.

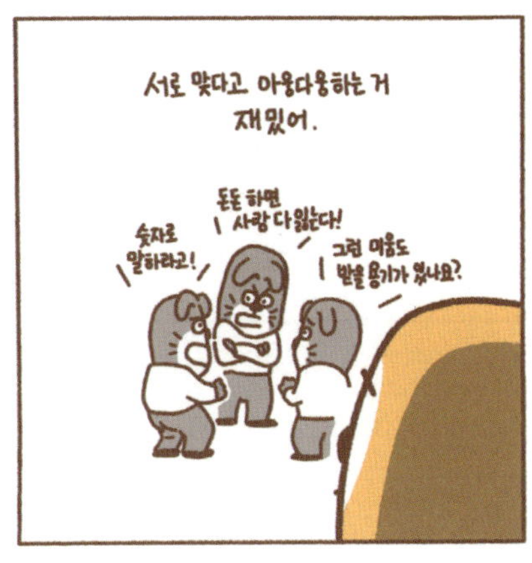
서로 맞다고 아옹다옹하는 거
재밌어.

숫자로
말하라고!

돈돈 하면
사랑 다 잃는다!

그런 마음도
받을 용기가 있나요?

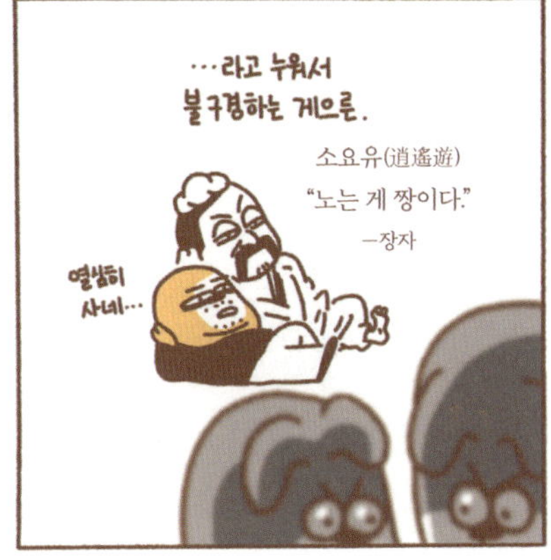
…라고 누워서
불구경하는 게으른.

소요유(逍遙遊)
"노는 게 짱이다."
—장자

열심히
사네…

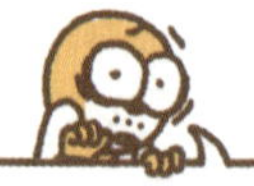

자세히 보아야 예쁘다
그러나

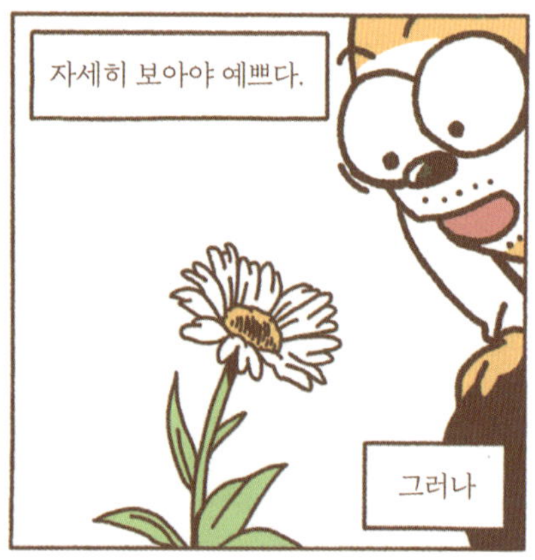

자세히 보아야 예쁘다.
그러나

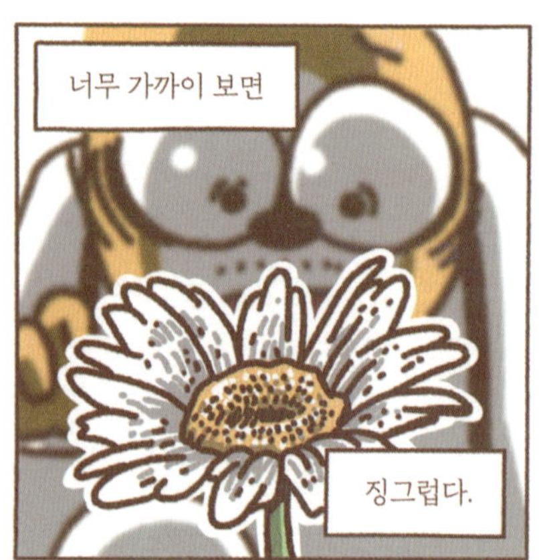

너무 가까이 보면
징그럽다.

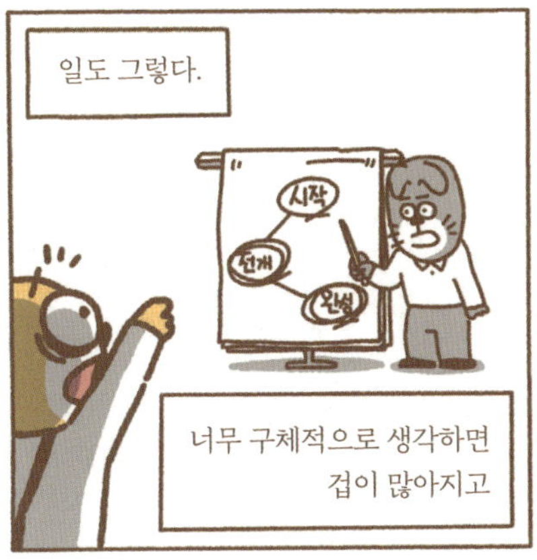

일도 그렇다.
시작
전개
완성
너무 구체적으로 생각하면
겁이 많아지고

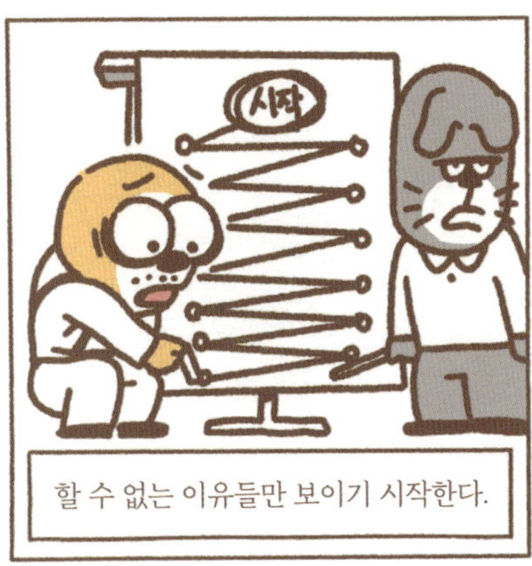

시작
할 수 없는 이유들만 보이기 시작한다.

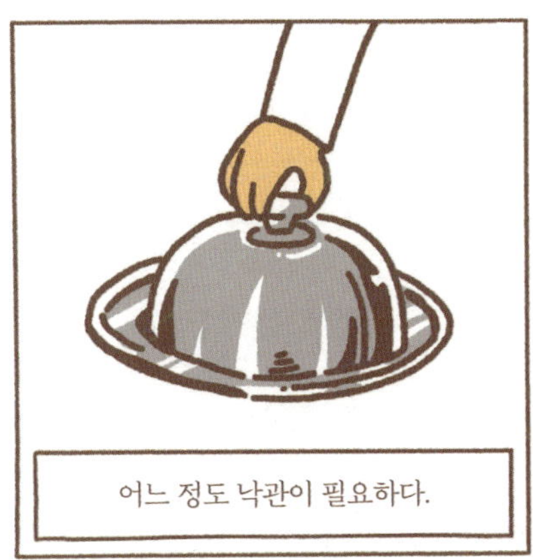

어느 정도 낙관이 필요하다.

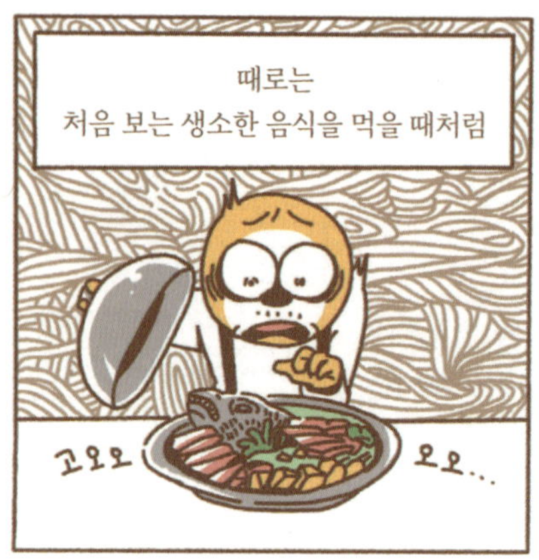

때로는
처음 보는 생소한 음식을 먹을 때처럼
고오오
오오...

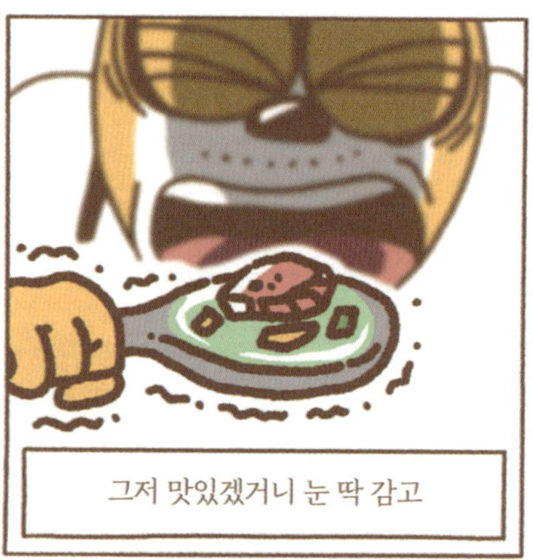

그저 맛있겠거니 눈 딱 감고

츄라이!

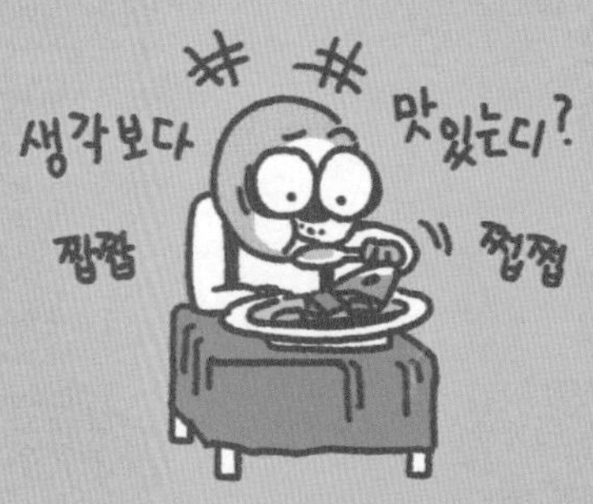

생각보다   맛있는디?
짭짭   쩝쩝

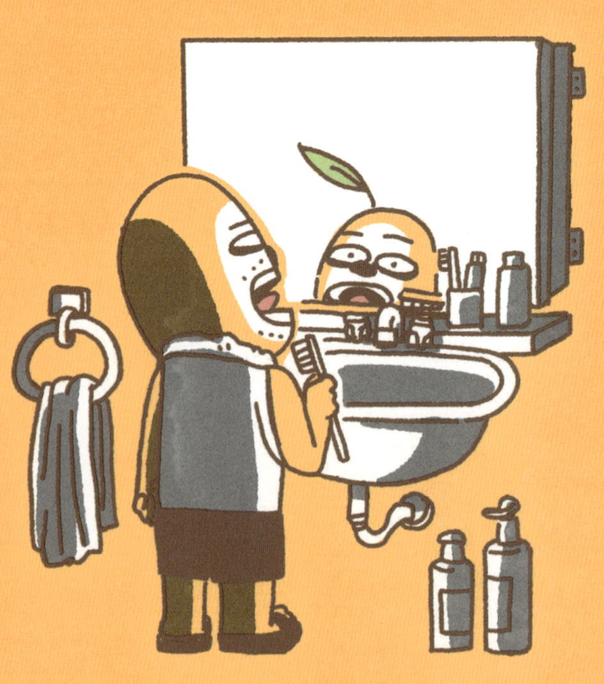

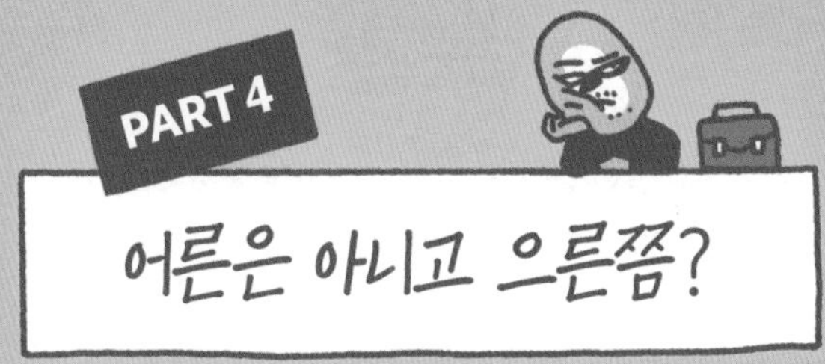

어른은 아니고 으른쯤?

걸음을 늦추고 인생을 즐겨라.
너무 빨리 걸으면 풍경만 놓치는 게 아니라
당신이 어디로 왜 가는지도 놓치게 된다.

_에디 캔터 Eddie Cantor

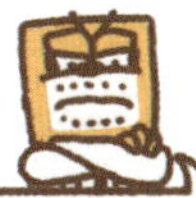

아이와 어른 그 사이 '으른'

세상에 나이 먹는 걸 좋아하는 사람도 있나? 있지, 그럼. 지금이야 지긋지긋하지만 돌이켜 보면 당신도 나이 먹는 걸 좋아했을걸? 초등학생 때 말이다. 그때는 얼른 어른이 되고 싶어서 손꼽아 날짜를 세고 떡국도 막 두 그릇씩 먹고 틈만 나면 어른 흉내를 냈다. 그렇게 나이를 못 먹어서 안달이었던 건 어른이 멋있어 보였기 때문이 아닐까? 정확히 말하면 '내 어른'은 얼마나 멋있을까 하는 기대.

그 시절 나는 디지몬에 상당히 빠져 있었는데 성장기 디지몬은 성숙기 디지몬으로 진화하면 덩치도 커지고 힘도 엄청

세졌다. '공기팡'밖에 할 줄 모르는 파닥몬 같은 애완용 디지몬도 진화하면 갑자기 짱 센 엔젤몬이 돼서 데블몬을 때려잡을 때 1인분을 톡톡히 하곤 했다. 그 장면을 보면서 인생 처음 전율이란 걸 느끼고 뜨거운 눈물을 흘렸지. 어쨌든 내가 디지몬이 될 수 없다는 것쯤은 알고 있었지만 디지몬의 진화형을 보며 나는 크면 어떤 짱 센 모습이 될까 기대했던 것 같다.

시간이 지나서… 아니 너무 많이 지나서 서른두 살이 됐다. 그 시절 상상 속 서른이란 '아빠 나이', '돈도 왕창 많은 나이', '무슨무슨 전문가가 될 나이', 아무튼 무지 어엿하고 노련한 나이쯤이었다. 나는 그중 한 가지도 이루지 못한 채로 서른보다 두 살이나 더 먹어버렸다. 물론 20년 전 서른과 지금 서른은 다르겠지. 세상은 점점 더 빠르게 변하고 사람은 점점 더 천천히 늙으니까. 그것이 몸이든 마음이든. 그럼에도 시대를 초월하는 사실은, 서른이란 반박 불가한 어른 나이라는 것. 서른과 어른이라는 단어는 생긴 것도 닮았다. 그런데 가끔 그런 생각이 든다.

'나는 정말 어른이 된 걸까?'
'어떤 지점부터 진짜 어른인 걸까?'

제법 철학적인 고민에 빠져서 어른, 어른, 어른… 되뇌다 보면 하릴없이 게슈탈트 붕괴에 빠진다.

얼마 전 대학교에 특강 같은 걸 하러 갔었다. 강의를 마치고 대학가 치킨집에서 학생들과 저녁을 먹는데 자연스레 나이 이야기가 나왔다. 세상에, 내 옆에 앉은 신입생이 원숭이띠란다. 나랑 띠가 같다고? 찬물 끼얹듯 실감이 끼친다. 나는 정말로 스무 살보다 열두 살 많은 서른두 살이 된 거구나. 나는 그 신입생에게 요즘 스무 살은 뭐 하고 노느냐, 대학생이 된 실감이 나느냐 같은 별 궁금하지도 않은 질문을 했다. 그 모습이 마치 명절에 조카 만난 삼촌 같았다. 괜히 뻘쭘해져서 자학을 덧붙였다.

“아휴, 너무 아저씨랑 이야기하는 것 같죠?”
“어차피 같은 어른인데요, 뭐. 애 아빠도 아니시고…”

태연한 답변에 고마운 마음과 함께 꼰대 마음이 불쑥 올라왔다. 엥, 스물이면 그냥 고등학교 4학년이지 뭐가 ‘같은 어른’이야. 스무 살 됐다고 저절로 어른이 되는 게 아니란다?
이건 사실 심술에 가깝다. 나도 아직 어른 그거 어떻게 되는 건지 모르겠는데. 그러다 문득 조숙한 그녀와 미숙한 내가 같은 과도기 안에 있다는 것을 알아차렸다. 두 사람 다 분명 애는 아니지만 어른이라고 하기엔 '이제 막 풋내기'이며, '아직도 철부지'인 시기. 성숙기로 채 진화하지 못하고 있는 시기말이다.

어른(명사)

① 다 자란 사람

② 사회적 책임을 다하는 사람

어른에 대한 사전적 정의는 이렇게 나와 있지만 사실 좀 안 와닿는다. 1번, 만 18세가 되거나 2차 성징이 끝난 시점은 '성인'이라 부르는 데는 이견이 없지만 '어른'이라고 부르기에는 조금 어색하다. 그래서 갓 성인이 된 애들한테는 차마 어른이라고 못하고 "으른 다 됐네." 하고 놀리기도 한다. 2번, 취업을 하거나 결혼을 하면 사회적 책임은 다할 수 있으나 그걸로 어른이 되었냐 하면 꼭 그렇진 않다. 내 친구들 중엔 애 아빠가 됐는데도 여전히 철딱서니 없는 놈들이 천지다. 솔직히 걔네는 죽을 때까지 "언제 어른 될래." 소리를 들을 것 같다. 어른이 아니라 "사람 됐네." 소리도 어림없다.

자꾸 디지몬 이야기 꺼내서 미안하다. 그런데 본질만 두고 보면 디지몬 진화 과정은 사전보다 더 어른을 명쾌하게 설명

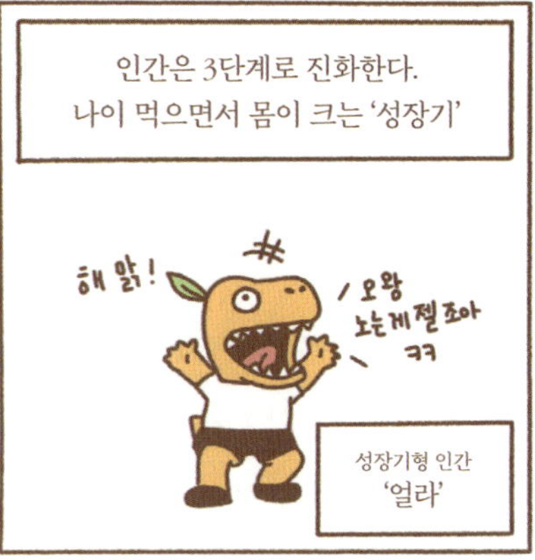
인간은 3단계로 진화한다.
나이 먹으면서 몸이 크는 '성장기'

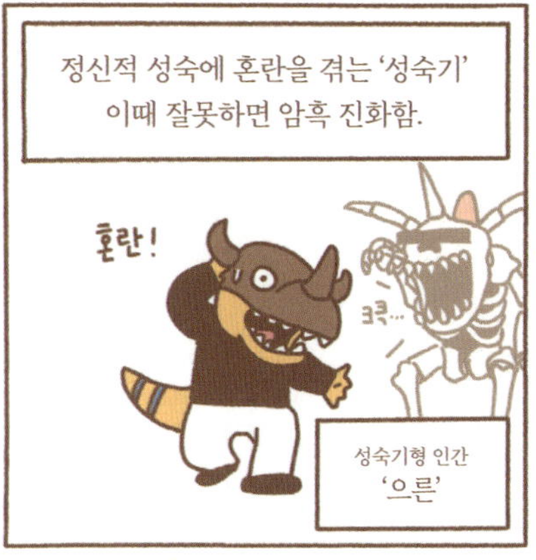
정신적 성숙에 혼란을 겪는 '성숙기'
이때 잘못하면 암흑 진화함.

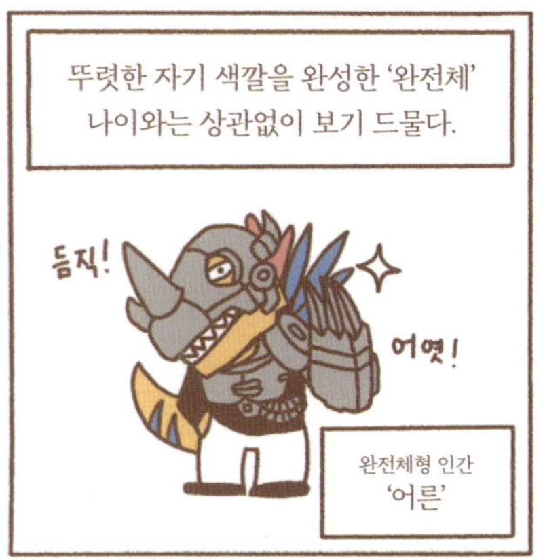
뚜렷한 자기 색깔을 완성한 '완전체'
나이와는 상관없이 보기 드물다.

해준다. 디지몬은 유년기, 성장기를 지나 완전체로 진화하는데 그러려면 성숙기 형태를 반드시 거쳐야 한다. 이처럼 인간 또한 완전한 형태가 되기 위해 성숙해지는 과정이 필요하고 그것이 바로 어른인 게 아닐까?

그렇게 치면 성숙이란 필살기를 능숙하게 쓸 수 있게 되는 것과 비슷하다. 자신만의 고유한 기술들, 여기엔 직업적인 스킬 외에도 감정이라든가 자아 같은 것도 포함한다. 반대로 말하면, 나를 능숙하게 다룰 줄 모른다면 어른이 아니라는 말이 된다. 성숙하지 못한 방법으로 암흑 진화해서 팀원들한테 민폐 끼치는 '스컬그레이몬'처럼. 와, 디지몬 진짜 명작이었네. 조만간 정주행해야겠다.

분명히 말하지만 어른스러운 사람 되는 법 같은 건 나도 모른다. 그런 조언은 하고 싶지도 않고 네이버에 검색해봤자 어른인 척하는 방법이 몇 줄 나와 있을 뿐이지 실제로 성숙해지는 일은 없을 것이다. 다만 내가 살면서 만났던 참어른들에겐 공통점이 있었다. 바로 그들만의 흉내 낼 수 없는 압도적인 포스. 말 한마디 한마디에 힘이 느껴진다고 해야 하나. 그런데 그 사람의 묘한 긴장감만큼이나 넉넉한 여유에서도 그런 아우라가 뿜어져 나오는 것 같았다. 말하자면 긴장과 이완, 자기만의 리듬 같은 것.

〈생활의 달인〉에 나온 중식 장인이 생각난다. 그 할아버지는 마른 몸으로 그 큰 웍을 자유자재로 다뤘다. 그는 웍을 다루는 건 무조건 힘만 세다고 되는 게 아니라 자기만의 리듬이 필요하다고 설명했다. 강약중강약. 흔들리지 않는 편안함. 분야를 막론하고 능숙해지려면 힘을 줄 때 주고 뺄 때 빼는 요령이 필요한 것 같다.

어른이 되는 일도 마찬가지겠지. 나는 언제 긴장하고 언제 이완하는가. 자기 자신에 대해서 분명히 알게 되는 지점에 성장의 완성이 있을 거다. 그러니 자신의 색깔을 뚜렷하게 하기 위해서 취향 같은 걸 열심히 찾을 필요가 있다고 말하면 너무 뻔한가. 그렇지만 다들 그런 건 아무래도 좋고 미래를 위해 부지런하게 일에만 몰두하고 있지 않나. 그게 어른스러운 거라면서. 물론 어른이 되는 일에는 책임과 커리어도 중요하지만 그게 다는 아니다. 정말로, 그게 전부는 아니다.

자신에 대해 분명히 안다고 말할 수 있는 사람이 얼마나 있을까? 적어도 그런 사람은 행복이나 자아를 찾는 일에도 무지하게 많은 시간을 들였을 거다. 자기 색깔을 덧칠하고 덧칠하는 끈질기게 집요한 시간을. 뭐 꼭 그런 것만을 어른이라고 정의하기엔 비약이 좀 있겠지만 어릴 때 되고 싶던 멋진 어른은 적어도 그 비슷한 거 아니었을까.

나는 털이 부숭한 다 큰 어른이지만 내면은 여전히 허둥지둥하는 '으른'이다. 감정 조절이 서툴고 자주 어리석다. 주체가 안 되는 나를 다루는 일에 항상 애를 먹는다. 이 방황은 아무리 내가 결혼을 하고 애 아빠가 되고 돈을 많이 번다고 해도 해소되지는 않을 것 같다. 그렇게 벗어날 수 있는 거였다면 사회에서 이렇게 어른답지 않은 어른을 많이 마주칠 리 없었겠지. 그들 또한 나처럼 세월에 비해 지체된 미숙을 안고 헤매는 중인 으른이들인 거다. 오춘기니 육춘기니 하면서.

서른이 지나고 나는 자주 으른을 벗어나는 법에 대해 생각한다. 어른스러운 사람들을 보며 질투한다. 때때로 조바심이 나서 누군가를 흉내도 내보고 척도 해본다. 그러나 그러다 보면 쉽게 헝클어지기 때문에 외려 내 밑천이 드러나기 일쑤다. 벌거벗은 사람처럼 부끄러워진다. 음… 역시 어른이 되는 건 자기 앞가림하는 일부터 시작인가보다.

어른이 되고 싶었던 이유

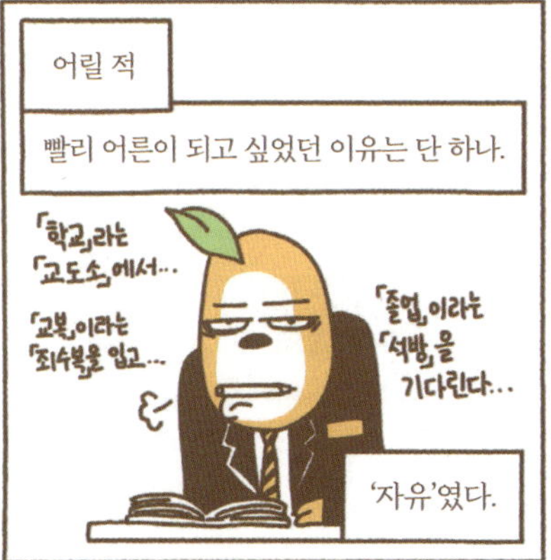

어릴 적
빨리 어른이 되고 싶었던 이유는 단 하나.
「학교」라는 「교도소」에서...
「교복」이라는 「죄수복」을 입고...
「졸업」이라는 「석방」을 기다린다...
'자유'였다.

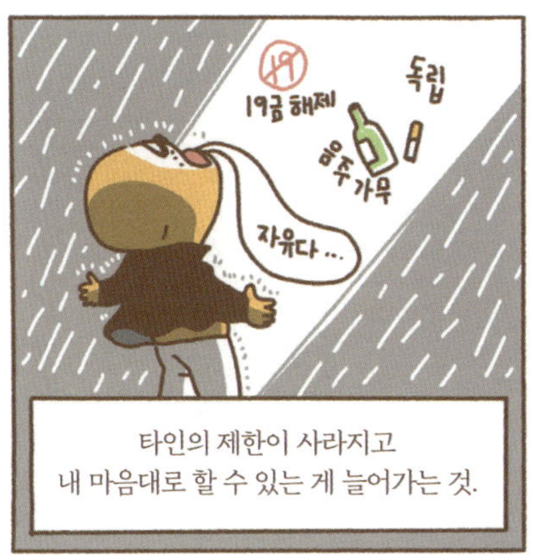

19금 해제
독립
음주 가무
자유다 ...
타인의 제한이 사라지고
내 마음대로 할 수 있는 게 늘어가는 것.

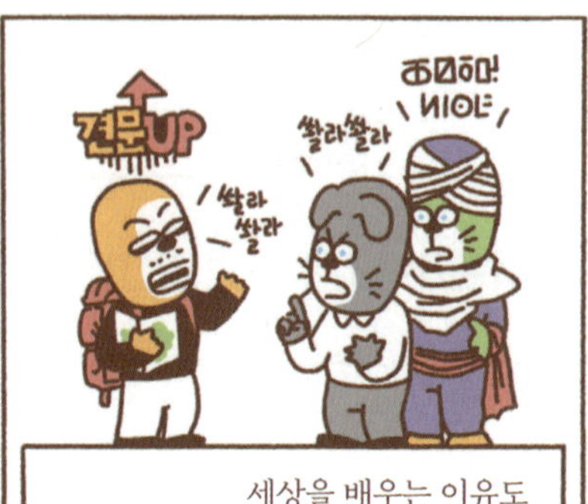

세상을 배우는 이유도
인생의 자유도를 높이기 위해서란다.

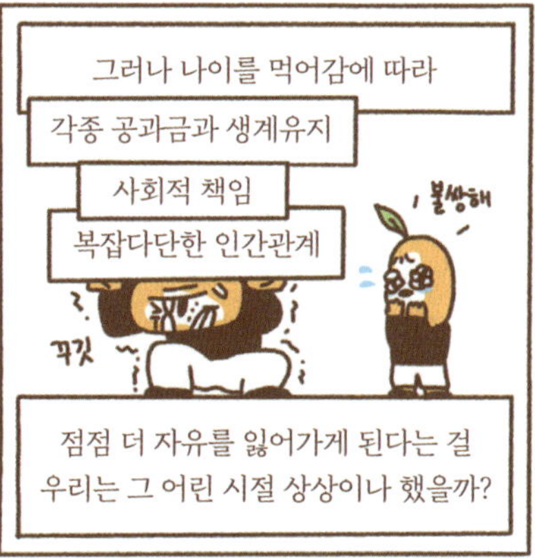

그러나 나이를 먹어감에 따라

점점 더 자유를 잃어가게 된다는 걸
우리는 그 어린 시절 상상이나 했을까?

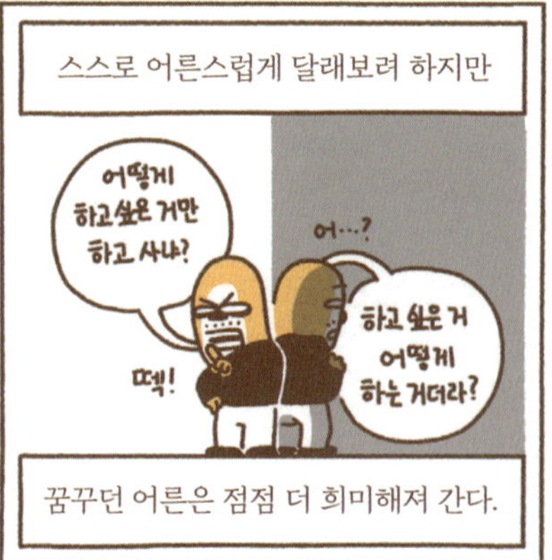

스스로 어른스럽게 달래보려 하지만

꿈꾸던 어른은 점점 더 희미해져 간다.

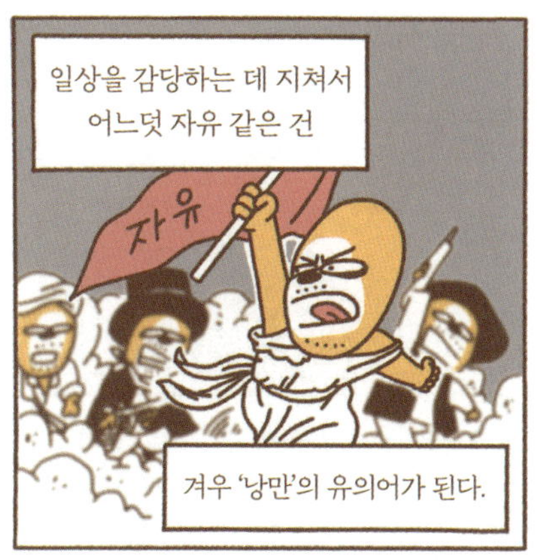

일상을 감당하는 데 지쳐서
어느덧 자유 같은 건

자유

겨우 '낭만'의 유의어가 된다.

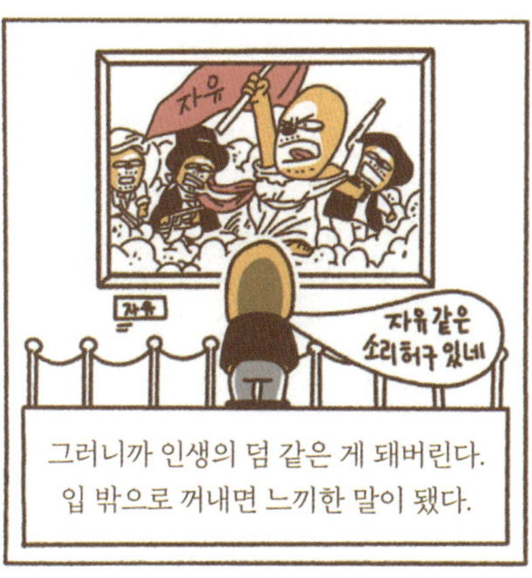

자유

자유

자유 같은
소리허구 있네

그러니까 인생의 덤 같은 게 돼버린다.
입 밖으로 꺼내면 느끼한 말이 됐다.

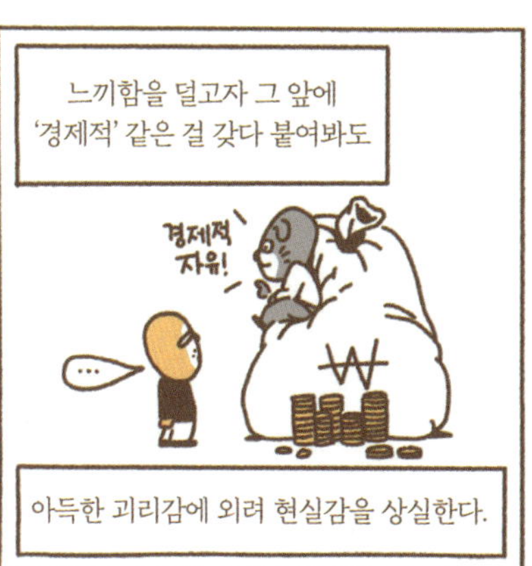

느끼함을 덜고자 그 앞에
'경제적' 같은 걸 갖다 붙여봐도

경제적
자유!

₩

아득한 괴리감에 외려 현실감을 상실한다.

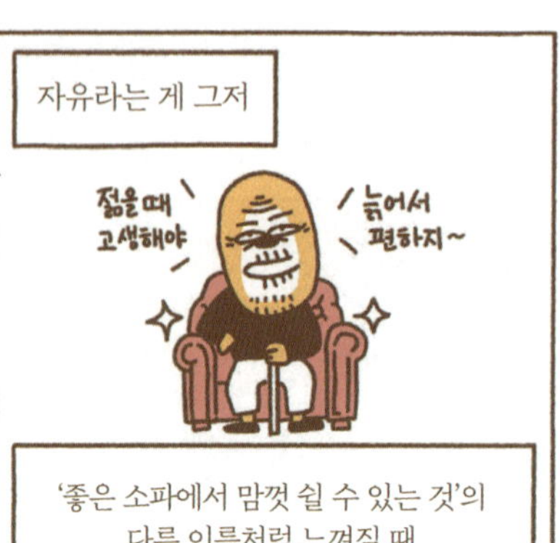

자유라는 게 그저
젊을 때 고생해야
늙어서 편하지~
'좋은 소파에서 맘껏 쉴 수 있는 것'의
다른 이름처럼 느껴질 때

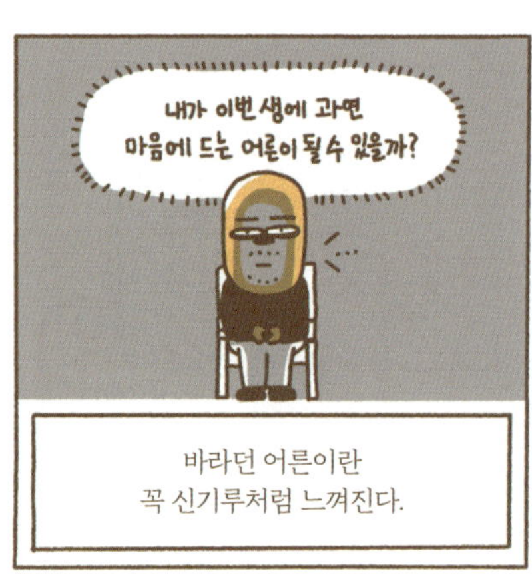

내가 이번 생에 과연
마음에 드는 어른이 될수 있을까?
...
바라던 어른이란
꼭 신기루처럼 느껴진다.

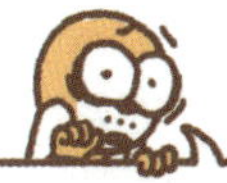

매일 더 나아진다는 착각

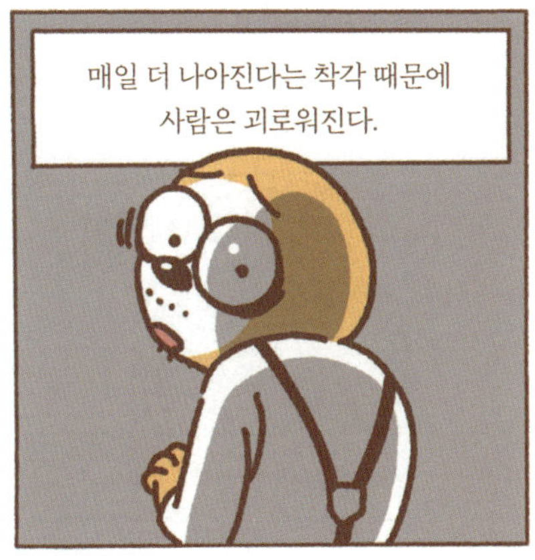

매일 더 나아진다는 착각 때문에
사람은 괴로워진다.

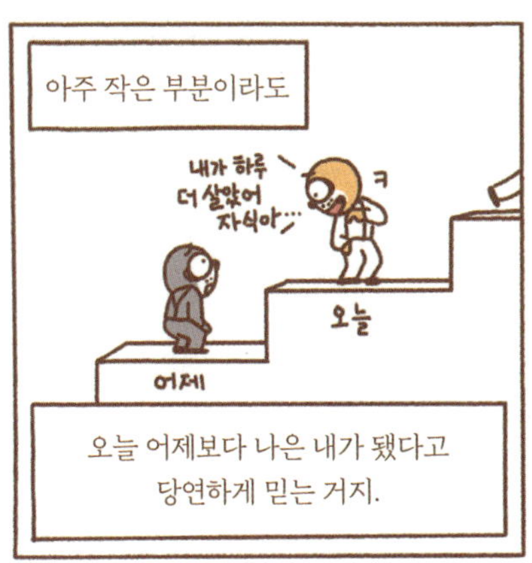

아주 작은 부분이라도
내가 하루 더 살았어 자식아…
ㅋ
오늘
어제
오늘 어제보다 나은 내가 됐다고
당연하게 믿는 거지.

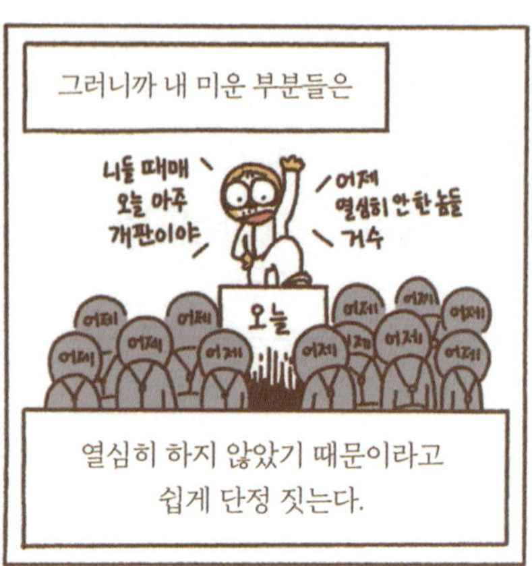

그러니까 내 미운 부분들은
니들 때매 오늘 아주 개판이야
어제 열심히 안한 놈들 거수
오늘
어제
열심히 하지 않았기 때문이라고
쉽게 단정 짓는다.

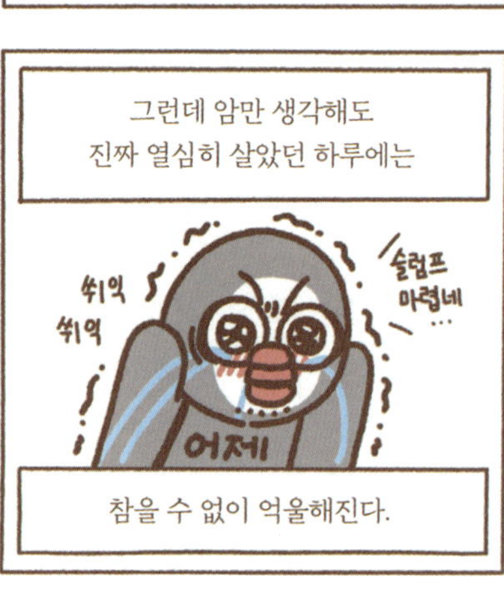

그런데 암만 생각해도
진짜 열심히 살았던 하루에는
쉬익 쉬익
슬럼프 마렵네…
어제
참을 수 없이 억울해진다.

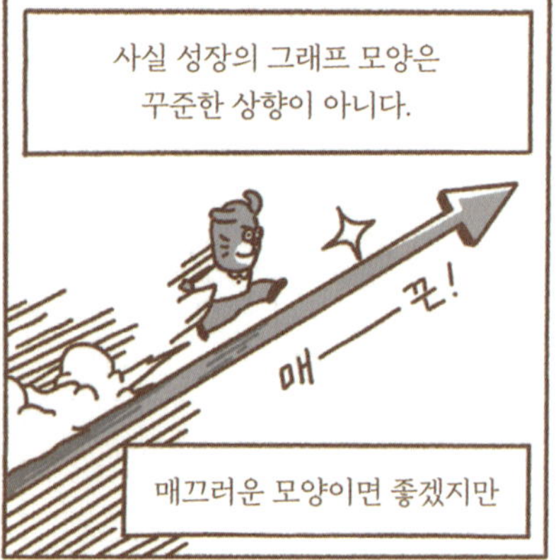

사실 성장의 그래프 모양은
꾸준한 상향이 아니다.
매 — 끈!
매끄러운 모양이면 좋겠지만

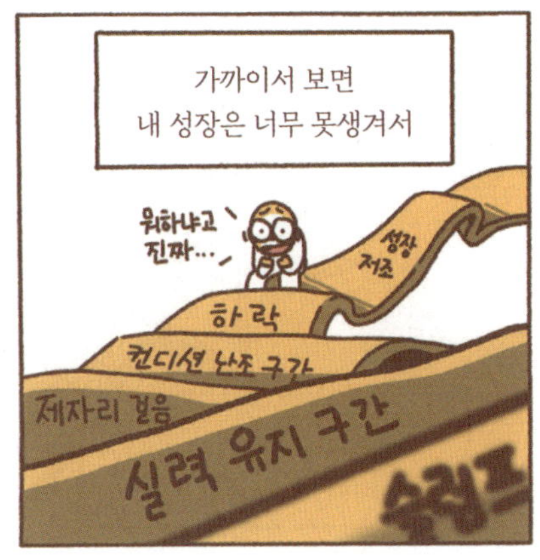

가까이서 보면
내 성장은 너무 못생겨서

뭐하냐고
진짜…

성장
저조

하락

컨디션 난조 구간

제자리 걸음

실력 유지 구간

슬럼프

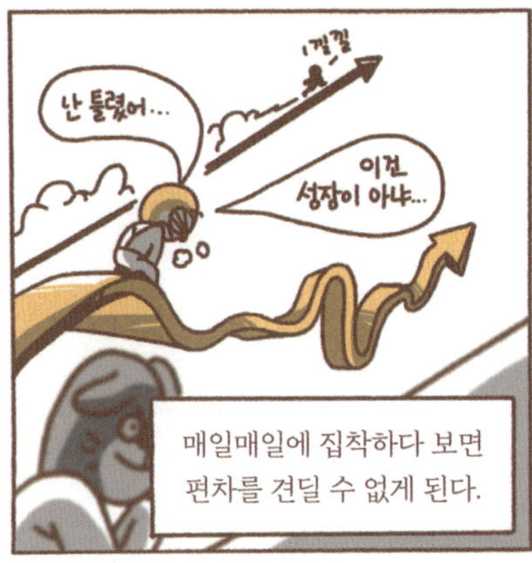

난 틀렸어…

걸걸

이건
성장이 아냐…

매일매일에 집착하다 보면
편차를 견딜 수 없게 된다.

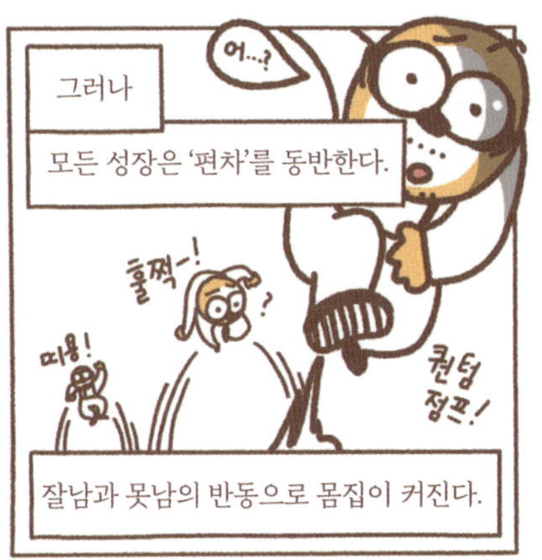

어…?

그러나

모든 성장은 '편차'를 동반한다.

훌쩍~!

따용!

퀀텀
점프!

잘남과 못남의 반동으로 몸집이 커진다.

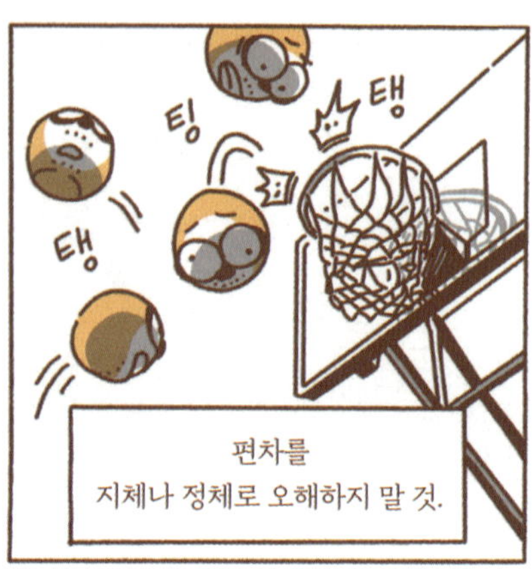

탱
팅
탱
탱
편차를
지체나 정체로 오해하지 말 것.

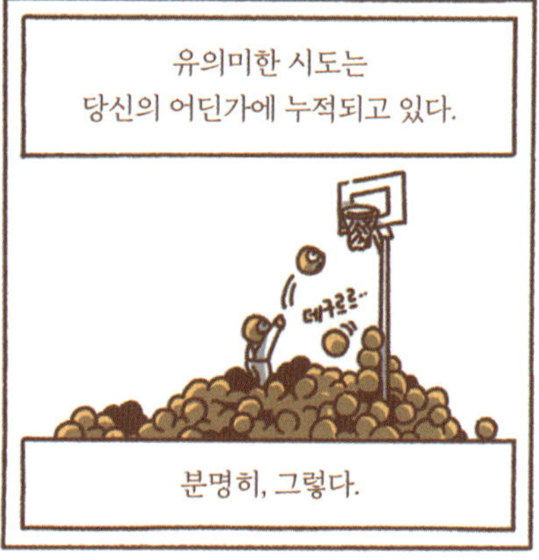

유의미한 시도는
당신의 어딘가에 누적되고 있다.
데구르르..
분명히, 그렇다.

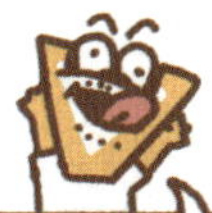

아차,
어떻게 노는지 까먹었다

— 제일 좋아하는 음식이 뭐예요?

— 저는 아무거나 잘 먹어요.

— 좋아하는 노래 틀어드릴까요?

— 다 좋아요! 보통 TOP100 들어서….

여기 무엇이든 좋다고 말하는 사람이 있다. 어디서나 잘 어울리고 투정도 없고 뭐든 상관없다고 말한다. 아니, 가식적으로 양보하는 게 아니라 진짜로 아무래도 좋단다. 이런 순둥이 유형은 사회생활을 시작하고부터 더 자주 만난다. 대학교 다닐 때까지만 해도 별의별 특이한 취향의 소유자와 무리에 도무지 섞일 수 없는 반사회적 인간들을 꽤나 맞닥뜨리곤 했는데 죄다 졸업하고 자기네 세상으로 돌아간 모양이다. 아니면 그랬던 놈들도 맨날 회사에서 치이고 섞이다가 아무래도 상관없어진 걸지도.

뭐, 좀 상관없어지는 구석이 있긴 하다. 나이가 들면서 취향 같은 건 아무래도 상관없어진다. 어린애들을 보면 신발에 빨간색 좀 섞여 있다는 이유만으로도 외출도 거부하고 울고불고 바닥에 드러눕는다. 순둥이 유형의 그에게도 타인은 도무지 이해할 수 없는 그런 자신만의 확고한 취향관을 가졌던 시절이 있었을 텐데. 언제부터였나. 아마 먹고사는 일이 메인이 되면서부터? 그게 힘에 부치기 시작하면서 먹고사는 데 지장 없는 것들부터 간소화한 것 같다. '뭐 아무래도 상관없잖아?' 하는 식으로. 또 언뜻 어른이 되는 일은 잘 참는 일이라고 배웠던 것 같다. '까짓것, 참지 뭐.' 그렇게 타협할 수 없던 기호들은 철이 들면서 하나둘씩 과묵해진다. 그렇게 쉽게 쉽게 가는 편이 피곤할 일 안 만들고 좋다.

반면 무엇이든 싫다고 말하는 사람이 있다. 정확히 말하면 싫다고는 안 한다. 대신 대체로 뭘 안 하는 방향으로 가고 싶기 때문에 이 두 음절을 쓴다.

'굳이?'

음. 의욕이 한 번에 꺾이며 효율까지 챙길 수 있는 마법의 단어다. 하긴 나이 먹고선 나가서 놀면 피곤하기만 하다. 어릴 땐 아빠는 왜 황금 같은 주말에 누워서 TV만 볼까 싶었는데 이젠 그게 너무 이해되는 나이가 됐다. 아니면 그게 이해되는 체력이 된 걸지도.

어느새 '놀다'란 '일을 안 한다'의 유의어가 되어버린 듯하다. 원래는 되게 다양한 방법의 '놀다'를 가지고 있었는데, 이제는 그냥 가만히 있는 것만 노는 것이 됐다. 부지런히 고된 평일을 다 보내고 주말이 오면 더 이상 아무 에너지도 쓰고 싶지 않아진다. 뭔가를 좋아하는 마음도 다 에너지를 소비하는 일이기 때문에. 쓸 수 있는 에너지는 딱 엄지손가락 정도만큼만 남아 있다. 그걸로 유튜브 쇼츠 스크롤을 올린다. 이걸로도 충분히 재미있다. 점점 굳이 뭘 하고 싶지 않고 할 필요도 못 느낀다.

내 주변 사람들만 봐도 이제 대부분이 아무래도 좋거나 아무래도 싫은 사람이 됐다. 그러나 그렇게 사람들과 잘 어울리며 무던하게 살아가고 있다. 여기서 산통을 깨는 말을 하고 싶다. 이거 좀 위험한 거 아닌가?

나는 필사적으로 이런 유형이 되지 않으려 노력한다. '굳이'

에너지를 써가면서 '좋은 걸 좋다고 싫은 걸 싫다고' 말하려고 한다. 아니, 그래야 한다고 생각한다. 취향을 잃지 않기 위해서 말이다. 까짓것 잃는다고 큰일 나는 것도 아니고 뭘 '위험' 씩이나 하냐고 말할 수 있는데 나는 취향이 없는 사람은 큰일이라고 생각한다. 이제부터 조금 피곤하게 굴어보겠다.

어릴 적, 그러니까 우리가 겁나게 말 안 듣는 꼬맹이였을 적에는 성숙이란 '점잖음'이었다. 과묵하고 말을 잘 들으면 어른들이 어른스럽다고 칭찬해줬다. 그때는 또래들처럼 느끼는 대로 마구 내뱉거나 표현하는 것보다 절제하는 편이 훨씬 더 어렵고 고급 스킬이었으니까. 이 기준은 딱 사회에 들어온 기점부터 반대로 역전된다. 나이가 들수록 자기표현을 못하는 어른이 더 많아진다. 감정이 무디어지는 것도 있지만 차라리 무던한 편이 모든 면에서 훨씬 수월하다는 걸 알게 되는 거다. 피곤하지도 않고, 충돌도 피하고, 솔직했다간 손해 보는 일이 많아지기에 감정을 숨기게 된다. 때문에 성인이 되면 점잖은 것보다 자기 주관을 뚜렷하게 내보이는 게 더 보기 드문 고급 스킬이 된다.

좀 갸우뚱할 수 있다. 드물면 드물었지 그게 왜 고급 스킬이냐고. 이건 반대 예를 보면 알 수 있다. 우리는 만나본 적 있다. 점잖지만 성숙하지 못한 어른들을. 돈 애기, 골프 애기, 직장

얘기…. 술자리를 비롯한 친목 자리에서 소모적인 대화로 텁텁했던 경험. 표면적인 대화로 겉돌다 집에 돌아가는 길이 허무했던 기억이 있지 않은가? 내내 정제된 대화들로 정서적 포만감을 전혀 채울 수 없어서 허기진 마음으로 '이럴 거면 아무도 안 만나는 편이 낫겠어' 하고 다짐했던 날. 그건 단순히 당신의 삐뚤어진 염세 때문은 아니다. 그 저변에 취향의 결여가 있다.

성숙한 어른은 자기만의 세계가 뚜렷하다. 마치 아이들처럼 자기가 뭘 좋아하고 싫어하는지 분명히 안다. 대화를 해보면 느껴진다. 자기 세계관이 뚜렷한 어른과의 대화 후 느끼는 포만감! 지식이 아닌 지혜가 전이되는 기분.

'아차, 내가 되고 싶었던 건 저런 어른이었지.'

때로는 누군가의 인생을 바꾸고 삶을 흔드는 영감을 주기도 한다. 그냥 그 사람이 그런 어른으로 태어난 게 아니다. 이것은 전부, 결코 타협하지 않고 견고하게 갈고 닦은 그 사람의 고집스러운 취향이다.

취향이란 다시 말하면 삶을 향유하는 방법이다. 내가 좋아하는 걸 더 좋아하고, 좋아하는 것들을 더 모으고, 좋아하는 이유를 집요하게 알아내는 일들이 내 삶을 더 성숙하게 만들 수 있다. 비록 그것들이 전혀 생산적이지 않더라도 생산적인 일만큼이나 내 삶을 단단하게 지탱한다. 회복탄력성이 망가지고 인생에 허무함이 찾아왔을 때 당신을 지켜내는 것은 물질이 아니라 취향이다. 안정이 아니라 의미다. 물질은 만능이 아니라는 뻔한 말은, 인간은 쉽게 무의미 앞에서 무능해진다는 뜻이었다.

그런 취향은 닳는 성질이라 주의를 기울이지 않으면 아무래도 상관없어진다. 점점 무취향으로 수렴하다가 남들이 대부분 좋아하는 거나 부러워하는 것 위주로 기준이 변한다. 적어도 그러면 실패가 적다고 생각하기 마련인데 사실 실패 확률을 줄이는 것은 취향을 분명히 알게 되는 쪽이다.

좋고 싫음에 대한 경계가 흐릿하면 알고리즘에 잡아먹히는 세상이다. 알고리즘은 흐릿한 당신에게 남들이 좋아하는 것을 아무거나 던져줄 것이다. 그러다 보면 점점 좋아하는 걸 어떻게 하는지 까먹어버린다. '아무거나'를 남발하다가는 아무개 노인으로 늙고 만다. 그런 사람은 나이 드는 것이 두려울 수밖에 없다.

아, 이런 글일수록 쉽게 써야 하는데 너무 엄근진(엄격근엄진지)이 됐나. 사실 경고하듯 적었지만 '좀 낭만 있게 살자' 정도로 봐도 무방하다. 나는 문상훈의 유튜브 〈오지 않는 당신을 기다리며〉를 좋아하는데, 거기에 내가 좋아하는 잔나비 최정훈이 나와서 내가 좋아하는 말을 한다.

오늘의 가위바위보가 재밌는지 재미없는지가 너의 청춘, 너의
젊음, 네가 얼마나 뜨거운가를 가르는 거야.

가위바위보 같은 건 죄 쓸데없는 시간 낭비일지라도 거기
에 몰입할 뜨거운 가슴이 있다는 게 살아 있다는 거고 젊다는
거고 낭만 아니겠나.

원래 '놀이'란 다 그렇게 비생산적이다. 낭만이란 낭비를 포
함한다. 얼마나 잘 낭비했는지가 내 취향을 정하고 인생의 색
깔을 결정하기도 한다. 세상에는 이따금 먹고사는 일만큼 중
요한 것들이 있다니까.

무용한 취향을 잔뜩 달고 사는 사람보다는 '굳이' 같은 말을
입에 달고 사는 사람이 훨씬 해롭다. 어디에 해롭냐 하면 내
재미에 해롭다. 그런 사람은 좀 노잼이다. 그리고 '굳이'를 말
하면서 군더더기 없는 삶을 지향한다고 하지만 알고 보면 그
런 사람들이 대개 더 피곤하게 군다.

나는 우리 사회에 재미있는 사람들이 많이 생겼으면 좋겠
다. 취향이 확고한 사람들이 많았으면 좋겠다. 아, 골프든 주
식이든 돈 모으는 이야기든 정답이 있는 이야기는 굳이 술자

리에서 듣고 싶지 않다. 필요하면 내가 따로 유튜브에서 찾아보겠다. 나는 순전히 내 재미를 위해서만 정답 없는 이야기를 주야장천 나누고 술을 퍼마시고 시간 낭비하고 싶다. 나는 굳이 그렇게 노는 사람이다. 이게 낭만이라고.

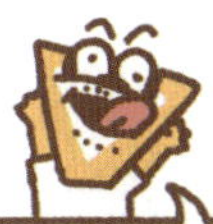

나는 무슨 색깔이었더라

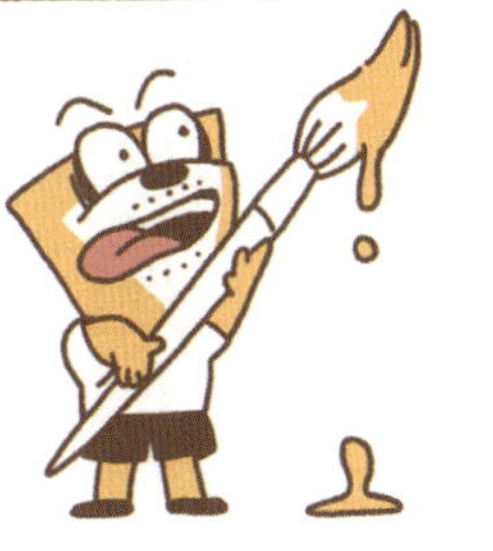

나이 들수록
색이 진해지는 사람이 있고

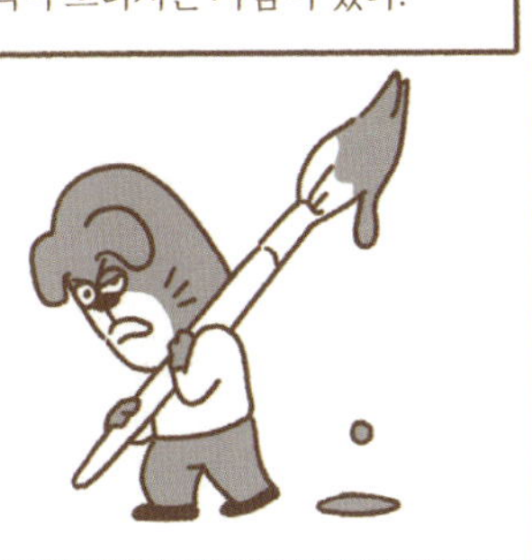

늙어갈수록
색이 흐려지는 사람이 있다.

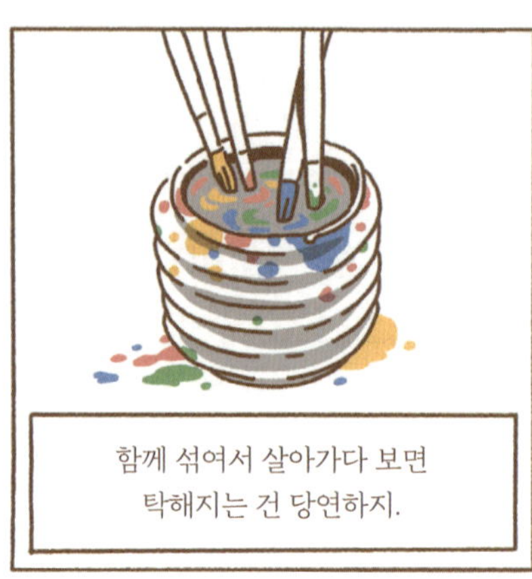

함께 섞여서 살아가다 보면
탁해지는 건 당연하지.

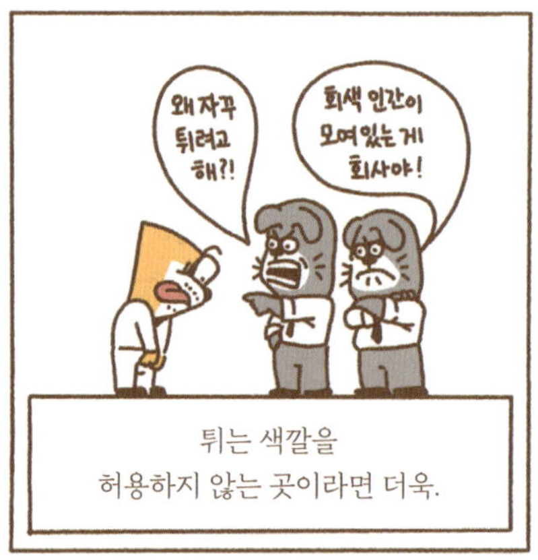

왜 자꾸
튀려고
해?!
회색 인간이
모여 있는 게
회사야!
튀는 색깔을
허용하지 않는 곳이라면 더욱.

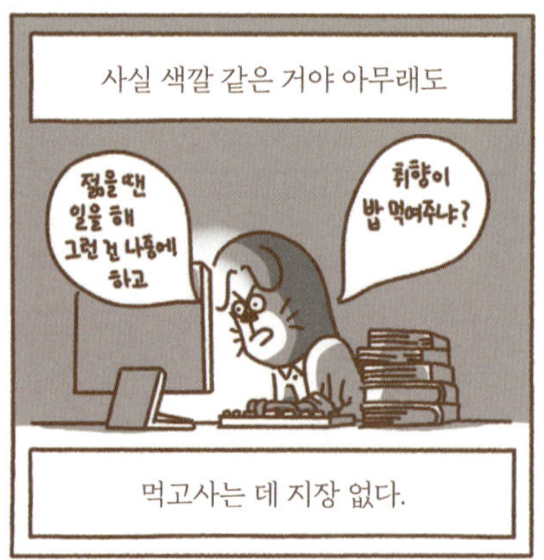

사실 색깔 같은 거야 아무래도
젊을 땐
일을 해
그런 건 나중에
하고
취향이
밥 먹여주냐?
먹고사는 데 지장 없다.

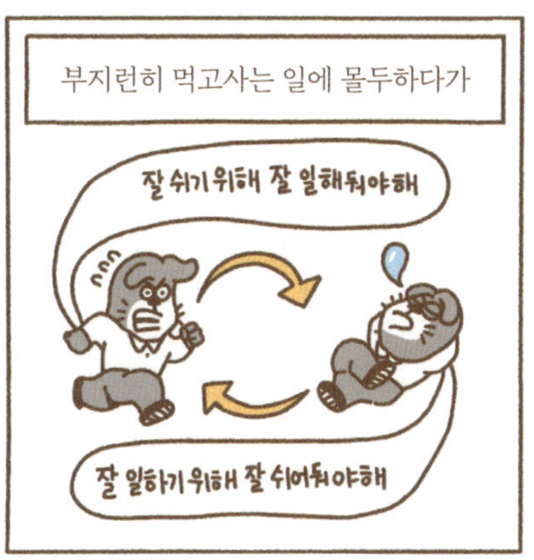

부지런히 먹고사는 일에 몰두하다가
잘 쉬기위해 잘 일해둬야해
잘 일하기위해 잘 쉬어둬야해

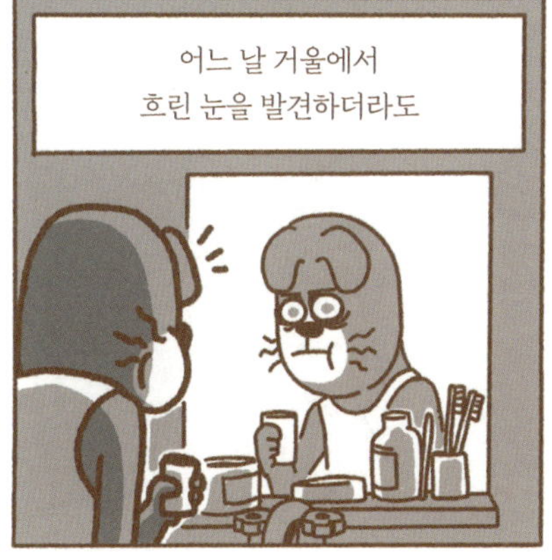

어느 날 거울에서
흐린 눈을 발견하더라도

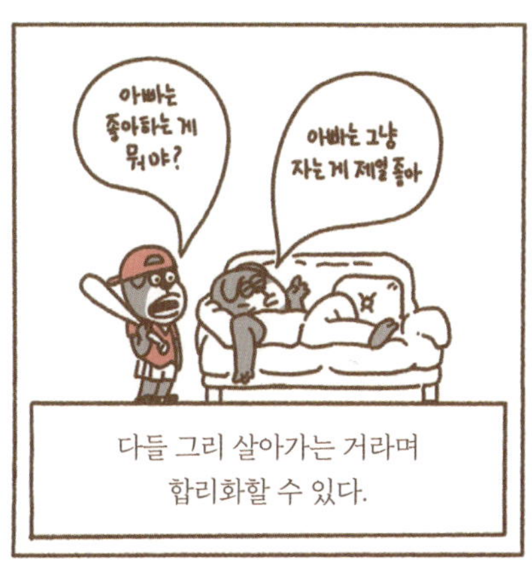

아빠는
좋아하는 게
뭐야?
아빠는 그냥
자는 게 제일 좋아
다들 그리 살아가는 거라며
합리화할 수 있다.

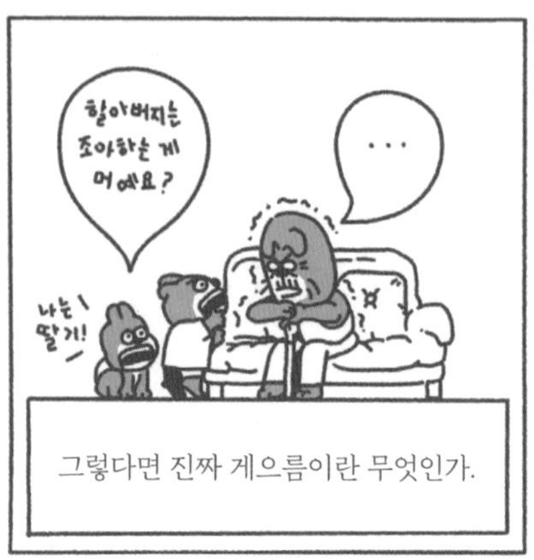

할아버지는 좋아하는 게 머예요?
…
나는 딸기!
그렇다면 진짜 게으름이란 무엇인가.

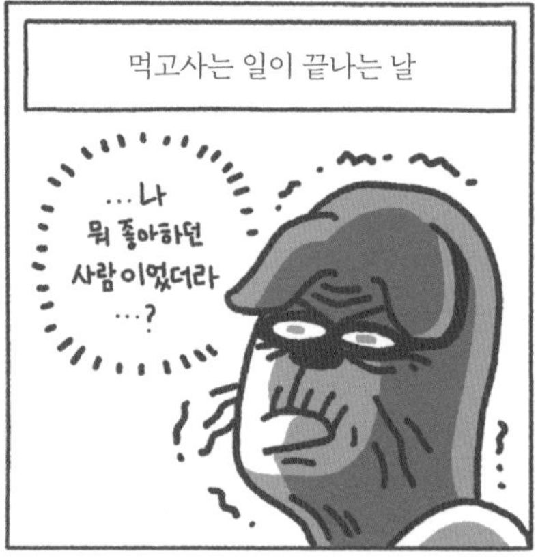

먹고사는 일이 끝나는 날
…나 뭐 좋아하던 사람이었더라…?

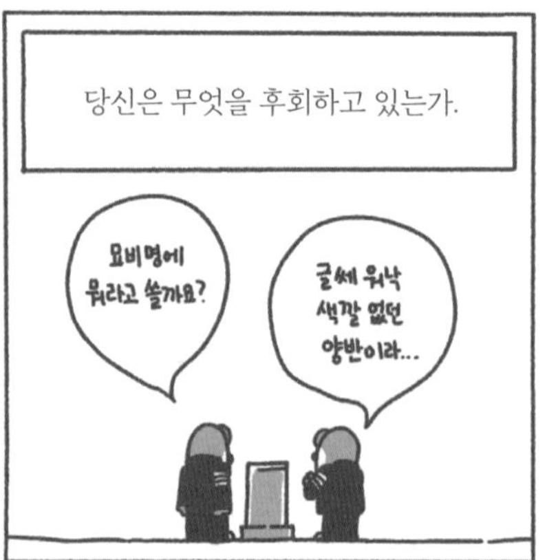

당신은 무엇을 후회하고 있는가.
묘비명에 뭐라고 쓸까요?
글쎄 워낙 색깔 없던 양반이라…

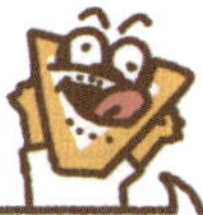

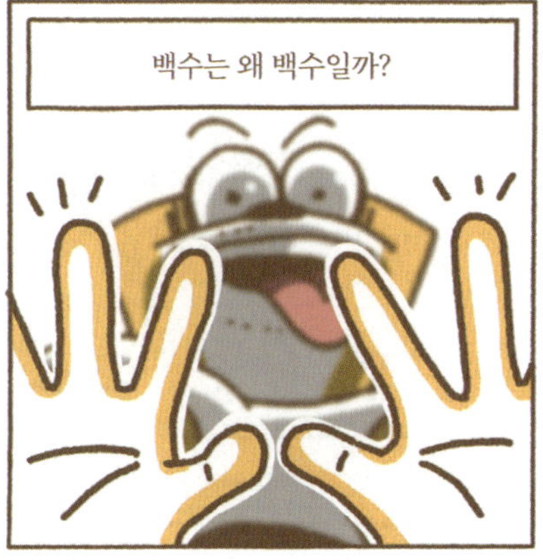

백수는 왜 백수일까?

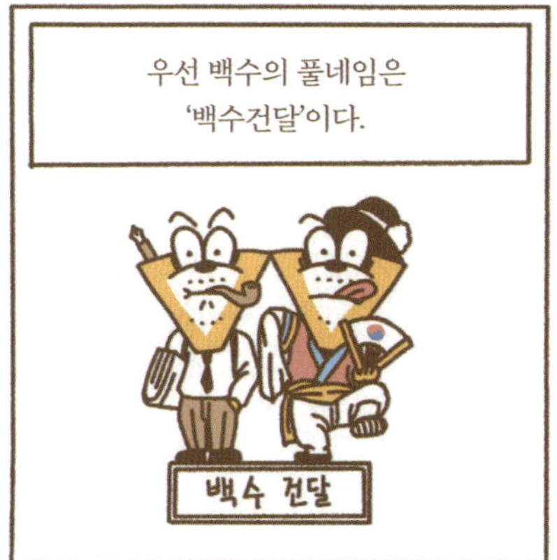

우선 백수의 풀네임은
'백수건달'이다.

백수 건달

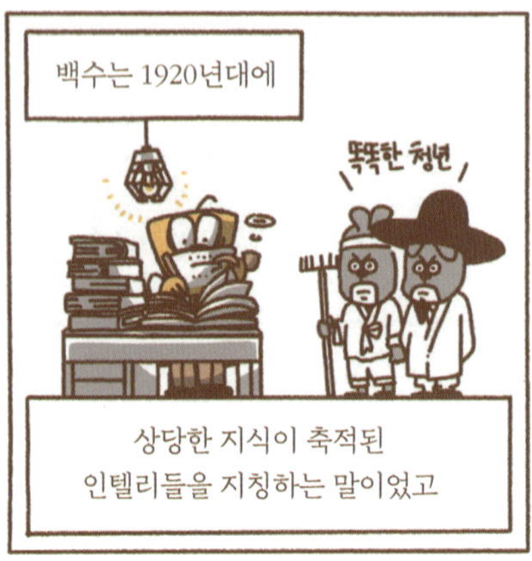

백수는 1920년대에
똑똑한 청년
상당한 지식이 축적된
인텔리들을 지칭하는 말이었고

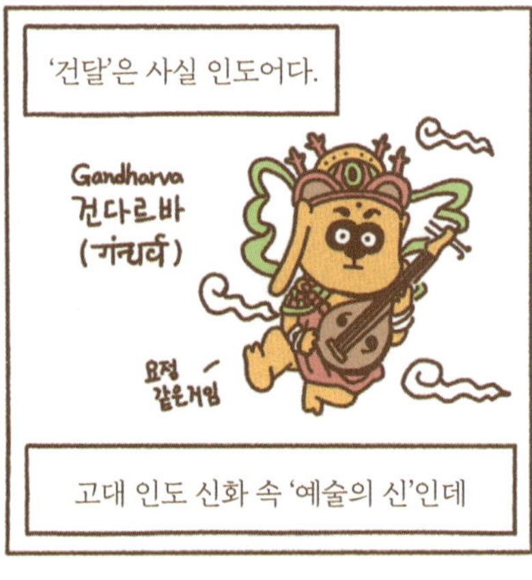

'건달'은 사실 인도어다.
Gandharva
건다르바
(간다르)
요정
같은거임
고대 인도 신화 속 '예술의 신'인데

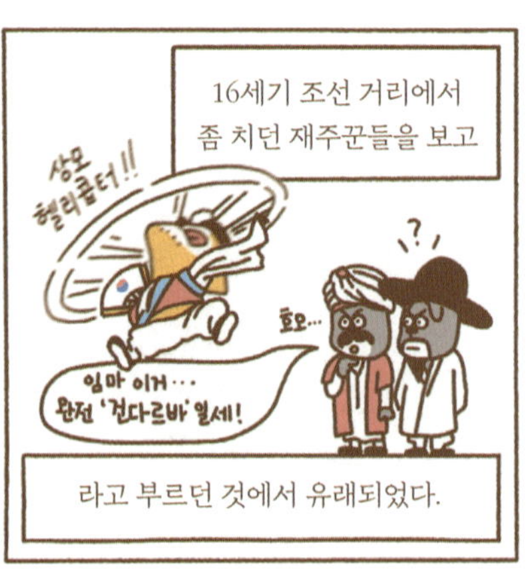

16세기 조선 거리에서
좀 치던 재주꾼들을 보고
상모
헬리콥터!!
효오…
임마 이거…
완전 '건다르바' 일세!
라고 부르던 것에서 유래되었다.

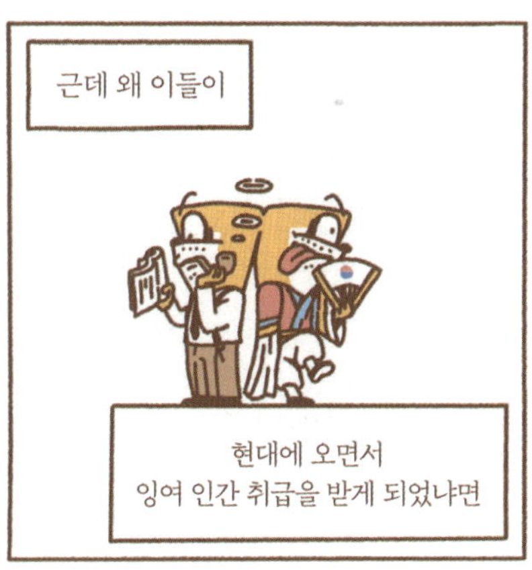

근데 왜 이들이
현대에 오면서
잉여 인간 취급을 받게 되었냐면

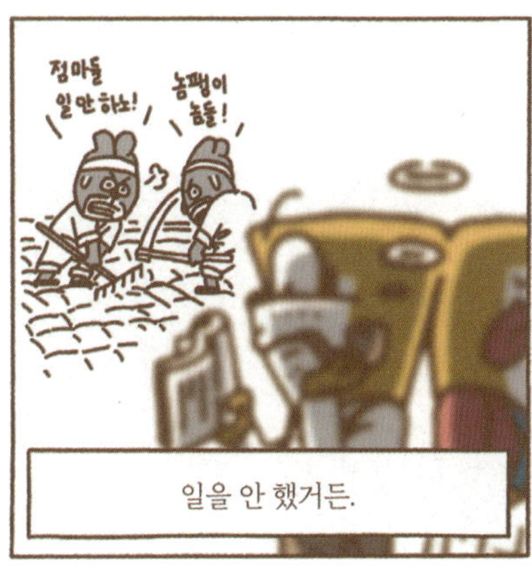

저마들
일만 하쇼!
농땡이 놈들!
일을 안 했거든.

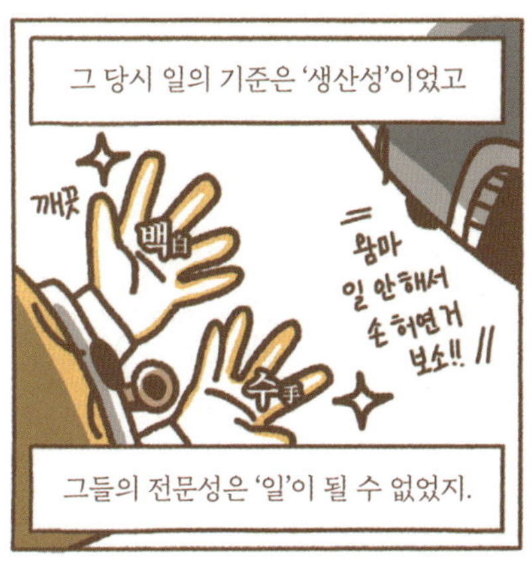

그 당시 일의 기준은 '생산성'이었고
깨끗
백白
수手
왕마
일 안 해서
손 허연거
보소!!
그들의 전문성은 '일'이 될 수 없었지.

그렇게
현대판
「나약한 지식인」
학학
호무리
백수는
오타쿠가 되고

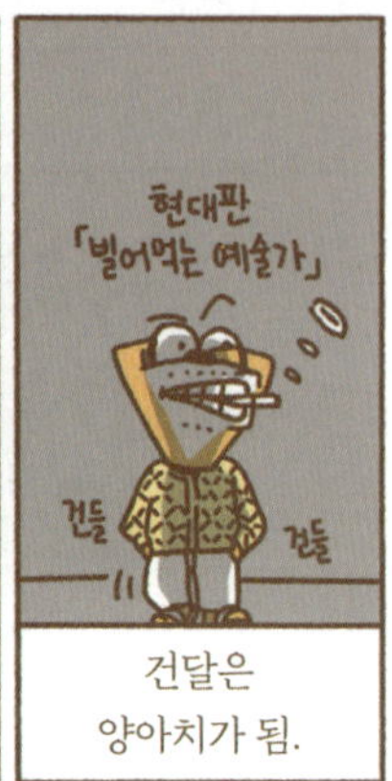

현대판
「빌어먹는 예술가」
건들
건들
건달은
양아치가 됨.

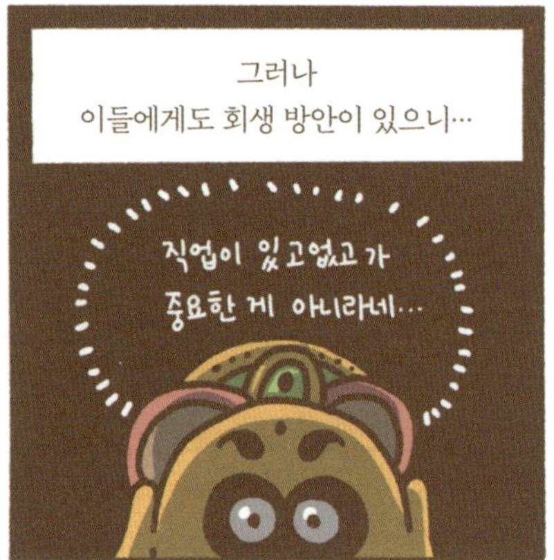

그러나
이들에게도 회생 방안이 있으니…
직업이 있고없고가
중요한 게 아니라네…

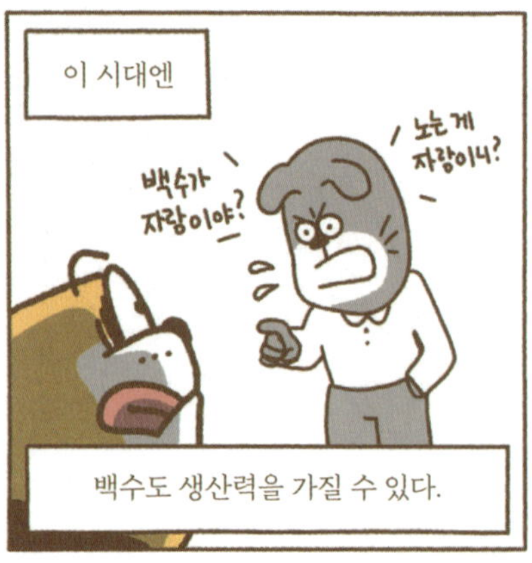

이 시대엔
백수가
자랑이야?
노는게
자랑이니?
백수도 생산력을 가질 수 있다.

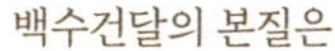

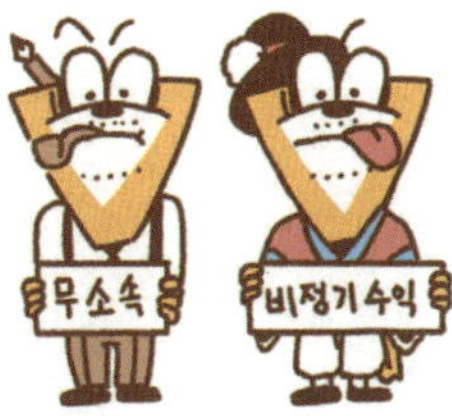

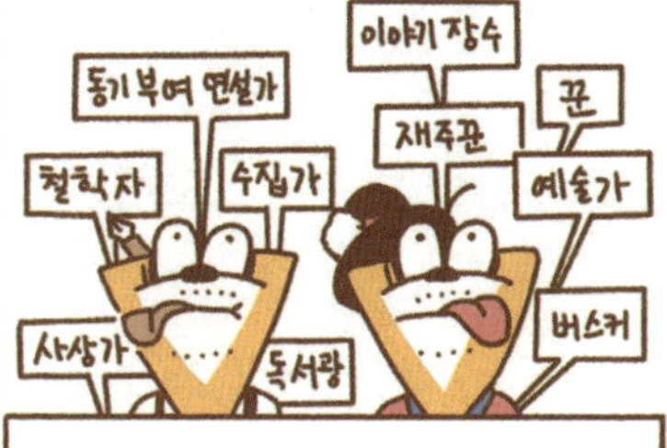

고유함으로 세상에 영향력을 끼치는
사람, 그걸 현시대엔 이렇게 부른다.

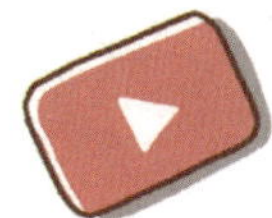

'인플루언서'

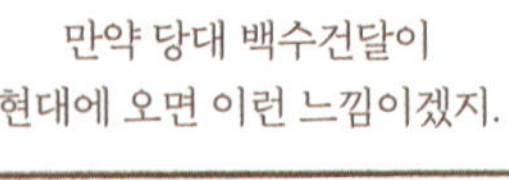

만약 당대 백수건달이
현대에 오면 이런 느낌이겠지.

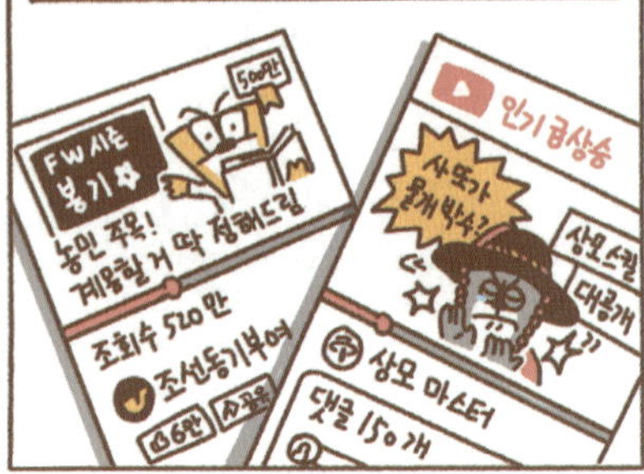

FW시즌
봉기
500만
농민 쭈욱!
계몽할 거 딱 정해드림
조회수 520만
조선동기부여
6만
공유
안기 급상승
사또가 울깨 박수?
상모 스킬
대끔개
상모 마스터
댓글 150개

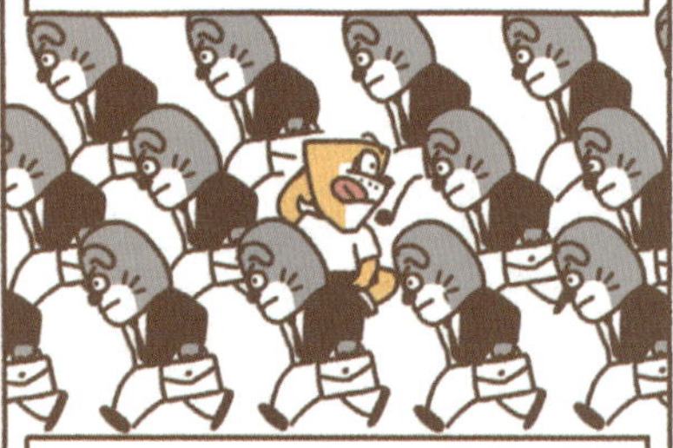

그러니 백수의 사명이란
소속이나 형식에 얽매이지 않고

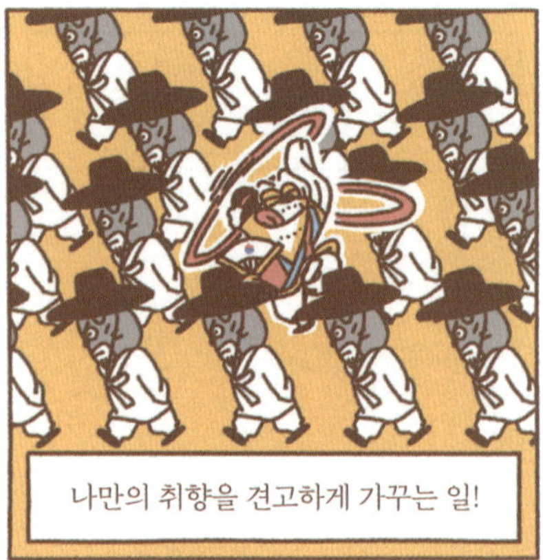

나만의 취향을 견고하게 가꾸는 일!

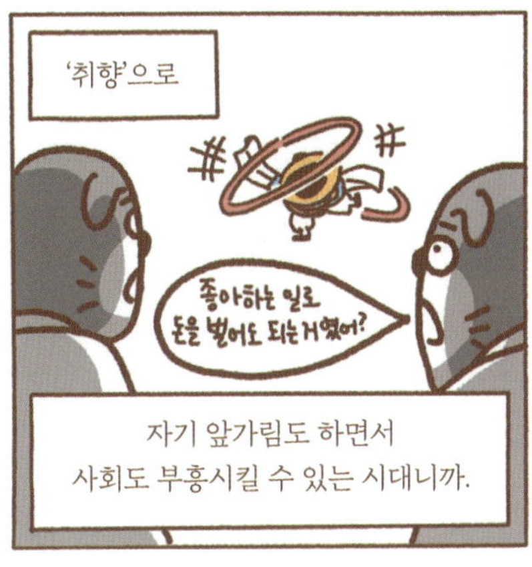
'취향'으로
좋아하는 일로 돈을 벌어도 되는 거였어?
자기 앞가림도 하면서
사회도 부흥시킬 수 있는 시대니까.

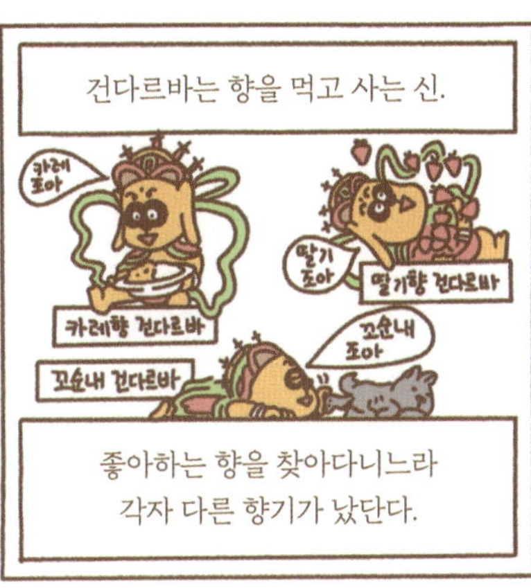
건다르바는 향을 먹고 사는 신.
카레 조아
카레향 건다르바
딸기 조아
딸기향 건다르바
꼬순내 조아
꼬순내 건다르바
좋아하는 향을 찾아다니느라
각자 다른 향기가 났단다.

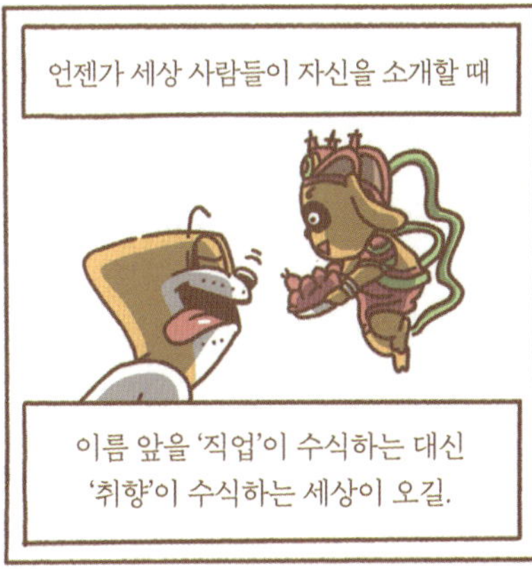
언젠가 세상 사람들이 자신을 소개할 때
이름 앞을 '직업'이 수식하는 대신
'취향'이 수식하는 세상이 오길.

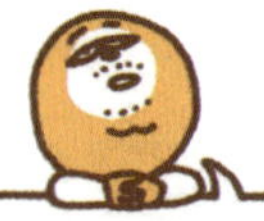

돌체 파 니엔테

돌체 파 니엔테Dolce far niente.

제법 있어 보이는 이 문장은 이탈리아인들의 생활신조다. 세계적으로 꽤 알려진 문장이라 이 이름으로 된 유명한 와인도 있으며 호텔이나 레스토랑도 이 이름을 달고 세계 곳곳에 세워져 있다. '돌체'란 달콤하다는 뜻이고 '파 니엔테'란 아무것도 하지 않는다는 뜻이니 우리말로 의역하면 '휴식 개꿀'쯤 된다. 아니 그럼 휴식이 개꿀이지, 이탈리아 애들은 뭐 이런 뻔한 말을 슬로건으로 삼았담.

이 문장이 전 세계적으로 유명해진 것은 영화 〈먹고 기도하고 사랑하라〉에 나오면서부터다. 영화 내용을 간단히 설명하면 일단 주인공이 줄리아 로버츠인데 딱 그 이미지에 맞게 미국의 커리어우먼으로 나온다. 엄청 바쁘게 살아가던 어느 날 번아웃이 와서 다 때려치우고 세계여행을 훌쩍 떠나게 되고 거기서 제목처럼 '먹고 기도하고 사랑하다'가 깨달음을 얻는다…는 뭐 그런 내용이다. 여기서 '먹고'에 해당하는 여행지가 이탈리아인데, 한 이탈리아 남자가 주인공에게 이렇게 말한다.

"미국인들은 죽도록 일하다가 집 가서 TV 보는 게 삶을 즐기는 거냐? 그건 즐기는 게 아니다."

그러면서 나오는 대사가 "돌체 파 니엔테"다. 엥, 이게 뭔 영화냐 할 수 있는데 이거 엄청 잘 간추린 거다. 진짜 저게 내용의 거의 전부다. 이 영화를 본 뒤 실제로 전 세계 사람들이 감동 먹어서 저 문장으로 막 페이스북 상태 메시지 바꾸고 자기 팔에 타투 박고 그랬다.

왜 저 이탈리아인이 미국인을 싸잡아 욕했는지 그의 서사는 나오지 않지만 감독이 미국인인 걸로 보아, 저 대사는 아마 감독의 '셀프 디스'쯤 됐을 거다. 꼭 미국인이 아니라도 바쁘게 사느라 휴식을 제대로 즐기지 못하는 현대인 모두에게 경종을 울리고 싶었던 것 같다.

그렇다면 제대로 즐기는 휴식이란 무엇인가. 그걸 딱히 이 영화에서 정해주진 않는다. ‘파 니엔테’가 비록 ‘아무것도 안 함’이라는 뜻이지만 영화 내용을 보면 꼭 쉴 때 가만히 있지만은 않기 때문이다. 오히려 줄리아 로버츠는 작중에서 무언가를 되게 열심히 한다. 열심히 먹고 기도하고 사랑한다. 다른 등장인물들도 휴식할 때 각자만의 방법으로 뭔가에 열중하고 있다. 내 생각에 ‘돌체 파 니엔테’란 휴식을 위해선 무엇이든 해도 좋지만 이것만큼은 하지 말라고 말하는 것 같다. 바로 ‘쓸모에 대한 계산’이다.

생각해보면 우리는 강박적일 만큼 쓸모에 대한 계산을 놓지 못한다. 뭔가 만드는 취미는 좀 잘 된다 싶으면 여지없이 ‘이거 팔아도 되겠는데?’라는 생각이 올라오고, 맛있는 걸 먹는 동안에도 ‘맛집 리뷰 써야지’ 하며 연신 폰 카메라를 찰칵거린다. 심지어는 쉬는 중에도 ‘이거 브이로그로 찍어야겠다’ 같은 생각을 하니, 이게 쓸모에 대한 강박이 아니면 뭐란 말인가. 하루 종일 생산에 시달려서 취미로 도망쳐 놓고선 그 와중에 다시 또 뭔가 생산해낼 생각을 한다.

물론 생산적인 아이디어들이 취미를 존속하게 만드는 동기 부여가 된다든지 일상에 활력을 재충전한다는 점에서 절대 나쁘다고는 할 수 없다. 그러나 이것이 정말 심신을 달래는 휴

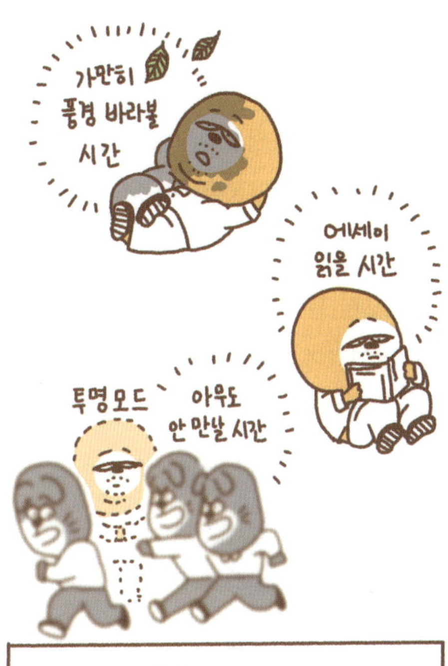

아무것도 안 할 스케줄도 필요해.

식이 맞는지에 대해서는 의문이 든다. 쉬는 동안에도 끊임없이 쓸모를 증명하는 인생이라니, 혀끝이 씁쓸해진다. 이러니 현대인들에게 만성피로 같은 게 생기지.

쓸모를 놓으면 달콤해지는 것들이 있다. 사실 대부분이 그렇다. 나는 스트레스를 풀기 위해 FC온라인(축구 게임)을 즐겨하는데 순위를 결정하는 경기를 할 때면 대단히 필사적이게 된다. 경기의 승패에 따라 다른 유저들에게 내 순위가 노출되고 실력이 결정되기 때문이다. 나는 X밥처럼 보이고 싶지 않다는 강렬한 욕망이 있다. 이런 경기를 몇 판 하고 나면 상당히 지쳐서 게임하기 전보다 훨씬 피곤해지고 만다. 그러나 이겨도 그만, 져도 그만인 친선 경기에서는 별 부담 없이 즐겜할 수 있다. 그냥 선수와 선수 사이의 패스나 쏠 숫을 고르는 그 자체만으로도 꿀잼이다. 이건 상대방도 마찬가지인 것이, 여태껏 친선 경기를 하면서 쌍욕 하는 유저 못 봤다. 순위 경기에서는 그렇게 부모님 안부를 묻던 날카로운 양반들이….

어쨌든 이런 식으로 어떤 취미든 성과와 성취에 대한 고집만 버리면 다시금 예전의 순수한 꿀잼을 되찾을 수 있게 된다.

아마 '돌체 파 니엔테'의 달콤함이란 영양가는 하나도 없고 허기도 크게 달래지지 않는, 그렇지만 골라 먹는 재미가 있는 배스킨라빈스의 아이스크림 맛이 아닐까. 뭘 골라도 딱히 상관없는 소박한 고민과 즐거움만 있는 원초적인 맛.

아, 군것질이 몸에 안 좋다는 걸 누가 모르나. 그러나 그런 득실을 생각하는 게 아니라 '맛있으니까 먹는 거지'처럼 1차원적인 생각에 몸을 맡길 수 있는 휴식. 이렇듯 무용한 것들로 채워진 시간을 보내는 게 진정한 휴식일지도 모른다. 우리가 그토록 뻔하게 치부했던 '힐링'이라고 불렀던 거 말이다. 그렇게 이탈리아인들은 쓸모로 가득 찬 일상 속에서 틈틈이 쓸모가 아예 없는 진짜 휴식을 지켜내고자 '달콤한'이라는 수식어를 붙여 칭송하는 게 아닐까.

이해할 수 없는 일들의 총합을 '삶'이라고 부른다는 말이 있다. 돌이켜 보면 내가 가장 순수한 마음으로 좋아했던 것들은 전부 무용한 것들이었다. 남들이 이해할 수 없고 아무 쓰잘 데 없다 해도 애정을 쏟았던 순수한 즐거움들.

찻잔과 덖음차, 책장에 한 낙서, 불꽃놀이, 조개껍데기, 포켓몬스터 띠부띠부씰, 나만 아는 산책길과 인센스 냄새, LP와 턴테이블, 냉동실에 얼음 얼리기…. 그런 취향들이 모여서 나를 구성한다. 결국 나다움을 결정하는 건 나의 생산력이 아니라 나의 순수한 취향들이다. 나는 생애에 그런 무용한 것들을 줍기 위해 애쓰는 것 또한 인생의 애틋한 즐거움이라고 생각한다.

군것질

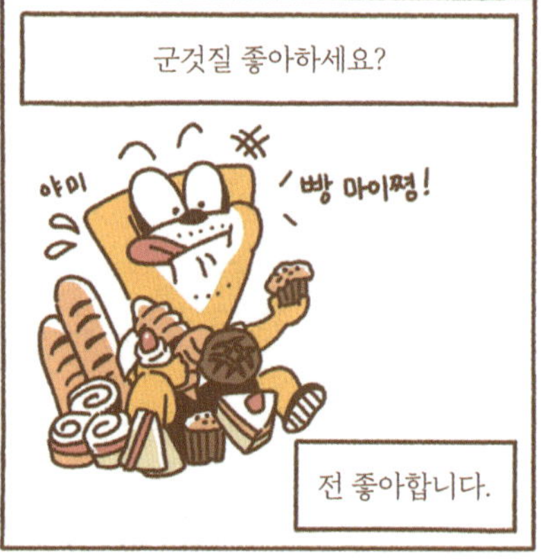

군것질 좋아하세요?
야미
빵 마이쩡!
전 좋아합니다.

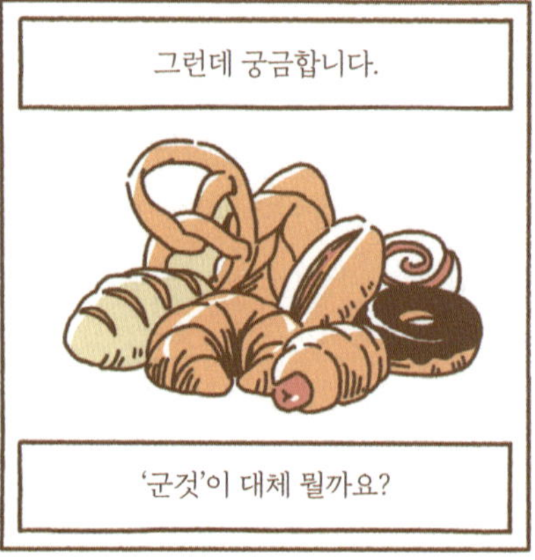

그런데 궁금합니다.
'군것'이 대체 뭘까요?

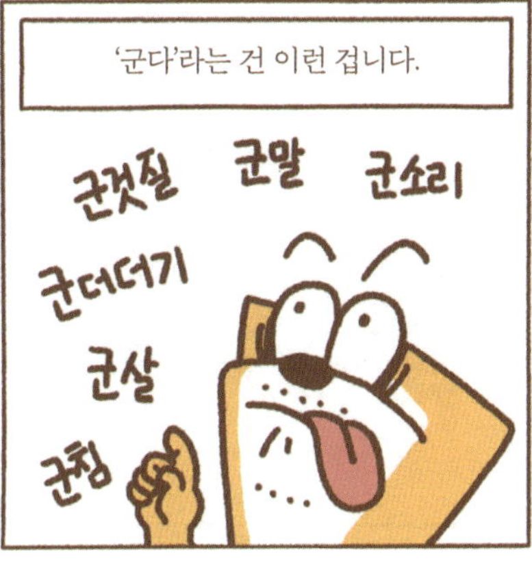
'군다'라는 건 이런 겁니다.
군것질 군말 군소리
군더더기
군살
군침

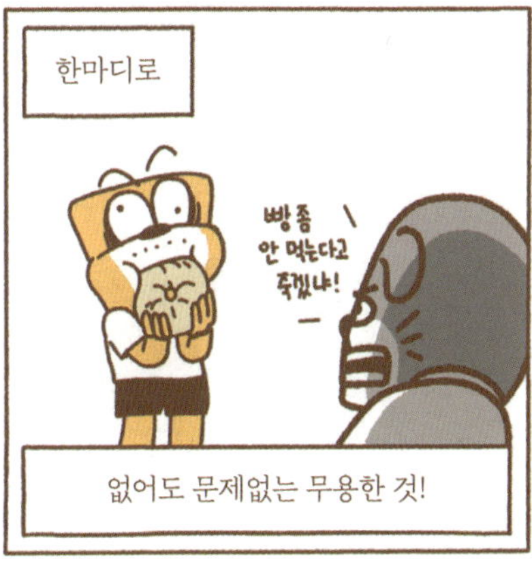
한마디로
빵 좀 안 먹는다고 죽겠냐!
없어도 문제없는 무용한 것!

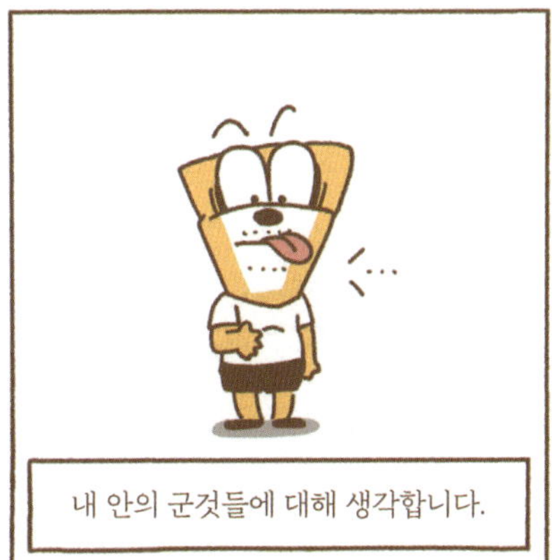
내 안의 군것들에 대해 생각합니다.

내 안쪽 한편에 쌓아둔

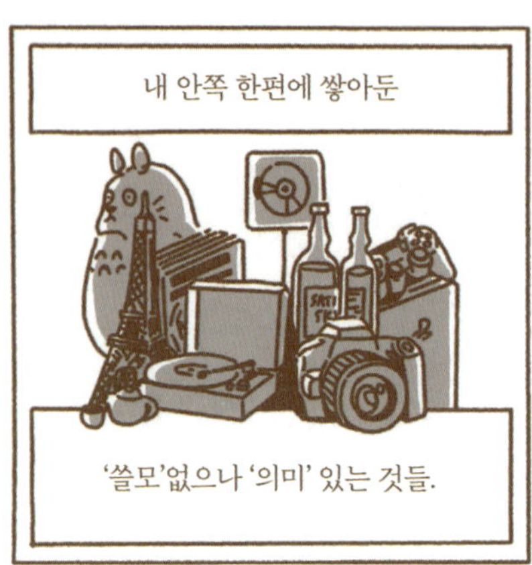

'쓸모'없으나 '의미' 있는 것들.

먹고사는 일 덕에
내 인생이 이만치 자랐다면

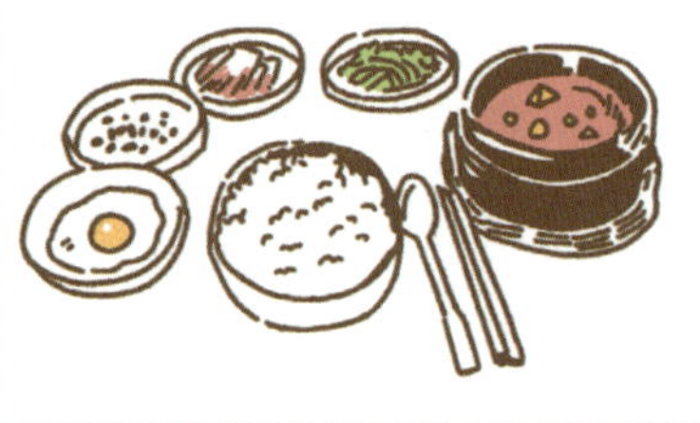

군것질 덕에
내 인생이 이만치 재밌는 거죠.

어떻게
밥만 먹고 살아!

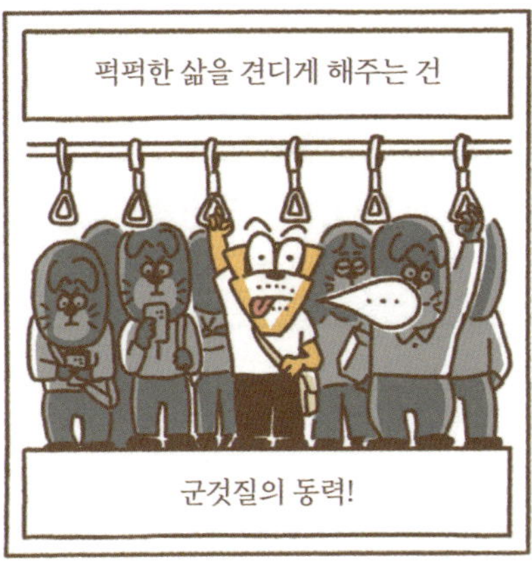

퍽퍽한 삶을 견디게 해주는 건
군것질의 동력!

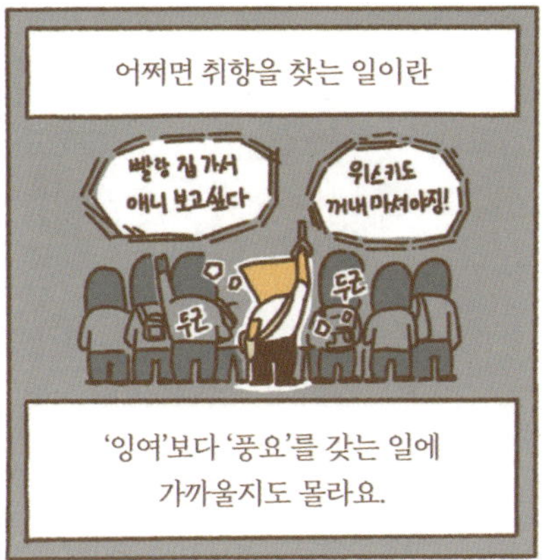

어쩌면 취향을 찾는 일이란
빨랑 집 가서
애니 보고싶다
위스키도
꺼내 마셔야징!
두근
두근
'잉여'보다 '풍요'를 갖는 일에
가까울지도 몰라요.

왜 이런 만화를
그리냐고요?

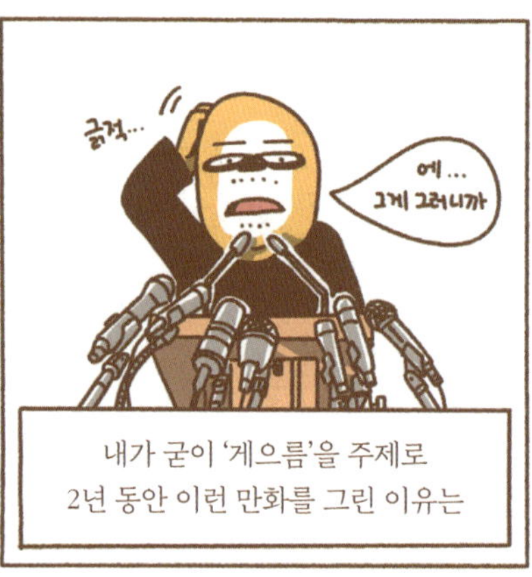

긁적...
에 ...
그게 그러니까
내가 굳이 '게으름'을 주제로
2년 동안 이런 만화를 그린 이유는

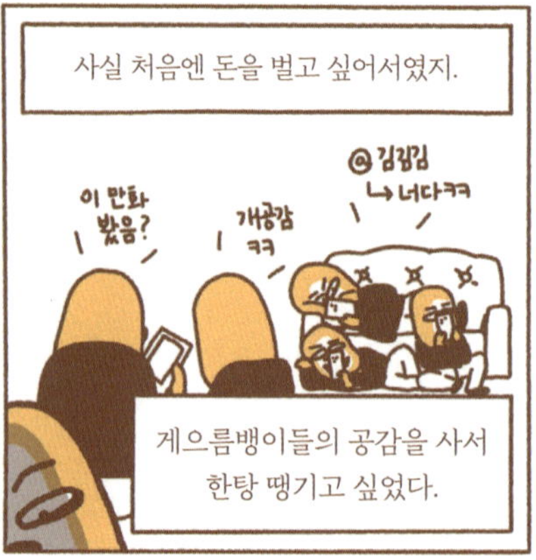

사실 처음엔 돈을 벌고 싶어서였지.
이 만화
봤음?
개공감
ㅋㅋ
@김깜김
ㄴ 너다ㅋㅋ
게으름뱅이들의 공감을 사서
한탕 땡기고 싶었다.

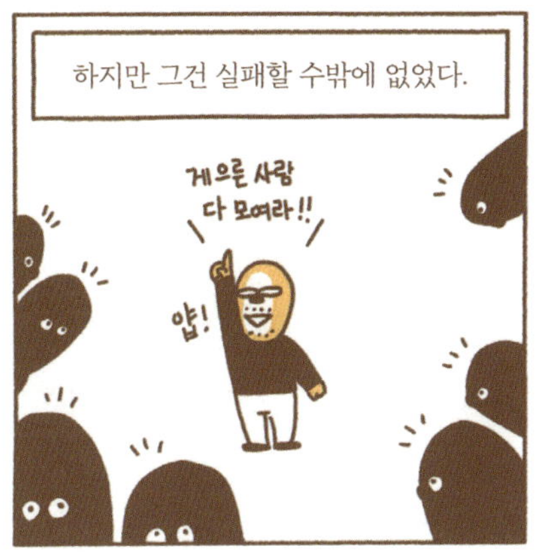
하지만 그건 실패할 수밖에 없었다.
게으른 사람
다 모여라!!
얍!

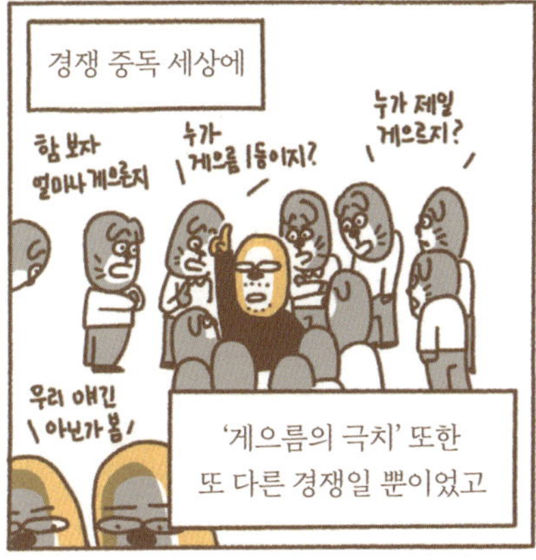
경쟁 중독 세상에
누가 제일
게으르지?
누가
게으름 1등이지?
함 보자
얼마나 게으른지
우리 얘긴
아닌가 봄
'게으름의 극치' 또한
또 다른 경쟁일 뿐이었고

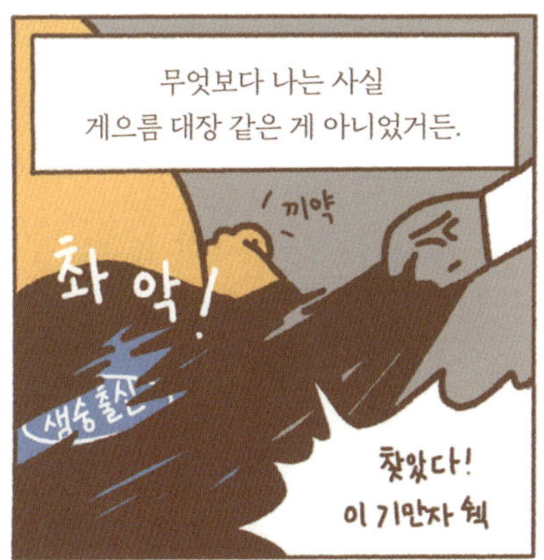
무엇보다 나는 사실
게으름 대장 같은 게 아니었거든.
끼약
촤악!
샘송출신
찾았다!
이 기만자 쉭

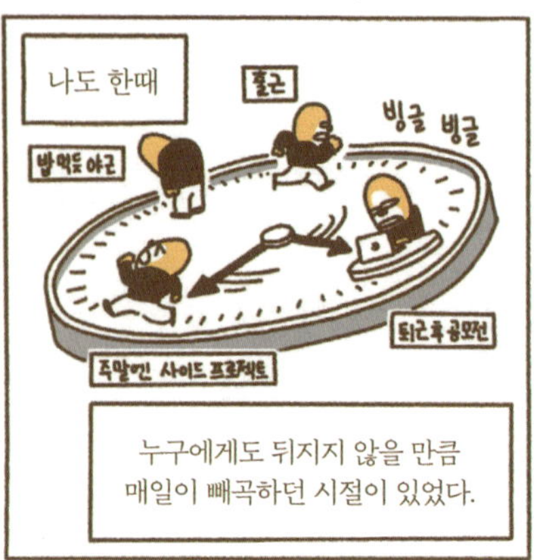

누구에게도 뒤지지 않을 만큼
매일이 빼곡하던 시절이 있었다.

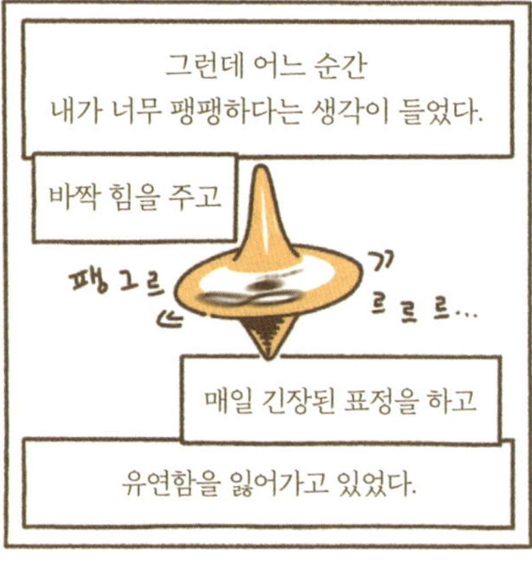

그런데 어느 순간
내가 너무 팽팽하다는 생각이 들었다.

바짝 힘을 주고

매일 긴장된 표정을 하고

유연함을 잃어가고 있었다.

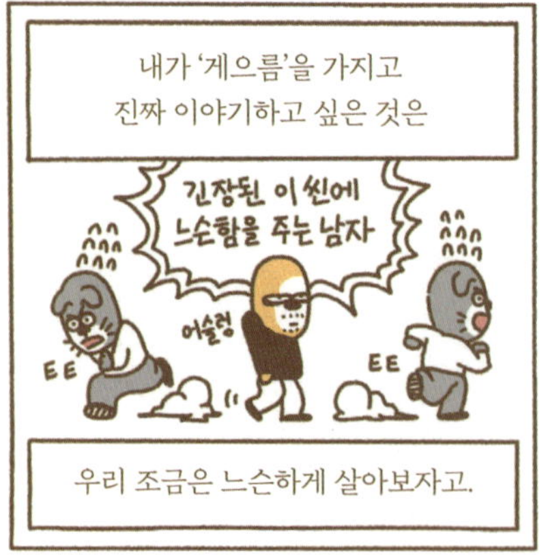

내가 '게으름'을 가지고
진짜 이야기하고 싶은 것은

우리 조금은 느슨하게 살아보자고.

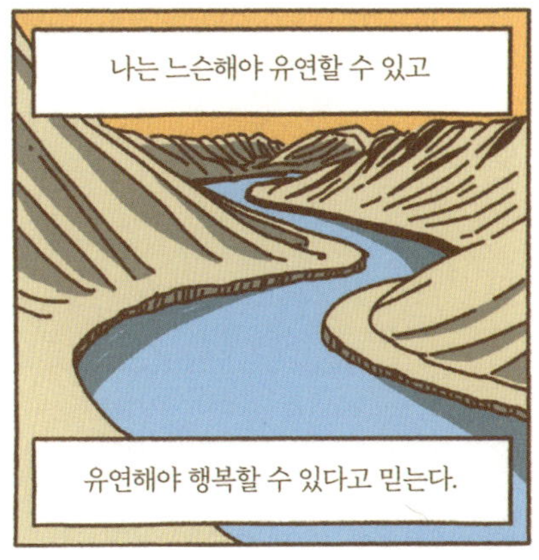

나는 느슨해야 유연할 수 있고
유연해야 행복할 수 있다고 믿는다.

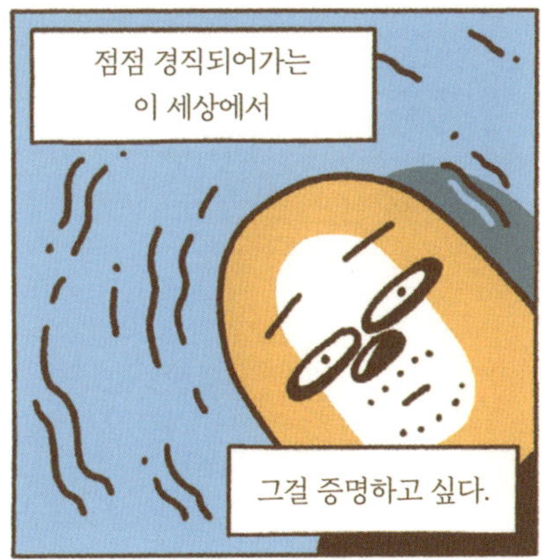

점점 경직되어가는
이 세상에서
그걸 증명하고 싶다.

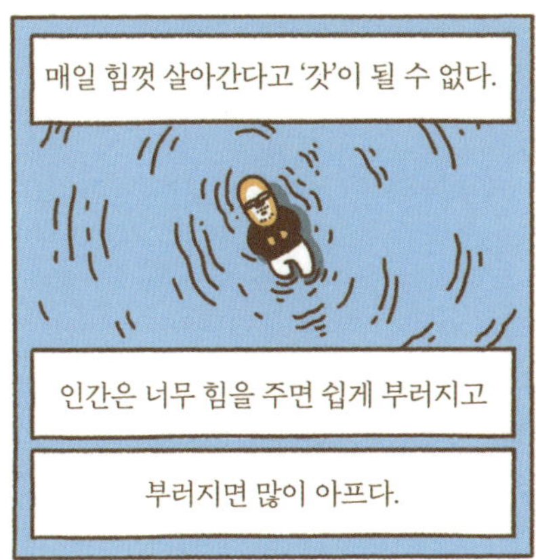

매일 힘껏 살아간다고 '갓'이 될 수 없다.
인간은 너무 힘을 주면 쉽게 부러지고
부러지면 많이 아프다.

게으른 채로도 괜찮은 으른이 될 수 있다면

나는 게으르다.

이것은 32년을 살아오며 기정사실이 된 명백한 팩트다. 누군가 어서 나한테 "에이, 게으른 사람이 어떻게 이렇게 책을 써."라고 말해주면 좋겠다. 에필로그를 쓰는 지금 나는 꽤나 성취감에 도취되어 있기 때문이다. 나처럼 게으른 사람도 이따금씩 속에서 알 수 없는 불꽃이 일면 이렇게 제법 그럴싸한 결과물을 내곤 한다. 이제 나도 이 책을 가지고 게으름을 해명할 수 있겠지. 봤지? 나 게으른 거 아니라고. 그러나 이왕 변론을 할 거라면 그런 말 대신 이렇게 말하고 싶다.

"게으른 게 꼭 나쁘지만은 않다."

타고난 기질은 바꿀 수 없다는 말을 싫어했다. 자신을 한계 짓고 순응하는 힘 빠지는 운명론자 같아서. 내가 게으른 것은 꼭 불가피한 나의 정체성인 것처럼 무력감이 들기도 했다. 그러나 내가 쥔 패가 똥패라고 해서 게임을 접을 수는 없는 노릇이다. 진짜 운명이란 게 존재한다면 게으름뱅이가 가진 운명의 모양은 이왕 게으른 마당에 죄 자빠져 있는 모양보다는 게으른 와중에도 뭔가를 이룩하기 위해 생애 내내 애쓰는 모양일 거다. 그 편이 훨씬 인간답다.

이것이 내가 게으름에 대해 말할 때 하고 싶은 이야기다. '노동'과 '꾸준함'이 너무 올려치기 된 이 나라에서 게으름이란 절대 악처럼 터부시되곤 한다. 그러나 게으른 것을 다른 악질의 죄와 나란히 놓을 순 없고, 기질이 게으름으로 정해진 사람을 나쁘다고 말할 수는 더더욱 없다.

모든 기질에는 장단과 양면이 있다. 나는 우리가 성실의 장점에 집중하느라 놓친 게으름의 잠재성에 대해 말하고 싶었다. 완벽주의로부터 장인정신을, 합리화로부터 당위를, 권태로부터 꾀를, 무기력으로부터 여유를, 산만함으로부터 다재다능을 이야기하고 싶었다. 어른이 된다는 건 단지 그걸 잘 조절하는 방법을 터득하게 되는 것뿐이다. 자기통제력이 생긴 게으름뱅이라니, 최강의 어른 아닐까? 그리고 그건 '여유를 아는 부지런뱅이'가 되는 것보다 더 쉬울 것이다. 사실 내가 부지런뱅이가 아니라서 정말 그럴지는 잘 모르겠다.

때로는 산만해서, 때로는 쉽게 싫증이 나서, 무기력해서, 자기합리화가 심해서, 강박적인 완벽주의에 사로잡혀서 게으름에 빠진다. 일에 제동이 걸린다. 그러나 그런 기질로 인해 다재다능을 얻기도 하고, 여유를 알기도 하며, 꾀를 잘 꾸며내거나 남다른 통찰력과 장인정신을 가지기도 한다.

무엇보다 결국 게으른 나 또한 부정할 수 없는 나의 정체성이다. 절대 미루지 않는 사람이 되는 것이 스스로를 사랑하는 일보다 중요할 리 없다. 우리가 이왕 게으름과 운명공동체로 살아가야 한다면 괴로운 쪽, 자기혐오적인 쪽보다는 즐거운 쪽, 슬기로운 쪽이면 좋겠다. 장담하는데 게으른 당신이라면 충분히 그럴 만큼 똑똑할 거라 본다. 빌 게이츠도 그러지 않았던가, 게으른 사람은 남들보다 쉬운 방법을 잘 찾아내는 능력이 있다고. 우리는 게으른 채로도 꽤 괜찮은 어른이 될 수 있다.

운명 한 가지를 더 끼워 넣자면 나는 어릴 때부터 창작을 하도록 정해진 모양이다. 그래서 부지런한 회사에서 튕겨 나와 게으르게 이 책을 써낸다. 내 애증의 게으름에게 이 완결의 영광을 돌린다.

더 나오며

아니 질척거리는 게 아니라 고백할 게 있어서 그렇다. 좀 충격받을 수도 있다. 당신에게 꽤나 배신감이 드는 근황일지도 모르겠다. 그래도 말해야겠다. 그러니까… 사실 요즘 나는 좀 부지런하다.

매일 소시지를 만들고 있다. 심지어는 유튜브에 소시지 만드는 과정을 매일 찍어서 올린다. 지금도 막 69일 차 영상을 편집해 올린 참이다. 나의 지인들은 매일 소시지를 만들며 영상을 올리고 게으름에 대한 책까지 내는 나를 완벽한 기만자라고 생각하고 있다. 퍽 기분 좋은 오해라 따로 바로잡을 생각은 없다. 대신 '내가 한다면 하는 사람이랬지'라고 말하고 싶은 걸 억지로 삼키고 있다. 왜냐면 언제 갑자기 권태가 찾아올지 모르니까. 나는 다섯 가지 게으른 중에 권태형 게으른이랑 가장 사이가 안 좋은 편이다. 아무튼 이런 나도 자기 성취감이 드는 한때를 보내고 있다고 여러분께 공유하고 싶었다.

책을 다 쓴 지금의 나와 2년 전 연재를 시작하기 전의 나를 비교해보니 훨씬 더 괜찮은 사람이 되었다…라고는 절대 못 하겠지만 확실히 나에 대해 좀 더 잘 아는 사람이 되었다고는 말할 수 있을 것 같다. 이 책에 에피소드를 채워 넣으며 가장 많이 했던 일은 머릿속에서 삭제했던 부끄러운 기억들을 복구하는 일이었다. 그리고 핑계들을 자세히 살피다 보니 거기서 꽤 많은 일관성을 발견할 수 있었다. 나는 꽤 일관적인 사람이었다는 것도. 그 일관성의 집합을 정체성이라 부를 수도 있겠다. 그래서 책은 여기서 끝이 나지만 나는 좀 더 나의 '못난 일관성'에 대해 탐구를 이어가보려고 한다. 괜찮은 어른이 되는 일이란 직면하는 것에서부터 시작될 테니까.

갓생이라는 시대 흐름에 '이단 선언' 같은 이 책이 용기일지 무모함일지, 명예가 될지 오점이 될지는 알 수 없다. 어쩌면 어느 한심한 30대의 방구석 궤변이라는 평가를 받을지도 모르겠다. 그러나 구질구질할지라도 솔직한 나의 자기고백이 이 땅의 누군가에게는 필요한 이야기였길 바란다. 누군가 자기 자신과 조금이라도 화해하는 시간이 되었길 바란다.

마지막으로 당신의 일상이 대체로 유능하고 자주 게으르길. 무용한 시간을 되는대로 즐기다가 행여 우리가 만나게 되는 날, 뭐하면서 노닥거리다 왔는지 들을 수 있다면 좋겠다. 아무래도 그런 이야기가 재미있잖아? 그때까지 나도 열심히 노닥거리고 있겠다. 나다운 방식대로. 그럼, 여기까지 게으름뱅이의 변명을 꾹 참고 들어주셔서 고맙습니다. (쿠키 있음)

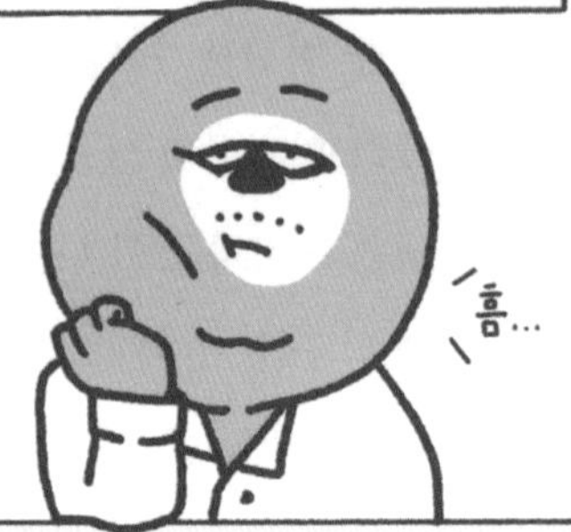

게으름에 대해 긍정하는 만화를 그린다는 건
사실 꽤나 까다로운 일입니다.
흠…

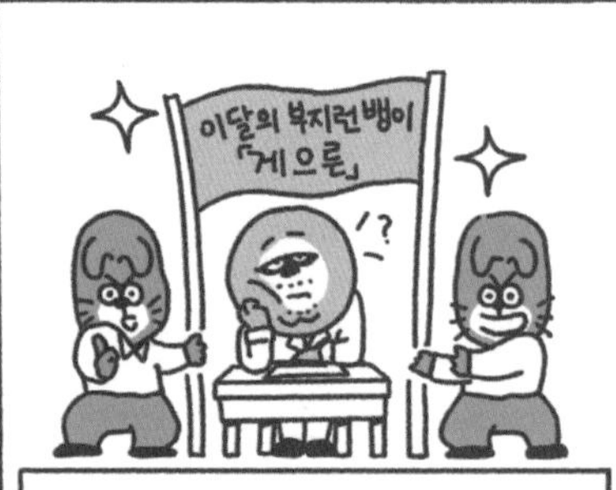

이달의 부지런뱅이
「게으른」
?
'게으름'을
'열심히' 그려도 되는 걸까?

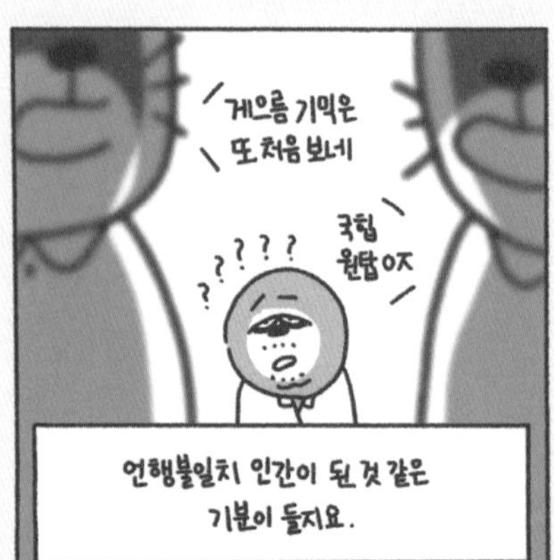

게으름 기믹은
또 처음 보네
국힙
원탑 ㅇㅈ
? ? ? ? ?
언행불일치 인간이 된 것 같은
기분이 들지요.

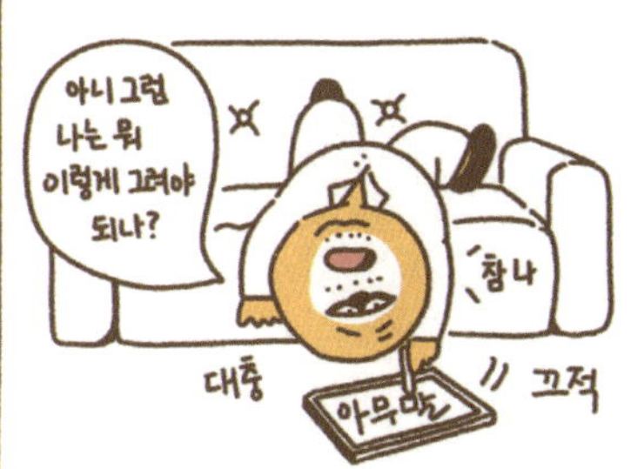
그렇다고 막 아무거나 그리기도
쉽지 않습니다.

아니 그럼
나는 뭐
이렇게 그려야
되나?

참나

대충
아무말
끄적

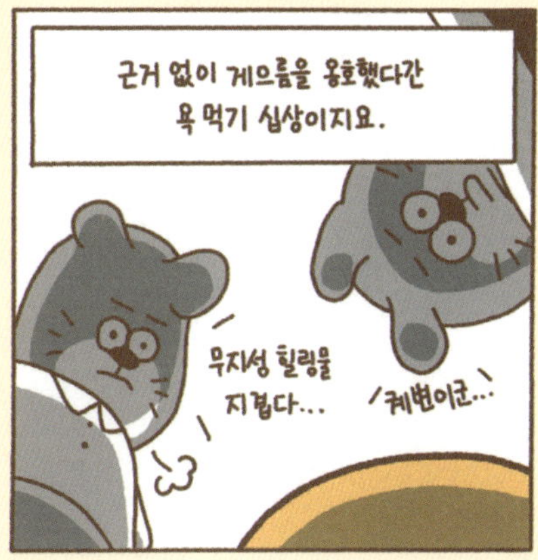
근거 없이 게으름을 옹호했다간
욕 먹기 십상이지요.

무지성 힐링을
지껄다...

궤변이군...

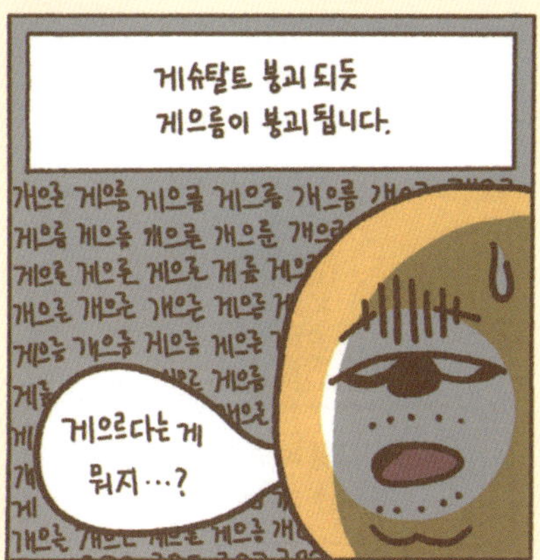
게슈탈트 붕괴 되듯
게으름이 붕괴됩니다.

게으르다는 게
뭐지...?

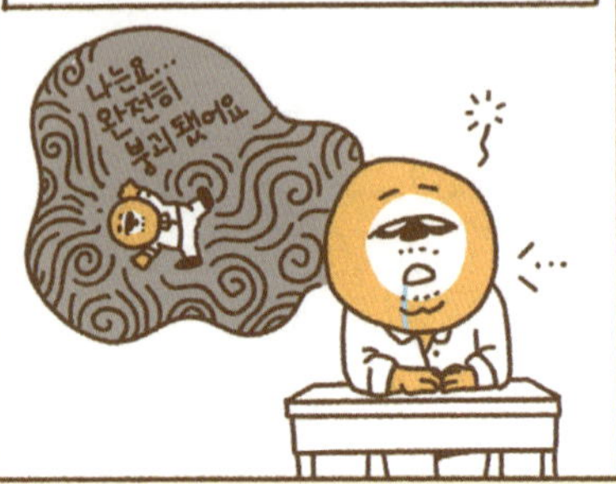

멍 때리는 것 같지만
가만히 그런 고민들을 하고 있습니다.
나는요…
완전히
붕괴 됐어요

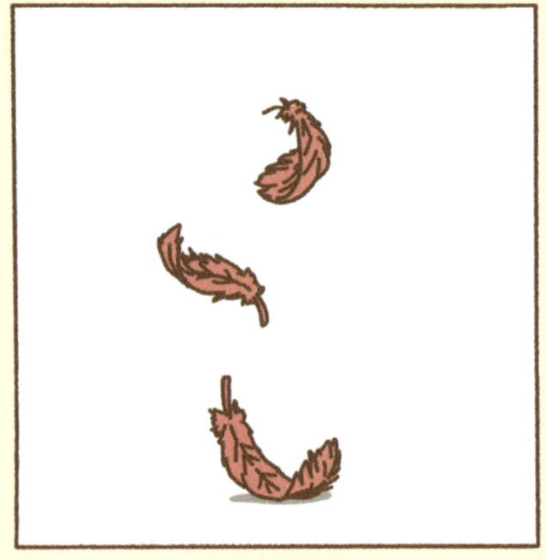

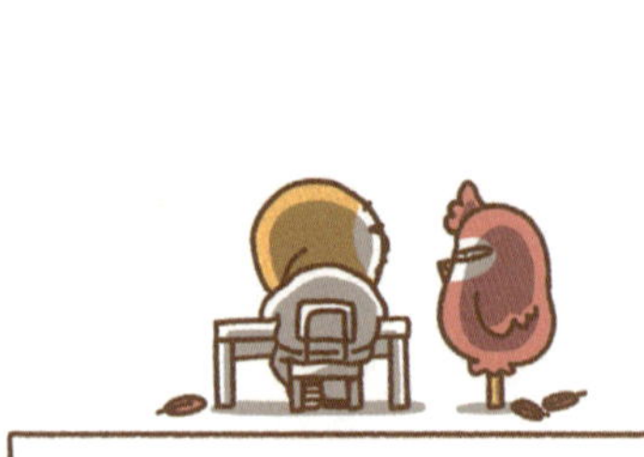

그렇게 또 한참
게으름을 피우고 있군요.

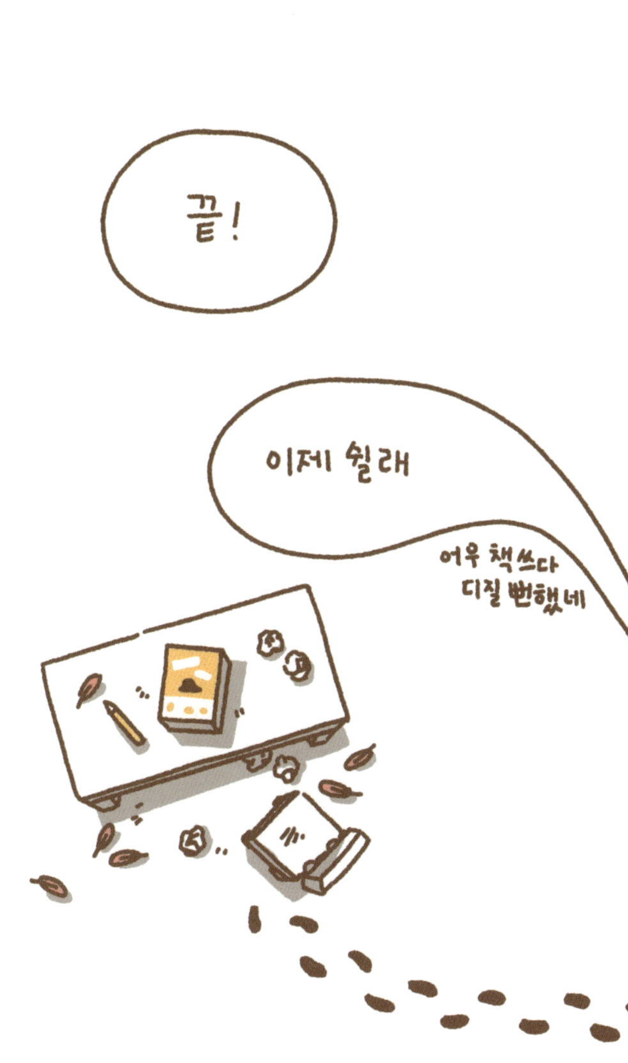

끝!
이제 쉴래
어우 책 쓰다
디질 뻔했네